U0701996

云起书院
腾讯文学书系

七月的鲸鱼寄住大海

安素时 / 著

海天出版社（中国·深圳）

图书在版编目（CIP）数据

七月的鲸鱼寄住大海 / 安素时著. — 深圳 : 海天
出版社, 2015.1
　（腾讯文学书系）
　ISBN 978-7-5507-1174-7

　Ⅰ.①七… Ⅱ.①安… Ⅲ.①长篇小说－中国－当代
Ⅳ.①I247.5

中国版本图书馆CIP数据核字（2014）第193413号

七月的鲸鱼寄住大海
QIYUE DE JINGYU JIZHU DAHAI

出 品 人　陈新亮
责任编辑　谢　芳
　　　　　蒋鸿雁
责任技编　梁立新
责任校对　黄海燕
装帧设计　李松瑞书籍设计工作室
　　　　　Tel:86231956　Email:hzdadao@126.com
　　　　　平面执行：李春华

出版发行　海天出版社
地　　址　深圳市彩田南路海天综合大厦(518033)
网　　址　www.htph.com.cn
订购电话　0755-83460293(批发)　83460397(邮购)
排版制作　深圳市龙瀚文化传播有限公司 0755-33133493
印　　刷　深圳市新联美术印刷有限公司
开　　本　787mm×1092mm　1/16
印　　张　19
字　　数　235千
版　　次　2015年1月第1版
印　　次　2015年1月第1次
定　　价　29.80元

楔子

"男朋友男朋友! 你的亲亲女朋友我, 是不是越来越漂亮啦? 我和你说呀, 我今天买茶叶蛋的时候, 老爷爷还多送了我一个茶叶蛋呢! 一定是因为我长得美! "

陈以默迟到了半小时之后满以为见到的会是一个生着闷气脾气暴躁, 最起码也是不开心委屈着的乔慕, 可他怎么也没有料到, 他见到的是一个连吃三个茶叶蛋, 嘴边都是蛋黄碎屑, 满足得眼睛都要眯起来的乔慕。

在他已经快要惊掉下巴的时候, 她还要嘴里含着食物口齿不清地妄想改变他的审美观, 逼着他附和连着问了好几遍 "对不对嘛" 的时候, 陈以默如他的名字一般, 默默地沉默了一会儿之后才说道: "对, 不说话的时候最漂亮! "

乔慕美滋滋地高兴了好一会儿挽着陈以默的手, 选择性地忽略了 "对" 后面所有的字。

"男朋友, 我们现在去哪里吃呀? " 她晃着他的手, 心满意足地将他的长手臂绕在自己肩膀上, 然后自己亲亲密密地靠过

去。长手臂什么的最温暖了！

没办法，男朋友不主动，她这个当人家女朋友的，只好辛苦一点啦。

"你刚刚才吃过三个蛋，还饿吗？我记得昨天有人说过要减肥的。"陈以默怀疑地看向她的肚子。他是准备要带她去吃饭，不过是带她回家，他下厨做给她吃。他还没买菜，如果她饿得厉害的话，他可以先带她去吃点别的。

不过他很怀疑她是不是真的饿。

减肥……是乔慕永远的死穴。可能是婴儿肥的关系，她腿细胳膊细，偏偏肚子上总是有肉，脸上也是。她尴尬着一张脸试图打哈哈一般地说道："你女朋友我这么苗条哪里用得上减肥……你肯定是记错了啦！"

她话才刚说完，肚子上的肉就被他毫不留情地捏起来，无情地反驳了她刚说出口的话。

陈以默捏完她的肉之后又神情自若地说："嗯，对，苗条得很，还可多吃点。"

欲哭无泪的乔慕痛恨地思索，明明他是与她并肩站着的，他的手为什么还能从她身后绕过来准确地一下子就摸到了她肚子上的肉。

手臂长什么的好讨厌！

买好了菜带回去烧，从他买菜开始，乔慕就一直保持着紧紧盯着他的状态。偶尔在烧菜的间隙他习惯性地去看她一眼都会被她亮晶晶的眼睛给吓到下意识地想扔根骨头给她。

没办法……小白饿了的时候也是眼睛亮亮地一直盯着他不眨眼，就是她现在的样子。哦对了，小白是条狗，现在正蹲在乔慕脚边，一人一狗都仰着脸保持着同样的姿势看着他，不，是他锅里的菜。

他本来准备问她饭菜好吃吗，以后要不要都来他这里吃饭。不过现在他觉得可以不必问了……因为从那一人一狗恨不得把盘子都吃下去的状态来说，他觉得他现在说什么她都会答应。

"男朋友！我想天天和你回家！在你家吃饭！"

语不惊人死不休！幸好他已经开始习惯了她乱七八糟的神来之笔，甚至还能淡定地回复说："说实话。"

"想天天回你家吃饭。"

"说实话。"

"吃你烧的菜。"

"说实话。"

"想每天起来就能看见你。"

陈以默怎么也没想到她会突然这么神来一笔，说出这样的话。一瞬间的愣神，感动都还没结束，她又自己没形象地哈哈大笑着说道："然后哄你每天给我烧饭！"幻想得太开心的结果是乔慕一不当心连人带椅子摔倒在地。

陈以默别过脸去懊恼地想："当初是怎么就一来二去地和这个神经病勾搭上的？"

第1章

陈以默对乔慕开始上心大概是因为那一次。

那天他照例从补习的学生家走出来之后累得上了公交车就

开始睡觉。车上人很多，声音嘈杂，恰好碰上下班高峰期，他快要睡着的时候，公交车一个急刹车之后他撞到前面椅子的靠背，彻底醒了过来。

她也就是那时候上的车。她的残疾证从包里掉了下来，经好心人提醒之后，乔慕慌忙将残疾证捡起来然后投币上车。

他一直知道她残疾的事情，她的右手二级烧伤却凭借不懈努力用左手绘画考进大学的事迹，早就在学校里传遍了。像他这种从来不关心别人事情的人，都被迫不知道听了多少次。

他听见有人好奇地问她："姑娘，你有残疾证干吗不用啊？还投币。"

她"嘿嘿"傻笑，甜甜地说："这样我才觉得自己和一般人没啥两样嘛。"

陈以默闻言下意识地又看了她一眼。

原来还有这样的人。

比起"啊，是来自同一个县城的人""还是同一个导师的直系学妹哦""听说长得很漂亮呢"，比起这些，他刚才认识的是一个特别的小姑娘。

乔慕笑嘻嘻地对着好心的阿姨说谢谢，然后将残疾证捡起来找到空余的位置坐下去，将双肩包抱在怀里下巴搁在上面。

缩成小小的一团，她坐在位置上，不知道要去哪里，不知道什么时候要下车。她的左手手腕上戴着磨旧了的钻石手链，这是妈妈留给她的，她全身上下最值钱的也就是这条手链了。

她摩挲着手腕，浑然没有发觉手链已经成为有心人眼中觊觎的东西。

公交车上人越来越多，她从拥挤的人群里艰难地穿越过去下车。她的右手护着左手的手腕，彻底远离了那些呼啸着冒着黑烟尾气的公交车，在未知的地点。

环顾四周，原来不知不觉之间，她其实来对了地方。

阿莫斯特丹的广场。奇怪的名字，其实不过是一个种满向日葵的田地而已，却偏偏竖着这样的牌子，取了这样的名字。

有人骑着自行车从她身边一路叫嚷着"让一让"地擦肩飞过，速度快到令她来不及反应，后面有好心的人善意地扶了她一把之后快速地走开，她连"谢谢"都没来得及说出口。

当她下意识地又一次摸向自己的左手手腕的时候，惊觉手链已经不知道什么时候丢掉了。她慌张地回头，急急忙忙地往回走，天色渐暗，她拿着手机打着灯光开始心急如焚地寻找。

如果丢了，如果手链丢了，那她和妈妈之间的联系就会没有的，就算重新买一条一模一样的，那也……永远不会是这一条了。

是妈妈留给她最后的礼物。

越找下去就越觉得没希望，不平坦又狭窄的小路，行走起来都不太方便，光线这么暗，怎么会找得到？不过是不舍得放弃罢了，就像她喜欢他，所有人都不看好，她也知道没希望，不过就是不舍得罢了。

她的注意力全集中在找手链上，以至于一不小心踏空摔跤了，直接摔倒在专门用来引水的沟渠里，一身湿透，脏兮兮的，又疼得厉害，一下子摔得狠了爬都爬不起来。

等她缓过神来，想拿手里的手机照明的时候，赫然发现电话已经拨给了陈以默。

他一直是她手机里的快捷键1。

第2章

学校的风云人物陈以默，乔慕偷偷地喜欢了好久的人。甚至他的电话都被她偷偷地存起来，存在最重要的位置，就好像随时能够拨出去一样。

"喂，你是哪位？"陈以默好听的声音从电话里传过来的时候，乔慕紧张得恨不得直接挂断电话，可又舍不得，好……好不容易才能够和他说上话呢。

"学、学长，我是……喜欢你的人……"既然电话都拨出去了，她表白一下应该也不要紧的吧……反正他也不会知道她是谁的嘛。"我可以常常给你打电话吗？"

乔慕知道自己说这话是在痴心妄想，可是吧……痴心妄想就痴心妄想了嘛，难道还不准人想一想了吗？

"不行，"陈以默的声音冷了下来，说道，"我会把你拉黑，换号码打过来骚扰也一样，以后没什么事情就不要给我打电话，我很忙。"

她"嗯"一声，嘿嘿傻笑着说道："好呢，知道你忙，我不会一直给你打电话的，就偶尔给你打打好不好？"她真是抱着破罐子破摔的想法说这话的……姑且一试嘛，说不定陈以默脑子一抽就答应她了呢，谁说得准嘛。

"啪嗒"一声电话被挂掉。显然……陈以默不懂乔慕的幽默。

而这头的陈以默只觉得接到了个神经病花痴的电话，真是……不可理喻。

乔慕瘫坐在泥水里，还没爬起来，小心翼翼地将手机收在靠近胸口的口袋，然后一鼓作气爬起来。还没走两步，脚就疼得受不了，再一查看，果然是脚扭到了。

她告诉自己没关系，慢一点走就不会疼。

她慢悠悠地走，夜色再黑，也不觉得害怕。她只是沿路不死心地继续寻找手链，慢慢地移动步伐。

不知道走了多久，直到她的脚完全疼得动弹不得，连站着都困难，她还在死撑着，却一不小心绊倒在满是障碍物的乡间小路上。

远方的大路上开来的小轿车打开的夜视灯亮度太足，刺眼炫目到让她下意识地伸手去挡住眼睛。被人一把拉起来的时候，她受到惊吓慌忙放下遮住眼睛的双手，入眼的是板着脸皱着眉头的陈以默。

她被他一把拉起来，脚疼得厉害，却不敢赖在他怀里靠着，努力站直，即使她眼睛瞄啊瞄的，真的格外地觊觎他的怀抱。她有些不好意思地小声嗫嚅道："陈以默，你怎么在这里？"

他似乎一直就不愿意搭理她，只想问他自己想知道的事情："还能走路吗？"

"能。"她下意识地就回答，回答了之后又想反悔，"其实也不太能，嘿嘿。"其实她是真的不怎么好走路，只是怕自己照实说了，他也会误以为是她故意这样说的，显得她多不矜持一样的，可是说自己可以自己走，就这样硬生生地拒绝掉他，额，真的有点舍不得诶，下一次这么好的机会还不知道有没有呢。

她有点纠结。

听到她小小反悔的声音,他只当她是要赖。

陈以默心情真的很糟糕,他简直不知道自己在干吗。从公交上他就看出来了,那个小偷一直在盯着她的手链看。他丝毫没有要提醒她的意思。

自己不当心怪得了谁? 对,他就是这么冷漠。

可是当她一个人随意就下车丝毫不知道自己的钱包手链全部被拿走的时候,他突然有点担心她,莫名其妙地就跟着她下了车。

第3章

等他发觉自己莫名其妙之后,就故意同她走了反方向。

回去的公交点只有一个,他左等右等都等不到她回来的踪影,而这边根本没有人居住的地方。他这才皱着眉头开始找她。

一边找一边质问自己在干吗,就这样找着找着终于找到了她。

比较意外的是乔慕竟然知道他是谁,不过后来想想也是,毕竟他一直是最高奖学金的得主,要想不知道他也挺难。

他放开原本扶着她的手,没什么好脸色地说:"那就自己走吧。"

她努力忽略自己心里小小的失落,小心翼翼地让自己不表现出疼痛不好走路的模样,维持正常的走路姿势尽快地跟上他的步伐。

她尽力了，可到底脚伤得厉害，哪有那么容易跟得上他的步伐，幸好他没回头只顾往前走，她才能拖着脚步努力地跟上。

夏天的夜晚，蝉鸣聒噪。

走在前面的陈以默一直不回头，乔慕就放心大胆地盯着他的背影看。

她今天的运气真是好得不得了。怎么会这么走运，能得到他的帮助。这么个人烟稀少的地方都能让她碰到陈以默，不是缘分还能是什么呢！

"乔慕，我们换个号码吧。"陈以默突然转过头来说这句话的时候，乔慕立马惊喜到了。问她要电话诶！是对她有意思了吗？

她开心地正准备给他报出自己手机号的时候，陈以默又继续补充说道："如果你需要人帮你写作业、去教室占位置、做实验的话，可以联系我。当然价格从优。"

原来……不是她想象的那样哦。不过陈以默学长还真的是和别人说的一样呢，钻钱眼里去了，不放过任何一个赚钱的机会。

她不觉得他市侩，她现在就是情人眼里出西施，估计陈以默当着她面抠鼻屎，她都能淡定地继续吃饭。

她还是报上自己的手机号，安慰自己没事儿，能让自己的手机号码待在陈以默的号码簿里也挺开心的啦。

她报完手机号之后陈以默的眉毛怪异地抖动了一下之后慢吞吞地说道："之前给我打电话的人……是你？"

她怔在原地，整个人都直接石化……对哦！她怎么忘记了电话的事情！哦天哪！她不活了！

陈以默憋着笑送她回学校，这还是陈以默第一次送女孩子

回校还不收钱的。他可是一向收费昂贵。不过念在乔慕和他一样有个不幸的童年,他就大方地免收她一次费用好了。

陈以默走后乔慕还在难过今天的糗事,不过她又想到今天竟然这么近距离见着陈以默还和他说了话就开心得不得了,不得不说今天是多棒的一天呀!

后来乔慕大四实习,而陈以默恰好被导师找到带他们这届的实习生。他也不知怎么的,鬼使神差地就选了她在的那个班级。

认识她之后才知道不一样。他永远记得那一天,他正要去教室突击检查实习出勤率,不经意瞥见她正被人欺负。

"乔慕,实习报告我放桌上了啊,一会儿记得帮我写完!"说话的女孩子叫温程程,很是潇洒地把实习报告册往乔慕桌上一扔就走开了。

其余的人见状也纷纷效仿:"乔慕,别忘了帮我也写一份啊!"

还不等她开口,她桌上就已经堆了一大沓的实习报告册。

一般这些实习报告都是由研究生来打分的,导师才不会来。很多人就是吃准了研究生通常会对他们放水,就很不当回事儿。

"嗯好的,拜拜!"

第4章

他清晰地听到乔慕对着那些人道别,不由得皱了皱眉头,直觉这个乔慕不是太蠢就是太聪明,知道拿些小恩惠来拉拢人心。

他太清楚后者的思考方式了。从十岁开始他寄住在舅舅家，从那时候开始，表弟所有的作业都是他主动写完的。就算舅妈再不满意多了个人在家要养，有表弟在，他就能一直念书，直到他成年终于可以脱离出去。

他们是一类人。

他记得的，她父母双亡，家中亲戚都不愿意抚养她，能活到现在是靠政府救济的事情。

原本还以为是特别的人，到最后原来和自己一样，他瞬间没了兴趣。

他停下要进入教室的步伐，反正教室里也不过只有零星的几个人罢了，默默地记下剩下人的名字，他一定会给个"好分数"。

"乔慕，你是不是去告状了！为什么我们的实习报告全部被打回来重写？"

他真的不想听到的，自从注意到乔慕这个人之后，他发觉他自己就总是能碰上有关于她的事。这不又碰上了！

"我没有！我连老师电话都没有我上哪里去打电话给他！"她辩解，小脸红扑扑的，有些气愤的模样。

"你还说没有！你多红啊，好多人喜欢你呢是吧？隔壁班的于思聪就喜欢你对吧？人家都承认了！说是看不惯我们老欺负你什么的，就告状到老师那儿去了！乔慕，你别给脸不要脸啊，要不是我，你能用得起那些颜料吗？"温程程怒目而视。

水彩？哦，他有点印象，偶尔看到她在画画的时候，十有八九都在努力地将不多的边角颜料挤出来。那根本就是别人用剩下的颜料。欺负人欺负到了这份上，也差不多够了！

他自己也是。以前都是表弟用剩下的才能轮到他，就算这样舅妈还是永远一副高高在上需要他感恩戴德接受的模样。

"乔慕，你过来下，导师找你，你的实习报告要重写。"他淡定得就像什么都没听见，不过是刚巧路过，看到她就顺便通知一下的模样。

乔慕闻言一愣。刚才叫嚣的温程程也一样愣住，然后咕哝了句："大家都重写啊，今年导师也太变态了！"然后就悻悻然走掉了，也不道歉。

乔慕当真了，立马跟上前去跟着陈以默往导师的办公室方向走去。

等到看不见温程程的背影之后，陈以默突然停下脚步，对着乔慕说："好了，你走吧，我刚才都是骗你的，导师没找你，实习报告也不用重写。"

乔慕明显地愣住，那……为什么要这么说？等她反应过来后，他已经走开了。

陈以默啊，是陈以默诶！她保持着欢欣鼓舞的模样一蹦一跳地往回走。陈以默刚才是在帮她吧？终于想明白的乔慕心情好得不得了！

哎呀，她果然没有喜欢错人呢，真骄傲。

从那天开始，陈以默就惊奇地发现，那个叫"乔慕"的女孩子，每天都在他面前晃悠，甚至不知道是从什么时候开始的，就连他的导师都被她收买了，每天乐呵呵地笑得像个弥勒佛似的问他："小慕今天什么时候过来啊？"

他怎么知道！

正当他已经够烦的时候，面前竟然还站着个扭扭捏捏的小姑娘，低着头半天也不说话，不知道想干吗。

他本来就脾气不好，更别指望他怜香惜玉，当下他就皱紧了眉头没好气地问："你有什么事？"言下之意就是"没事别站这看着碍眼好吗"。

小姑娘扭捏了半天，大概终于下定决心了，从身后就像变魔术一样掏出了一盒巧克力往他面前一送，结结巴巴地说道："学、学长，我、我喜欢你很久了！请你考虑下我吧！"

送巧克力干吗？又贵又吃不饱！他嫌弃地看了那巧克力一眼，头都不抬地说："出门往右走，扔掉。"

出门往右走就是女厕所……表白的姑娘当下就崩溃地捂着脸跑了出去。对，还真的是出门右拐。被她撞了一下的乔慕很是同情地看着她的背影。

第5章

乔慕和这个表白的女生几乎是同时到的，非要计较早晚的话，表白女大概也就比她早上那么几分钟而已。

额，这么惨烈啊。乔慕默默地将手中准备送出去的巧克力收了起来放进了背包里，她不知道的是，眼尖的陈以默早就看见了她的小动作。

而她这边还在庆幸："幸好幸好我没有送出去！"

转过头去她就把巧克力随手送给了导师，弥勒佛导师笑得眼睛都眯成一条缝儿了。

看谁还敢说导师最疼的就是他，少来，看看现在，明显导

师最爱的非乔慕莫属，简直就是当女儿在疼。

　　他走哪儿都能碰上她，就连去导师家吃饭都是，甚至她还比他早到，笨手笨脚地在厨房里捣乱，师母还笑眯眯地拉着她说话不肯放她走。

　　听着厨房里一个个瓷碗碎掉的声音，他就头皮发麻。

　　反正他就是市侩，这样被她打碎下去，还不知道要多少钱呢！

　　吃晚饭之后老孙头也就是导师热情地非要他送她回学校去，就连该讨论的都还没讨论完呢，就迫不及待地把他赶了出去。

　　他阴沉着张脸，以往他最喜欢来老孙头家吃饭就是为了进他的书房潇洒，该有的资料一应俱全，比学校的图书室不知道好上多少。

　　喏，今天就因为乔慕全泡汤了！

　　他很难有好脸色。

　　更何况乔慕一路上短信铃声还不断，真的是吵到死。他厌烦地蹙眉，却仍旧拒绝和她说话。

　　乔慕这头也很委屈啊，于思聪不知道从哪里打听到了她的行踪，非要追过来接她。她怎么劝都劝不住。她好不容易才能和陈以默单独相处一次，真的好怕被不听劝追过来的于思聪给毁掉！

　　她在回复于思聪短信的间隙里偷瞄陈以默，他脸上不耐烦的神色这么的明显，让她有点小失落。

　　她的心思这么简单，孙老师还有师母都轻易地就看出来了，甚至还热心肠地帮忙，可她现在知道了，他不喜欢他不耐烦。

她咬咬下唇，感觉对他抱歉，是她一直打扰到他了，还不自知。

于思聪出现得很快，甚至在看到她的刹那欣喜地向她挥手就准备一下子跑过来。明明她都已经说了好几遍了，不想要他来接，不知道为什么他就是听不懂！

虽然明知道他不耐烦，但当下她还是下意识慌张地看了他一眼，才准备小跑到于思聪那里和他说清楚。

她刚准备动身就被他拦下来，他的动作幅度不大，只不过是突然揽住她的肩膀，她怔住，慌慌张张地看向他，一双大眼睛因为惊吓瞪得老大。

迎面奔跑而来的于思聪也是一下子愣在原地，傻愣愣地看着他们两个慢慢地走过来。

第6章

"乔慕……你是在和学长谈恋爱吗？"于思聪怎么会不认识陈以默，那可是学校的风云人物啊，谁不认识？正因如此他才有些犹豫地问道，他不记得乔慕认识陈以默啊，他明明一直都对乔慕很上心，怎么会有他漏掉的人？

"没……没有。"乔慕能明显地感觉到陈以默环在她肩膀上臂膀的温度，那让她有些紧张害羞到不能正常说话。她有些不能思考，整个脑袋都还在围绕着陈以默转。没有办法正儿八经地回答于思聪的问题。

"是没有，我还在追。"语不惊人死不休。

陈以默突然的一句开口成功吓到另外的两个人，而他自己本人则没事人一样地拉着乔慕走了，留下于思聪落寞的背影在夏季闷热的空气里。

等到看不见于思聪背影的时候，陈以默就放开了乔慕。

乔慕的脸色渐渐恢复正常，大脑也开始恢复转动。

"谢谢学长刚才帮我解围。"她大大方方地致谢，虽然心里有小小的失落。

而陈以默没想到乔慕会这样说，也懒得辩解。因为他自己都说不清刚才怎么突然脑子一抽就说出了那样的话，做出了那样占有性的动作。

她这样理解正好。

他不想恋爱，他的心思还要放在科研上，如果这次科研成功了，以后他留校的机会就会加大。他记得唯一对他好的舅舅对他说过："以默啊，以后能留校就留校呢，我们以默一看就是有学问的人！"

这些他都记着呢，才不要被乱七八糟的感情影响。

从那天开始，他就发觉自己不怎么常看见乔慕了。他一边惊奇一边松了口气，这样也好。倒是老孙头时不时地总要在他面前显摆："小慕又给我送了巧克力哦，没有你的！"

他没有稀罕好吗！他瞥了一眼长相丑丑的手工巧克力，恶劣地评价："这么丑！"

学校里的小道消息就像是长了翅膀一样，总是飞得又快又远。这不，"乔慕和陈以默同进同出"的消息已经传得满校皆知了。

温程程堵住独自走着的乔慕，乔慕看了一眼温程程，绕过她继续往前走。温程程完全无视掉乔慕的不理不睬，还凑上去态度很差劲地说道："喂，我那天晚上看到你和陈以默走在一起，你们两个大晚上的去哪里了？"

哎，她也就那么可怜巴巴的一次能够在大晚上的还和陈以默走在一起，还是沾了老孙头的光，要不是那天老孙头邀请他们一起去家里吃饭，她哪里会有这么个机会啊！

再说这都好几天前的事情了！怎么这些人还揪着不放！都怪老孙头住的是学校安排的房子，就在校园内，要不也不至于被那么多人看见。

不对啊！温程程为什么这么关心她和陈以默的事情？

温程程不会也喜欢陈以默吧？这怎么可以！

当下乔慕就不再笑眯眯的模样，认真地对她说："我们出去要和你汇报吗？"她才不会说她只是去老孙头家里面，然后恰好碰到了他。哼，温程程误会得越深越好！

"出去玩了？还是去哪里了？"温程程还不死心地继续说道，"我昨天后来想起有东西落在他车上打他电话都打不通，在他宿舍楼下等了半天都没看到人。"

陈以默有车？骗鬼哩！这明显是温程程瞎编出来的，乔慕这下听出来了。

乔慕原本还想着把温程程随便打发走就好了，这下却有点忍不住了，故意对着温程程说道："呵呵呵呵呵，那是当然的啊，你不知道我俩昨晚一直待在一起吗？"

"而且我们还甜甜蜜蜜地度过了快乐的一晚哟！"反正是瞎编，男主角又不在这里，她爱怎么瞎编就怎么瞎编，才不怕她！

"你少骗我！"温程程不相信地说，"陈以默喜欢的才不是你这种类型的女生。"说罢，温程程还用眼神上下扫了她一遍，一副看不下去的模样摇了摇头，似乎在说乔慕是在痴人说梦。

第7章

啧，什么眼神啊！乔慕不甘心地哼哼。

"那你还问我干吗！"乔慕没好气地回复道。

"我昨天找他，可是我感觉他没有很激动诶，"温程程撑着下巴说道，"喂，我们学校还有没有别的女人勾搭他啊？"

温程程这是公主病犯了。还以为也和她接触过的别的男生一样，只要她稍稍地主动点，陈以默就应该感恩戴德地巴上来。

"有啊有啊，"乔慕点头如捣蒜，"喏，你面前就站着一个骨灰级想勾搭他的人。"

她自己都说不清是从什么时候开始喜欢陈以默的，反正肯定是比温程程久就对了！

"你？"温程程像是听到了多好笑的笑话似的，看了乔慕一眼之后笃定地说，"你没戏。除了你以外没有其他人？"

温程程是真心没把乔慕当回事。乔慕这样的普通小姑娘哪里配得上她温程程心中的白马王子陈以默？啧，她就没把乔慕放在眼睛里。不过啊，现在乔慕总是能见到陈以默，她温程程想要靠近陈以默估计少不得还得靠着乔慕帮忙，因此温程程现在总是刻意地对乔慕表现出一副友好的模样，一扫之前霸道的公主病深度患者的德行。

"我不知道不知道不知道！"乔慕彻底被惹毛，整个就小狮子一样暴躁起来，推着温程程要她出去，"你都不用去上课的吗？你不知道陈以默最讨厌别人不劳而获坐吃山空不学无术的吗？"

"哈哈哈，乔慕你笑死我了！你还会说成语啊！"

怎么了！会说成语不行啊！她也是正经地凭实力考上大学的好吗？！她一生气起来就喜欢暴躁："要你管！"

温程程也不和她计较，还伸手去摸了摸她的头，虽然被乔慕快速地躲开了她也不介意，耸耸肩，轻松地又感叹似的说道："难怪陈以默说你最可爱。"

他在别人面前……夸过她最可爱？

小狮子一下子被顺了毛，不好意思地摸了摸鼻子腼腆地问："他都是怎么夸我的呀？"

"他说——"温程程吊她胃口拖长尾音说道，"他说，老孙头门下的人里啊也就乔慕可爱一点，尤其是不说话的时候最可爱！像吉娃娃一样。"

原来她像条狗！去死！去死！就知道没有好听的话！

乔慕气归气，反正也不是真心地要生陈以默的气，真的生气也只是生温程程的气而已。

讨厌的温程程一定是嫉妒她能有机会和陈以默待在一起，哼，不听她的。

乔慕把温程程的话当做是空气，温程程本来还存着要和她好好相处的意思，然后好从她这里得到陈以默的消息。这下子温程程也有些沉不住气，大小姐脾气又上来了。

乔慕不过是不肯帮她带礼物给陈以默，温程程就把乔慕唯一的一套画具扔出了窗外。

也不知道温程程怎么会有这么大的力气，一整套画具被她这样一扔，有些散落掉在地上，更多的却被她连同盒子一起扔到了窗口高大松树的枝丫上。

第8章

松树啊。茂密的松针上，挂着一盒画具自然是完全无压力的，可是要挂着一个人呢？挂得住吗？学校的这棵松树已经扎根百年，树干很粗，枝丫却还是同普通的松树一样细弱，根本不像树干那般粗壮。

乔慕眼见着画具被扔掉之后，立马跑下楼去。她们今天的画室在四楼，不然画具也不会被扔到松树上的。

乔慕爬上松树的时候，陈以默正在实验室里记录实验数据呢。听到实验室里刚刚吃完饭走进来的人八卦地说道："那个女孩子胆子可真大啊，松树都敢爬，也不怕扎到手。"

"听说是被人整了。哎！可怜的姑娘诶。"

"我刚刚远远地看了一眼，感觉那姑娘还挺脸熟的。"

"你没认出来啊，那不是乔慕嘛。我一眼就认出来了啊。"

……

听到乔慕的名字之后，陈以默手上的笔一顿，再也写不下去，直接拔腿走向刚进门两个人那边去问道："乔慕现在在哪边？"

"……A栋。"

得到自己想知道的事情之后陈以默拔腿就走。

陈以默在赶去A栋的路上一直在心里骂着乔慕："该死的没事儿干去爬什么树啊!"最该死的是他，明明都想好了离乔慕远一点的，现在他又是在干吗？怎么一听到她的名字就激动起来了？

真没出息!

陈以默暗自骂着自己。

他赶到A栋的时候只觉得自己一向健康的心脏都快要被吓出病来了，尤其是看到小个子的乔慕伸出手钩着画具在枝丫上摇摇晃晃的时候，他觉得自己的心脏都快要超负荷运载，直接叫停了。

乔慕根本不知道这些。她顺利地从树上爬了下来，虽然树很高，可她乔慕是谁呀，她爬过的树没有一百棵，五十棵总是有的。这点难度还不在她的眼睛里呢。

她生性活泼，下来的时候发觉周围陌生的同学都让她当心一点，替她捏了一把汗，安全着陆之后她还俏皮地拉着裤腿的一边学着拉丁舞谢幕的样子行了个礼。

周围的人眼见着她已经安全了也就渐渐散开了。乔慕这才看到了陈以默。

她刚想伸手同陈以默打招呼，陈以默就板着一张脸转过身去走开了。乔慕的手尴尬地举在半空中，有些僵硬地收回来，她脸上看到陈以默之后的惊喜也变成了尴尬的表情。

唔，这么不待见她啊。她摸了摸自己的鼻子，抱紧画具。

陈以默再见到乔慕是实习结束之后，一群人借着快毕业的由头非要拉他出来吃饭，陈以默反正一向无所谓，不就一顿饭，好聚好散，等这群人毕业了他反正还留在学校呢，也没啥好感慨的。

到底是毕业酒，大家都喝嗨了，又哭又笑的，很难看。有来不及去厕所吐的就干脆趴在垃圾桶上吐得昏天黑地。就连陈以默都不能幸免地被灌了好多酒，他一边喝酒，一边冷眼看着明明不是这个班却还厚着脸皮出现的于思聪，恶毒地想：呵呵，还不死心啊！痴人说梦呢吧！

陈以默其实酒量还挺不错的，那也不代表他喜欢喝得烂醉，喝得差不多了，他就狡猾地开始装醉。

真正喝得烂醉的人是乔慕。

这么一大群人里，就属乔慕最好说话，别人一劝酒，这个老实孩子一直说自己不能喝了，别人一说："你和××都干了，不和我干是不是看不起我！"乔慕就这样被迫着同所有人都干了一杯。

不醉才有鬼。陈以默自认都没有这么大的酒量。

第9章

一群人都喝得东倒西歪的，几乎就剩下陈以默这么个清醒的人了。不过他依然装睡着，他才不想一个个送这么多个醉鬼回去呢，还不得累死啊。乔慕摇摇晃晃地想要站起来倒点水喝，却不小心被沙发脚绊倒直接摔在陈以默身上。

乔慕曾经幻想过，这张端正、坚定的嘴唇，亲吻起来是什么滋味。现在他的嘴唇就在她眼前，任人采撷。一口亲上去，哎呀，果然滋味超级棒！

她一直欢喜地与他嘴唇贴嘴唇，残余的酒精把她醉得像只小狗一样，不仅死死地贴着他僵硬的嘴角，还贪心地舔上几口，一点都不顾及身下一直僵硬着的人。

她的吻技很差，除了会贴着以外，顶多会舔上几口，就和小狗表达喜欢的方式一样。对呀没错，她吻技差怎么了！她就是有一腔热血非亲到他不可！

嘿嘿！果真被她亲到了呢！好开心，好满足！她得意洋洋又心满意足地从他身上爬下去，还没来得及逃走，她就被坚硬的臂膀整个拦腰抱起，明明应该早就醉死的陈以默睁着眼睛神色不豫地质问她："亲完人就想逃跑？"哼！哪有这么好的事情！

可是仔细看的话，虽然、虽然他说得这么凶，可是他的耳朵都羞红了呢！

可是她当时羞得哪里还敢看他啊，她脸红红的羞涩又难堪得完全不知道该怎么办才好，喏嚅着完全不知道该怎么回答他，甚至错以为他是在质问指责她。

她脸色越来越白，绞着手指就像是犯了错的小孩子在威严的老师面前，只差哭出声来。

他有些无奈地叹气，伸了手把她一把揽在怀里，没好气地说："以后离那个叫什么于思聪的人远一点知道吗！"

她什么都不晓得，点头总还是知道的，慌慌张张地点头只要他不生气就成。

他抱着她在满屋的酒气里又是感叹又是松了口气地想：算了吧，反正他女朋友乖巧又听话，不会影响到自己的。

"那……那现在是什么情况？"她再蠢也知道他和她之间

从现在开始会有些什么不一样,只是她还不知道,到底是什么不一样。

"哎,女朋友。"他没办法了的,女朋友这么笨,他有义务教导,"以后巧克力可以直接送到我这儿了,老孙头年纪大了牙口不好你就别再毒害他了。"

乔慕的小脸瞬间爆红。他、他竟然一直都知道!

她用力地将脸埋起来,埋进他的胸膛。而陈以默,呵呵,一秒之内收回他的女朋友乖巧又听话的想法。他差点没被她大力撞上来的力道给弄得吐血!

从此之后,乔慕就归陈以默管。

他一向有原则,既然都把她纳入规划当中去了,自然她的生活也在他的规划里。于是乎,每天早上六点半你就能看见陈以默脸色阴沉地等在女生宿舍楼下,再过几分钟就是乔慕连滚带爬脚不沾地奔过来的身影。

没错,我们凄惨的乔慕从成为陈以默女朋友开始就再也没有懒觉可睡,每天都得跟着陈以默早起,不是在图书室就是在去图书室的路上!

当然也有例外,每当陈以默要去实验室的时候,她就有短暂的自由可以去补眠可以去挥霍。

第10章

"男朋友?男朋友?"乔慕摇晃着陈以默的长手臂说道,"你在想什么呢?"

在想怎么和你这个神经病勾搭上的血泪史！陈以默在心里默默地想道。当然他不会直接这么说，他无奈地抚额，很给力地说："在想我女朋友怎么这么漂亮。"

果然乔慕开心的酒窝显现出来了，惹得他一阵手痒想去戳。

"啊……突然想到我都吃完了你怎么办？"她后知后觉地发现她吃得太快太多，都没给他剩下什么饭菜。

"我不要紧，随便吃点就成。"他不挑食，不像她。端起她吃过的碗，就着她吃过的地方把剩下的饭菜一扫而光。

一吃完他刚站起来准备去洗碗，就看见她亮晶晶的眼睛笑眯眯地盯着他看，看得他毛骨悚然。

"干吗？"他没好气地问道。

"你一定很爱你女朋友对吧对吧？你看你都不嫌弃她吃过的碗筷！"要比不要脸她绝对是天下第一！

"还成吧，"他淡定地端着碗筷进厨房，边走边说道，"反正她都主动凑上来亲了，间接接吻这种事情也没什么了对吧。"

比起陈以默，明显乔慕道行低多了。

就像现在，陈以默再看向她的时候，某人脸红红的缩在椅子上低着头，舌头像是被猫咬掉了一声不吭。

嗯，没错，他女朋友最漂亮，不说话的时候尤其漂亮！

到底是学生，他不可能留她过夜，早早地送她回校，不是真的就舍得分开，是不舍得她一会儿还要走太黑的走廊，干脆就早点送她回去。

快送到门口的时候，她拉着他的袖子，唧唧歪歪的就是不肯这么进去，旁边几对黏糊糊的小情侣说着甜得腻死人的情

话,乔慕羡慕得不得了,他当然晓得她要听什么。

可那么丢脸的话他才说不出来!

他僵着就当什么都不知道,一直催着她上楼。她一步三回头,明显恋恋不舍的模样让他又气又好笑。那种腻死人的话就那么想听?

好吧,既然她喜欢,那他偶尔说一次也无妨,正准备叫住她的时候就听见宿舍楼的阴影处传来一声:"乔慕!"

赶过来的赫然是于思聪,还是拎着保温瓶的于思聪。

"乔慕,我听说你有点感冒,就给你泡了点柠檬水,多补充点维生素C对身体好。"于思聪将手上的保温瓶递给乔慕,乔慕没想到于思聪竟然还没死心,一下子愣在那里不知道该怎么拒绝才好。

于思聪也是个傻子,压根就没看到陈以默就在不远处,还梗着脖子努力表达着自己的想法:"乔慕,我觉得、我觉得你和学长不合适!他太优秀了,和我们根本不是一类人……"

他陈以默和乔慕不是一类人,难道你于思聪就是了?

陈以默听到这就完全听不下去了,当着他面就敢教唆他女朋友可真是胆子大,他阴沉着一张脸像黑面神一样出现在乔慕身旁,成功地吓住了于思聪。于思聪再也说不下去,却还是被陈以默拉到一旁去说话。

乔慕倒没有担忧陈以默,她比较担心于思聪。

陈以默脸色那么难看,希望他不要说些什么让于思聪难堪的话才好。

第11章

也不知道他们究竟说了些什么，于思聪最后看了乔慕一眼之后就默默地走掉。她不放心地追上去问陈以默："你没说什么吧？"

"干吗！担心我让他难堪？"他脾气又臭又硬，语气很不好，还睨着眼睛看着她。

"你在吃醋呀？"她却不再担忧于思聪，满满地只能看到他。酒窝再现，她抱着他的胳膊笑得甜蜜蜜地说："就知道你爱我。"

他不像她每天把"爱呀喜欢呀"放在嘴边念叨，但是她这么说，他不会否认。

乔慕踮着脚尖亲了他脸一下然后心满意足地上楼回宿舍睡觉。而站在女生宿舍楼下的陈以默难得地冒着傻气，一路目送她回去。

其实刚才他也没和于思聪说什么，该警告的话多说无益，有人喜欢她他也没有那么介意，只要不打扰到他和她的相处就行。

他刚才其实是去问于思聪有关了乔慕的种种喜好与习惯而已。

其实他有很长的时间可以自己去慢慢发现，可他怕在弄清她所有习惯喜好的这段时间内，她会因为他受到委屈。

可能这个时候的陈以默还不自知，他想要的那种毫不影响自己原先生活的爱情，从来都没有。他比他预想的要投入得多。

他们两个在一起之后最开心的莫过于老孙头。老孙头大力地拍着陈以默的肩膀说："行啊，小伙子，还以为你不开窍呢。"

他懒得计较，谁不开窍，他原先那是不愿意搭理好吗？

他在实验室待得久，她就在一旁待着等他，反正她的作业都被他逼着老早完成了，她一个艺术生，真的没有那么多作业要写……不像他。

陈以默在实验的间隙里，习惯性地去找寻她的身影，啧，真厉害，这么快就混熟了！几个小姑娘叽叽喳喳在走廊里说着话。

本来还有些担心她无聊，现在他算是彻底放下心来。

正准备回去继续做实验，不经意间他听见有人问乔慕："诶，乔慕，我和你说啊，那个××学姐啊傍大款的！你不要看她表面上单纯！"××学姐和乔慕关系一直还算不错。

啧，女生的友谊干吗总是不能逃脱八卦！他无趣地想，快步就准备离开的时候听到了乔慕的回复："谁不喜欢有钱人嘛，还好啦。又没做什么伤天害理的事情，××的事情我也知道点的，对方也没有妻女的话，正常交往也不算什么的呀。"

"那意思是你也想嫁有钱人？"

"我倒是想啊，哪有人看得上我嘛！哈哈哈！"

听不下去了，他揉着耳朵进去继续做实验。无聊的女生之间的对话！

第12章

温程程不是第一次来堵他。

明明他记得和这个女生没什么交集来着，也不知道是发什么神经。他比较好奇的是，她是怎么做到每次来堵他的时候，都正好避过他家黏人黏得一塌糊涂的乔慕。

"有事吗?"陈以默无奈地说道。每次都来堵他又磨磨蹭蹭不说话他也很烦恼好吗,他还要赶紧去见他家蠢货,"没事儿的话,同学你能别挡着路吗?"

"学长你今晚有没有空啊? 我想请你吃饭。"

纠结了半天,原来就是这样。

"没空,我女朋友在等我。"丢下这句话他就准备换条路走,再和温程程僵持下去他怕自己气得喷血。怎么有这么讨厌的人!

喜欢就喜欢吧,干吗非得影响到他?

"你知道乔慕在外面被人包养的事情吗?"温程程着急了大声说了出口。

陈以默当然知道这个女人是在污蔑乔慕。

周围虽然人少,但是这么劲爆的话题,很难不让人注意,一时之间所有的人都看了过来。陈以默是不想搭理,他捏紧了拳头,他不打女人,阴沉沉地转过去对着温程程说:"大学开始你换过多少男朋友要我帮你数数吗? 还是直接列表放到网上去?"

"我要是在学校里听到有关乔慕的不好听的话,我不管是谁说的,都算你头上,有胆量你就继续说!"

他一贯冷静,虽然脾气臭,但那也只对少数亲近的人。别人眼里的陈以默都是清俊少年,从不和人争执。这般狠厉的模样还是第一次见。周围原本看热闹的人都生怕牵连到自己身上,都装作没事一样地继续自己的事,只剩下耳朵竖起还在听着。

温程程明显被吓到,惊吓之余替自己辩解:"不是我说的难

道也要算在我头上？"

"对！我只听你说过！你好自为之。"陈以默丢下这句话就再也不搭理温程程了。

他脸色阴沉地一路小跑，只想快点见到乔慕，跑到距离乔慕不远的地方他停止了奔跑。等待得有些无聊的乔慕正在低着头把地砖当成是方格子来跳。跳过去了之后就开心地笑。

快乐于她多么简单。

她也看见了陈以默，惊喜的表情一眼就能看穿，随即就是飞奔过来，都不管横穿马路的危险，被她吓到的陈以默大声吼她："你给我退回去别动！"然后自己奔过去赶紧把她带到安全的地方去。

他承认自己心脏还不够强大，受不了她时不时给他带来的这种"刺激"。

"男朋友你在生气呀？"他的脸色太差，她再蠢也知道他在生气。

"没。"他缓过劲来，牵着她的手握紧，接着说，"交通法规会不会背？我明天打印出来罚抄一百遍，抄不完不见面。"

乔慕苦着脸想：这还叫不生气！也不想想她还不是看到他太开心了一下子得意忘形了而已嘛！

第13章

陈以默还准备继续训乔慕的时候，就被一声熟悉又高亢的女高音尖声叫住："以默！"

　　他转过头去一看，是舅舅舅妈一家人拎着大包小包的行李来找他。

　　"以默，在这里看见你真是太好啦！"舅妈赶紧冲到陈以默面前来，继续说道，"我刚刚就说是你！你舅舅还说不是！你看还是舅妈疼你吧？"

　　他冷笑，却不辩解，不去理会舅妈，直接看向舅舅问道："舅舅，怎么突然来了？"他当年念大学刻意没有留下手机号给舅妈，就连表弟都没给，单单只给了舅舅。

　　"还是你舅妈……非要来……"舅舅一副很不好意思的模样低着头说话。

　　陈以默有些心酸，舅舅对他是真的好。他看着面前站着的老人，佝偻着背，个子只到他肩膀处，他能够清晰地看见舅舅已经花白了的头顶。

　　"有什么难处我能帮得上，舅舅你就直说。"他看得出来舅舅有难言之隐。

　　舅舅还没来得及开口，倒是舅妈咋咋呼呼地喊道："也不是什么大事啦！就是你舅舅这人死要面子不开窍，我要来找你他死拦着不让！就是你弟弟的事情，我查了下你学校还挺不错的，你看看能不能给他找个工作，月薪五六千就差不多了吧！"

　　说得可真轻巧！陈以默闻言看向许久不曾见过的表弟，染着一头鲜亮的绿毛，叼着烟站在那儿还在抖腿。年少时候虽然叛逆但是心肠很好的男孩子，陈以默现在吃不准表弟已经变成什么样子。

　　这个忙他会帮，就冲着舅舅和表弟以前对他的好他一定会帮。他陈以默最不喜欢欠别人情。

但是他不愿意把他们带回他的家。舅妈这个人太不要脸，被她得知他已经在这座城市买了房子还不知道会怎么样，他不愿意在她面前露财。

乔慕！突然想到跟在他旁边的乔慕！陈以默看向她，生怕她被舅妈吓到。

还好……她不仅没被吓到，还有闲心去操心他。乔慕伸出柔软的小手抱住他的胳膊将小脑袋靠上去蹭他，无声的安慰。

其实他不需要，他早就习惯了这些。但是她愿意这样疼他，他其实也觉得很好。

察觉到表弟的眼睛一动不动地紧盯着乔慕看，陈以默心里一阵不舒服。想起从前表弟就很爱翻陈以默的书包去找女生偷偷塞进他书包的情书之类的东西，许多原本是暗恋陈以默的人，最后都成了表弟的女朋友。

反正陈以默当初也不在乎这些，根本无所谓。反而还觉得表弟帮他解决了不少麻烦。但现在不一样，对象是乔慕，他不允许表弟用那样的眼神看向她。

他太熟悉那种眼神，每次表弟想要属于他的什么东西的时候，就是这种眼神！

第14章

他把乔慕揽紧，对着舅舅说："五六千的工作我找不到，稳定点的工作还是可以的，舅舅你别担心。"

"以默，会不会很麻烦你啊……"舅舅有些不安地问。

"不会。"

"我就说嘛老头子!"舅妈叽叽喳喳的唯恐别人忘记了她的大嗓门似的,"以默这么能干,这点小事怎么会麻烦得到他!"

反正她是决定好了!不找到满意的工作她就不走,一直在陈以默这儿待着!就不信他能拿她怎么样!

陈以默冷笑着看了舅妈一眼,然后带着舅舅一家去宾馆开房,安排他们住下。

"陈以默,你带我们来住宾馆是什么意思!你是瞧不起你舅舅舅妈吗?觉得我们不能住你的房子?"舅妈的三角眼瞪起来特别难看,更何况还双手叉腰,在人来人往的地方大声质问陈以默。

陈以默神色不变地冷哼,心里却豁然明白了,原来是这样啊!听说了他在这买了房子才大包小包的过来的吧?是恨不得到时候把他的房子都占据了才行吧?难怪舅舅刚才神色不对劲。

他心里清楚,面上却没有显露出来,人来人往的,她不要脸他还要呢!

陈以默不卑不亢地说:"舅妈,这你就错怪我了!我哪来的房子啊,我现在住着的房子还是学校分给我的,一犯错就得交回去。学校可是明文规定的啊,要是带学校外的人来住,我在学校打的那几份工可就全没了!"

他这话一说,舅妈脸色一变慌忙说:"其实宾馆也挺好的,我还是第一次住呢!老头子你干吗?麻利点快跟上啊!"

对付舅妈这种人他最在行。他每个月都汇钱给舅舅,十有八九最后都是进了舅妈的口袋，要是少了他这笔收入，呵呵，舅舅家的日子会更难过吧？

陈以默把舅舅一家安顿好之后，拉着乔慕就走，乔慕一向有礼貌，一个个好好道别了之后才肯离开，却已经被舅妈拉着问了一大堆的话。

"姑娘是哪里人啊？" "爸妈是干什么的啊？"……这样类似的话一阵盘问直到陈以默忍无可忍把乔慕拉走了才算完。就是绝口不提乔慕是不是陈以默的女朋友的事情。

乔慕被陈以默拉着快步离开的时候还有些担忧地问："我们就这样走了会不会有点不礼貌？"

"以后如果刚才那几个找你，你不准单独去见知道吗？也不要私下联系，有什么事情一定要和我说知道吗？"他说得很严肃，这不要脸的舅妈不知道会干出些什么事情来，他有点不安心。

再看乔慕一副不解的样子他有些心浮气躁地逼问："听清楚了没？"

乔慕赶紧点头。

第15章

第二天舅妈就孤身一人去找陈以默。

陈以默当时正在做实验，而他的小女朋友乔慕最近正着手准备绘画大赛的作品，两人约好谁先完成了谁就在老地方等。

实验室的同学把舅妈带进来，明显地带着不怀好意的样子对着陈以默说："以默，喏，你舅妈说找不到你。"那种假装亲昵其实不过是为了看笑话的模样，陈以默再熟悉不过。

舅妈一辈子都没念过什么书，势利刻薄又不要脸，就是对着这些看起来很专业很学术的人下意识地就会产生敬畏感。

她对着陈以默偶尔也会有这种感觉，但随即就会被"有什么了不起的！还不是个爹不亲娘不要的小孩"这样的思想掩盖过去。

因此，舅妈对着那个带她进来的同学很是谄媚地说："谢谢您了啊！"模样卑微，甚至还热情地和同学介绍了一路自家儿子有多好，如果能来学校工作一定合适得不得了之类的话。

她大概是误以为这些看起来很专业很学术的人，随便哪一个都能帮他儿子说上话吧。

陈以默才不在乎这些。别人的眼色他看得多了，早就练就金刚不坏之身了！

"舅妈你怎么过来了？"他平淡地问道，没有刻意去避开那些人。要看热闹那就看好了。

"还不是为了你表弟的事情！我看你一点都不上心，我只好自己过来了啊！"

也真亏她敢说。

昨天才说要找工作的事情，今天就有脸说他一点都不上心，幸亏他早习惯了舅妈的不要脸。

他在心里冷哼，面上却一点都没显露出来，甚至还好声好气地对着舅妈说："舅妈，要不这样吧，我直接带您过去，我学校这里还有几个职位空缺，我忙到现在还不得休息，也不太会说话，没有您厉害，要不还是您去？"

　　舅妈深以为然，她自己也觉得陈以默能把自己儿子说得有多好呢，要说到夸耀儿子的方面啊，谁也比不上她！

　　陈以默把舅妈带到地儿之后和里面招人的主任打了声招呼之后就走了，回到实验室之后心下大爽。

　　他本来就想敲醒舅妈，快别做白日梦了，赶紧脚踏实地让表弟找个工作稳定下来才是真的！这下正好！

　　他不过是一个学生，能在学校里说得上什么话？

　　他说表弟不好，说不定舅妈还当他是嫉妒乱说话，由别人来敲醒舅妈才是最明智的选择。

　　他一回到实验室就有人故意问他："陈以默，刚刚那个是你舅妈啊？看着不像啊。"

　　他知道言下之意是什么，还不是嫌弃舅妈太过寒酸、乡土。

　　"那也没法，她养了我十年。"他冷淡地回答。他是不喜欢舅妈，但并不是因为她寒酸又乡土。贫穷有什么，真正可怕的是心术不正！

第16章

　　他实验结束，疲惫得一塌糊涂，伸个懒腰，算算时间差不多，舅妈也该谈完了，该得的教训应该也差不多了。

　　这个世界不是以她为主的，不是她觉得她儿子很好，别人就都这么觉得。

　　他觉得这件事情他处理得很不错，这个感受也只维持到他见到乔慕之前。

他控制不住自己，脸色变得阴沉，明明大多数时候他都能完美地掩盖好自己的情绪，但只要搭上她的事情他就控制不住。

明明、明明他都交代她了！要她离舅妈一家人远一点！她昨天都答应得好好的！竟然是当耳旁风！听过就忘！

瞧瞧、瞧瞧！舅妈那么难搞的人，乔慕竟然还有本事笑嘻嘻地陪在一旁说话。他还是第一次见到舅妈除了对待表弟以外，这么和善的模样，甚至还一直拉着乔慕要她坐下来，别光站着等。

真的没法直视！

他气呼呼的却还是收敛了情绪走到她们身边去，假模假样地问舅妈："舅妈，表弟的工作谈得怎么样了？"

舅妈原本和乔慕聊得正开心呢，闻言不由得神色黯淡下来，叹了口气之后说道："说是只能当保安。"说着舅妈又气愤了起来，"我家阿宝这么聪明！他们竟然都看不到！哎！"

他早知道就是这个结果。接下来他给表弟找的工作大概舅妈也会说些闲话，但最后还是会接受。

这样就好，毕竟相处这么久，他其实也希望表弟一生无忧，别让舅舅操心。

没办法，他被乔慕教育得很好。她虽然傻里傻气的，但是有一腔热血，只记得别人对她的好，他耳濡目染，虽然做不到不计前嫌，但起码他会努力。

好不容易把舅妈搞定送走，在这过程中陈以默的荷包还被舅妈狠狠地坑掉了一笔之后，陈以默终于如愿和乔慕单独待在了一起。

"我昨天和你怎么说的？"他冷哼，她再撒娇都没用，他很生气！

"我都记着呢。"她摇晃着他的手臂撒娇，知道他嘴上不说，其实最吃这套。

"可是她是你的家人呀，我也想在你家人面前表现良好呀。陈以默！我和你说啊，真的，有家人是件特别美好的事情，真的。"她说着说着将小小的脑袋靠在他的胸口埋起来，说出来的话越来越低，柔柔的，拂过他的心坎。

他其实想反驳，想说舅妈的恶毒，可最后还是抵不过她说的话，只要一想起她父母双亡之后没有一个亲戚愿意收养她，他就什么都说不出口，只能收紧手臂把她紧紧地抱在怀里。

语言有时候是最无力的东西。说出口的安慰都比不上一个直截了当的拥抱。

第17章

"你今天画的画呢？"突然陈以默想到了她今天明明说要去画画的，怎么什么都没带就出现在他眼前了？

这不像她啊。

乔慕这个人有个毛病，每次画了一张画之后必定是要交给陈以默审核的，他说好，她才安心，即使陈以默明明对绘画一窍不通，大多数时候不过是刻意让她心安而已。

她眼神微微闪烁，躲避着他的眼神，支支吾吾还故作没事人一样地说："啊，今天没发挥好，感觉超级差！就直接扔掉了！"

"真的？"他狐疑地看着她，眼尖地发现她衣袖口有颜料的印迹，可乔慕这人称得上有洁癖，认识她这般久，陈以默还从未见她衣服上有过污渍。就连她画画也是，从没有颜料沾到衣服上的先例。

他伸手拉起她的手腕来看，她的右手手掌掌心竟然还有道划伤，不重，但是因为没有好好处理，看起来有些触目惊心，仔细看伤口里竟然还有些木屑。

"你别和我说这是你不小心搞出来的。"想都知道她会怎么搪塞他，他才不要听这些。

被他发觉，乔慕笑嘻嘻地说："反正我右手神经损坏，没有知觉的嘛，又不疼。"

"说这话是想让我心疼你啊？没门！"他戳戳她的脑门，暗自决定以后一定要偷偷地溜去她画画的地方看看去。暗亏他陈以默一向是让别人吃的，没道理他女朋友这么白目啊！就是因为神经受损，她手上常常有些小划伤还不自知，自从成为她男朋友之后他口袋里就从来没有少过创可贴这东西。小心翼翼地替她包扎好之后他理所当然地问她："换洗的衣服呢带过来了吗？"

她脸爆红，却还是坚持着说道："我自己洗！"

旁边路过的路人甲乙丙都惊奇地看向这对小情侣，还没见过男朋友非要帮女友洗衣服，女友宁死不从的呢！

"你自己能洗？"他怀疑地看向她的右手。

她把手往袖管里一缩，梗着脖子说："不是有洗衣机嘛！"

"内衣你也敢用公共洗衣机洗？"他睨着眼睛看向她说，才不是他多管闲事，是因为见过她单手洗毛巾的样子，他再也不想让她做那样的事情了。

她脸越来越红,这种话他竟然在大庭广众之下说出来,饶是她脸皮再厚也害羞得一塌糊涂,双手捂着脸,随便他怎么拉都不肯放下来。

看她真的羞了,他就说了实话不再闹她:"骗你的,我才不洗呢,是新买了洗衣机,比公共用的干净多了!你宿舍阳台这么小,够晒吗?下次拿过来我洗干净晾干了你再带回去。"

闻言,乔慕把手放下,抿着嘴偷着乐,一下就扑向陈以默撒娇着说道:"你最好了!最好最好!"

第18章

"不不不,我只是一般般好,我对你好是有目的的!"陈以默会这么说是因为今天早上乔慕发了条微博,微博内容就是:"其实我知道的,你对我的好,都是有目的的。"他是刻意来调侃她,小傻子竟然还有伤春悲秋的情绪啊!

他没注意到的是,在他怀里的乔慕脸色有一瞬间的僵硬之后才装作若无其事地说:"才不是!你是真爱!么么哒!来抱抱!"

他……其实常常有种不是在谈恋爱其实是在养女儿的错觉……

给表弟找了一份在饭店当大厨学徒的工作,是老孙头介绍的,进去挺容易的,工资不高,胜在环境不错,不会学坏,日后学成出师,加薪是肯定的事。

舅妈果然对这个工作还有话说，碎碎念了许久，一听他说："现在不决定下来，马上工作就没了，抢手得很。"就慌慌张张立马答应下来。

他本以为这事儿就算完了，剩下的就是赶紧把舅舅舅妈送回去。

哪里想到，他正准备去买点东西让舅舅带回家的时候，就被舅妈拉住，神秘地问他："听说有个大小姐在追你啊？你怎么一直不搭理人家啊？"

"我有女朋友。"他睨了一眼舅妈之后冷淡地回复道，他女朋友舅妈又不是没见过，还说这种话。

"哎呀，上次那个姑娘吧好是好啊，可是没爸没妈的还残疾，说出来也不好听，说不定啊，就是命硬！"舅妈神神叨叨地继续说道。

呵呵！迷信都敢搬出来乱说真是好样的！他笑意满满露出一口白牙阴森地说："可是这样正好啊，那我就没有厉害得就像舅妈一样的丈母娘需要对付啦！"

舅妈被他一句话挤兑得说不下去，嘟嘟囔囔地说："那你不要干脆让给我家小宝算了！"

他冷哼，没有吭声，这是当人家温程程是物品呢吧？她说让就让啊？虽然他是觉得烦，有本事表弟就自己去呗，正好还给他解决了麻烦。

舅妈正欣喜陈以默一副答应的样子的时候，表弟的声音就传了过来："妈，我都说了！我对表哥的女人比较感兴趣！"

舅妈脸色立马变掉，朝表弟大力扔过去一个枕头骂道："你给我闭嘴！"那枕头看着扔过去的力气大，最后还不是被

表弟轻巧地接住。

陈以默铁青着脸看着眼前的闹剧，越来越想摆脱掉这样的家人。

乔慕说，有家人就很好了！

可这样的家人他不要。

舅妈八卦的个性不改，这样的情况下竟然还能继续和他八卦下去："以默你女朋友的小姨都找上来了，那么多亲戚你照顾得来吗？你想想看啊，日后还会有源源不断前来认人的亲戚啊！"

乔慕的小姨找上门来？

他怎么不知道？

第19章

"舅妈，你怎么会知道这么多事情？"他狐疑地问，眼睛却死死地盯着舅妈的脸一动不动，似乎想要从她的神色上看出什么。

"还能是为什么！"舅舅突然愤愤地开口说道，"这女人丧心病狂了以默！你好心帮阿宝找工作，她见着你的女朋友，觉得又漂亮又懂事，最难得还是一个地方的，就想让阿宝娶回来，没想到打一通电话回去打听之后知道人家姑娘是个孤儿，这才作罢！"

"这就算了！这婆娘还对着人家小姑娘的亲戚乱说话，说小姑娘发达了之类的！"舅舅气愤地捶了下沙发之后继续说道，

"以默，你放心，阿宝的工作反正也找到了，舅舅这就带着舅妈回去，再不在这给你捣乱！"

陈以默闻言冷眼看向舅妈，舅妈嗫嚅着不知道在咕哝什么，突然又恢复大声地朝舅舅吼："敢情不是你儿子啊！我为他多考虑一点怎么了！"

对，没什么。是他和乔慕待得太久，都差点忘记了人性的贪婪与自私。

再也没法对着那对不要脸的母子有什么好脸色，他对着舅舅说道："舅舅，我还是欢迎您的，下次您一个人来，我仍旧很高兴。"

他这话摆明了就是不欢迎舅妈。

舅妈正待要说什么的时候被舅舅拦住，而陈以默已经一刻都不能在这待下去了，快步离开。

刚走出去他就开始拨电话给她，她接得很快，语气有些不太稳地说："男朋友，怎么啦？现在空下来有空接见你寂寞空虚的女朋友啦？"

他稳住刚刚被舅妈气到快要爆炸的情绪，顿了一下之后说道："你在哪儿呢？我来找你。"

"我、我……要不还是我来找你吧，我这边乱得一塌糊涂。"

她不会骗人，每次撒谎的时候就会口吃。他一听就能听出来。

"乔慕。"他正儿八经地叫她名字，"你让我觉得失败，有种不被信任的感觉。"

这话重了。

乔慕一听就慌了！知道他肯定什么都知道了！一下子慌得语无伦次："没有没有，我不是不相信你，我是怕你忙不过来，我……我也不知道怎么说，反正我真的不是不信任你……我就是以为自己能解决好……"她都急得快哭了，带着哭腔问他："你来找我好不好？"

当然好。他本意就没想吓她，她急成这样他心里就变态地舒坦了。

喏，那些才不是家人，家人才不会把他摆在利益的后面，他现在要去见的这个才是。

陈以默按照她电话里报出的地址赶过去的时候，乔慕对面果然站着一个老女人不知道在说些什么，应该就是舅妈嘴里的什么小姨。

乔慕低着头不知道在干吗，陈以默叫她的名字，她才抬头，眼泪汪汪地看向他的样子特别像家里的那条小白，不管不顾地就往他这边跑过来。

第20章

抱住飞奔过来的乔慕，他咬牙切齿地警告她："下次再发生这种事情还敢一声不吭的话就分手！没得商量听到了没！"

没听到！没听到！乔慕才不搭理他这样的话！死命往他怀里钻。傻子才答应下来呢！更何况她又不傻。

原本站在乔慕对面的老女人面露尴尬地和陈以默打招呼："这位是？"

"我男朋友。"

"啊，一表人才啊。"完全就是随意的寒暄。

阿姨看着陈以默在，有点不知道怎么开口，为难地再三交代乔慕说："小慕，我和你说的事情你别忘了啊！阿姨等你回应！"说完才一步三回头地走了。

待阿姨走后，陈以默才问乔慕："怎么回事？老实交代清楚。"

"我好像还没和你说过，我其实有个弟弟来着，是亲弟弟。"乔慕的开场白就是这个。

哦，他想起来了。陈以默想起来，当年乔慕家失火这件事情在那个不大的地方也是件很大的新闻了。对的，她是有个弟弟，父母葬身火海之后，小弟弟很快就被不能生育的阿姨领养了，可是乔慕却被一众的亲戚推来推去，没人愿意要。

"现在你阿姨自己有了孩子又不要你弟弟了？"他能想到的就是这个。

乔慕摇头然后继续说道："是弟弟生病了。他像妈妈，心脏瓣膜脱落，需要一大笔钱。现在还差三十万，也不知道阿姨是从哪里听来的，以为我发达了，这才找上来的。"

小孩子忘性大。阿姨收养弟弟的时候，弟弟才只有四岁多一点，在那之后阿姨就要求乔慕完全要改口，甚至直接给弟弟重新取了名字换了姓，不准别人再提弟弟是收养的事情。大概是以为这样做以后弟弟长大才会把她当成亲生母亲吧。

现在弟弟出事了，终于想到啊，他还有个亲生姐姐，叫乔慕。

这种事情陈以默见多了，她虽然说得不多，其中关键他却

一听就懂。

这些年他跟着老孙头是有赚钱，可他这人天生缺乏安全感，他可以什么都没有，但一定要有房子。他总觉得没有房子他就像在外面漂浮着没有根。

这几年他赚来的钱几乎都花在了房子上，已经没有什么剩余。

"我们一起去想想办法，你先别急。"他让她别急，其实他自己大脑已经开始飞速运转，最快又最安全的来钱方式，答案就是没有。

哪有天上掉馅饼的事情？实在不行可能最后还得去问老孙头借钱。

这么大一笔数目，他其实也不知道该怎么开口，尤其是，借了以后呢？怎么还？

这些都是问题。

第21章

阴魂不散的温程程越挫越勇，经历了上次被陈以默恐吓的事情之后也不知道她是怎么想的，竟然觉得这样的陈以默超级有性格！超帅！

只不过她现在学乖了，想要约陈以默出去，但是不再用诋毁乔慕的方式来吸引他的注意力了。其实也是被他上次的恐吓吓怕了，不敢了而已。

"陈以默？你以后就一直留校了吗？"烦死人的温程程一直

在旁边叽叽喳喳，就算陈以默根本不搭理她，她也能一个人说下去。

"啊，我听说留校的话，能拿到的钱也不是很多啊，还不够我买几个包呢。"她绕着自己的头发说道。

陈以默闻言在心底冷哼，那肯定是比不上她大小姐花钱如流水的习惯。

"陈以默陈以默！"温程程似乎是想到了什么很高兴的事情一下子兴奋了起来，对着根本不搭理她的陈以默高兴地说道，"要不你来我爸爸这边工作吧？你这么厉害年薪三十万怎么样？可以预支工资哦？当然前提是你要当我男朋友！"

陈以默突然转过脸来眼一眨不眨地盯着温程程看，没办法，他对"三十万"这个数字最近太敏感，他面无表情地对着温程程说："把刚刚的话重复一遍！"

"来我爸爸公司工作，年薪三十万……前提是陪我去约会。"温程程被突然开始搭理她的陈以默吓了一大跳，下意识地很怂地改变了说法，先……约会也行啊，说不定，陈以默就会因此发现她真的比乔慕好上太多！

"除了约会没有附加条件？"他的脸色太平淡，正是因为平淡，温程程才不敢趁机乱开条件，因此只能点头。

"好，一言为定！你不准反悔！"他一口答应下来反而让温程程有种受宠若惊的感觉。没办法……她明明就是随便一说，本来都做好了他继续不搭理她的准备，结果他竟然答应下来了。啊哈哈哈，她就知道，这个世界上没有人没有弱点！

原来陈以默的弱点就是钱！

自以为找到陈以默的弱点，以后可以轻易拿捏住陈以默的

温程程恢复骄傲，和陈以默告别之后就准备立马杀到自家老爸公司里去谈妥陈以默工作的事情。

陈以默这头心情也格外的好，不过他还不准备和乔慕说，他想等这事情确定下来，三十万到手之后再和她说。不要到时候空欢喜一场，他不想看见她失望。

陈以默结束手头上的工作，就在老孙头意味深长的眼神里淡定地去画室找乔慕。

她在认真画画，裸体模特坐在那儿一动不动很是专业，陈以默再看一眼，嗯，女模，没事儿，就很安心地继续在暗处静静地看着乔慕。如果他这时候去找她，她肯定会放下画笔跑出来。大赛时间快接近了，他不想打扰到她。

不过他这样体贴的想法只维持到下一秒就被自己推翻了！

那个不知道从哪里又冒出来的于思聪殷勤又扭捏地借颜料给乔慕，虽然乔慕一直在拒绝，但是陈以默就是莫名的心里不爽！

想到第一次他帮乔慕解围时温程程说的话，他懊恼自己太粗心，竟然一直没有想到要送她颜料的事情。

第22章

他们两个约会，无论他怎么说，乔慕总是坚持AA制。

他应该想到的，正好她生日又快到了，送她一整盒颜料最好，又实用她又不能拒绝。

不过他对这些没有了解，不知道什么牌子比较好，买之前估计还得旁敲侧击地问问清楚。

正当他想得认真的时候，她已经不知道怎么就发现了他，立马放下画笔就跑了出来，抱着他死都不肯撒手，也不管她的同学还在教室里透过窗户看着他们两个呢。

"男朋友！你怎么来了呀！哎呀我好开心呀！"

嗯啊，他能感受到她的开心，他骨头都快被她撞碎了，当然"好开心"啦！

最近他一直逼着她好好念书都没有带她出去好好玩过，拉着她去逛街，就当劳逸结合，给她放个小假。

"这个钱包好看吗？"陈以默指的是一个精致的女士钱包。

乔慕是学画画的，眼光肯定高，反正陈以默是这么觉得的，不过看她每次出来见他都一副随便的模样，他其实也不敢确定。

所以还不如问问她的好，省得真买回去了不喜欢。

乔慕看了一眼之后笑眯眯地说道："那个姑娘一直盯着你看呢，男朋友。"

哪个女的？他顺着她视线的方向寻找过去，不认识的啊。陈以默耸耸肩没当回事儿。乔慕却看得津津有味，紧盯着人家姑娘不放，甚至还啧啧嘴说道："尤物诶！腰细胸大长腿！完美得不得了！好想扒光了放我面前让我画一幅画诶！"

偶尔他会怀疑自己女友的……性别。

"啊不对！陈以默！"一惊一乍的乔慕突然正经地叫着他的名字，正在认真挑选钱包的陈以默仍旧没当回事儿，头也不抬随意地问："干吗？"

"那个女的好像看上你了诶！一直在朝你抛媚眼诶！诶诶诶！她走过来了！"她真的很吵，陈以默把她拉到自个儿身边来顺便捂住她一直叽叽喳喳说个不停的嘴。这样实况转播的情况，是生怕别人不知道她的男朋友正被别的女人觊觎吗？

陈以默捂住了乔慕的嘴，却堵不住乔慕那颗想要说话的心，她支支吾吾不知道在说些什么，食指还在指向那个正向他们走过来的漂亮女人。

"陈以默？"漂亮妹子一上来就叫出陈以默的名字。

乔慕瞪大了眼睛看向陈以默，用眼神询问："你认识的？"

他摇头，记忆里压根没有这个人。不过也有可能是他没放在心上没记住。漂亮女孩子多了，也不是每一个都记得住的。

他不回答，漂亮姑娘也不介意，还是继续说下去："我听程程说过你。我是温安安，温程程的姐姐。"

甩下这句话，温安安就摇曳生姿地走了，全程完全把乔慕当做空气。

小傻子还天真地对着陈以默说："好性格的漂亮妞啊！"

性格个鬼！他翻着白眼不屑反驳她，这种女的一看就是自恃过高的富家女，最喜欢玩的就是暧昧游戏，还自以为能把所有人玩转于手掌心。

第23章

还是他家小傻子比较可爱。起码一眼就能看透在想什么，不用费尽心思去猜。

不过想到刚才温安安特地来打招呼的事情,想必温程程铁定已经和家里谈过,目测应该是没什么大问题。不过他天生谨慎,不到最后一步,他不会让她空欢喜。

"要买点东西去看你弟弟吗?"他突然想到从听说了她弟弟出事之后,似乎他们还没去医院探望过病人。

"不用。"她摇头,看到他不解的眼神之后解释道,"我一直不待在家里,阿姨也不知道该怎么介绍我。我叫他弟弟估计他觉得别扭,我叫他名字,喊他现在的名字我也喊不出口,还不如不见的好,省得大家尴尬。阿姨说弟弟现在在青春期,有些叛逆。"

她头发短短的,人又懒又不精致,一点也不像其他精致的小姑娘。甚至她的头顶有一撮头发随着她低下头踢石头的动作不羁地翘了起来,他就很想伸手去抹平翘起来的头发。

"我们偷偷地去好不好?不让他们发现。"他提议,知道她说的话都是违心的,怎么会真的因为尴尬就不想见到自己的亲弟弟,还不是怕阿姨难堪。

有时候为别人考虑太多就会委屈了自己。

"可以吗?"她的眼睛亮晶晶的,仰着脸望向他,小脸上写满了期待与希望。

"有……什么不可以的。为了这一刻你这样欣喜的神色,怎么都可以。更何况也不是多困难的事。"

期末宿舍基本都不查房了,尤其乔慕又是大四的,很多人在准备考研都泡在图书馆里彻夜不回宿舍,乔慕晚上不回去也不太要紧。和舍友通过气之后,她就一路跟着陈以默去买水果,然后去到医院。

他们在医院的走廊里等了很久才等到阿姨回家,护工先来顶替一小会儿。姨父并没来。可能对于这个领养而来的孩子，除了阿姨以外，姨父家的人并没有真的把他当做是自己的小孩儿来养，尤其是在弟弟还生了这么严重的病，急需一大笔钱的时候。

护工并不认识乔慕和陈以默，因此不敢随便放他们进来，还是陈以默会说话，说自己是附近的大学生在做有关医院服务质量的调查，只要回答几个问题就好了，然后递上买的苹果。

现在乔慕知道他为什么要买散装的苹果而不是果篮了，买果篮一看就是来看病人的，目的性太强。

护工接受了这个说法之后对着陈以默说："你来试试吧。"然后又悄声对他抱怨道："这小孩子脾气怪异得不得了！"

乔慕正想得认真呢，陈以默招呼她过来说道："乔乔快过来！喏，这次交给你来采访，小帅哥就该由美女采访嘛。"

他说得轻松，病房内冷清的气氛也缓和了些许。

第24章

护工很配合地出去了，说实话如果不是因为工作他其实不太喜欢和这个脾气怪异的孩子单独相处，不过说起来他也很可怜，小小年纪就得了这样的病，家里人的态度也很奇怪。

房间里只剩下三个人，靠在病床上的脸色苍白的少年表情阴郁地看着乔慕，这让陈以默瞬间没了好感，不过他是乔慕的弟弟，他也不会对他做什么。

乔慕站在病床前，有些局促地捏着衣角，眼神左右躲闪地说道："小弟……你最近……身体感觉还好吗？"

林河撇了撇嘴，转头往窗外看去，把房里的两人当成空气。

陈以默有些看不过去，他家小傻子是什么脾气他最清楚不过了，她不去看弟弟定然是想要让他在新家里过得更好，她的心里一定是自责得不得了的，可这小子居然还用这样的态度对待自己的姐姐。

搂着她的腰上前一步，陈以默正想要说些什么，乔慕却拦住了他。

她猛地抬起头来，陈以默能感觉到她在微微发抖，眼底有闪亮亮的银光，"小弟，我一定会筹到钱让你做手术的。我马上就毕业了，毕业以后就能赚钱了。"

林河慢悠悠地转过头来，对上乔慕的眼神似乎有些愣怔，但是随后又是不屑地笑了一下，那意思似乎是在说："就凭你？"

乔慕像是完全没有看到一样，走上前去用力地抱了林河一下，"姐姐会一直保护你的，你也要保护好你自己，知道吗？"

两人没待多久就走了。

陈以默觉得现在的乔慕情绪不大对头，像她这样平时可以自己一个人说个不停，现在却一句话也没有，就只是跟着陈以默慢慢地往前走，就连他停下来也没发现，反而是一下子撞了上去。

他轻轻地揉了揉她的鼻子，捧着她的脸说道："本来就已经不聪明了，那么认真地想事情，脑细胞又死了一大批，我们以后的孩子被你拉低智商了可怎么办？"

　　乔慕条件反射地回嘴："我哪里笨了,你女朋友我最聪明了好不好!"然后又后知后觉地反应过来,恼羞成怒地捶陈以默,"什么我们的孩子,谁要和你生孩子啊?"

　　见她还有心情和自己扯皮,他也放心了一点,故意和她说笑:"你不和我生孩子还想和谁生孩子去?说!你是不是有小男朋友了?"

　　她骄傲地一扬头:"那是!我的小男朋友叫陈默默,比你帅比你温柔比你对我好,可是二十四孝中国好男友呢!"然后就甩开他"啪嗒啪嗒"地往前跑掉了。

　　陈以默大步追上去,看着她这个样子有点哭笑不得,他是不是有点过于紧张了?小傻子一直那么乐观向上,即使有不好的事情发生她也愿意往好的方面去想,才不会让自己不开心呢。

　　这也是吸引他的地方吧。不过乔慕弟弟的病始终是她的一个心结,早点解决最好,这样看来温程程该是时候派上用场了,陈以默不动声色地想着。

　　而走在前面的乔慕飞快地抹去眼角的泪水,盘算着到底怎样才能凑齐三十万。

第25章

　　研究生的时间比较自由,所以说温程程提议陈以默到她爸爸公司去上班的事情是完全可行的。和老孙头重新调了一下时间安排,在温程程再一次忍不住找上门来的时候,他稍微松了点口,温程程就兴冲冲地打了一个电话,然后告诉他明天就可以去上班了。

其实温程程她爸爸的公司还是不错的，他们学院的一些学生也会选择去那里实习或是工作，所以这样又能积累工作经验又能赚到三十万的事何乐而不为呢。他不觉得这样从一个女人手里赚钱有什么可耻的，非常时期行非常之事，何况他从小就知道贫穷是什么滋味，为了过上好一点的生活迫不得已他也会使上一些手段。至于温程程说的约会是不是她想要的那种他就不能保证了，他实在是受不了这样大小姐脾气的人。

可是他没有料到的是第二天一大早温程程居然开着她炫酷的跑车到他家楼下，说是怕他不认识路所以特意来接他。陈以默虽然内心极其不愿意，但是也不想第一天上班关系就弄得这么僵，就勉为其难地坐上了后座。当然，他明确地提出以后不要再过来接他，温程程只好答应了。

一路上都是温程程在没话找话说，陈以默自然是不愿意搭理她的。一如往常地和乔慕发短信，发了一会儿乔慕就打电话过来，电话那头的乔慕还赖在床上不高兴起来。

乔慕打了一个大大的哈欠，还是有点迷迷糊糊的："男朋友，你怎么这么早就打电话给我？"

陈以默在心里无语地翻了个白眼，这电话明明是她打过来的。不过他才不会和她计较这种小事，又问道："你不是准备今天要去画室画画的吗？现在还不起来吗？"

这两天乔慕忽然跑画室跑得特别勤快，他知道她大概是为了林河的病想要多画几幅画赚点钱。可是像她这样还没有毕业也没有什么名气的人，画一幅画是没什么钱赚的，而且他看着她这样也很心疼。他说了她好几次她也不听，在这件事上她第一

次这么执着。

果然乔慕一听这话就一下坐了起来，用力拍了拍自己的脸让自己清醒过来。"哎呀你不说我都忘了，我这个破记性！我马上就起来。"

他有点懊恼，便连忙说道："乔乔，你都连续画了好多天了，今天就好好休息一下吧，晚上我做饭给你吃好不好？"然后又抢在她前面说道，"不许说'不'，不然看我怎么收拾你！"说完还磨了磨牙以示威胁。

坐在前面开车的温程程一直从后视镜里面偷偷看陈以默，看着他那些细微的表情变化真是怎么看怎么顺眼，于是默默地和自己说她一定要把这个男人追到手。此时此刻又看到陈以默和乔慕打电话的时候像是变了一个人一样，和对自己的冷漠完全不同，温程程真是恨得牙痒痒。

那个乔慕到底哪里好了？又穷又蠢，陈以默为什么会喜欢她？自己比乔慕好多了，而且他喜欢钱，自己又那么有钱，所以陈以默迟早会是自己的。哼哼！

想到这儿，温程程忍不住故意出声："以默，谁和你打电话呢？"

第26章

陈以默皱着眉头狠狠地瞪了温程程一眼，温程程被吓了一跳，倒也不敢再说什么了。

电话那边的乔慕好像是没有听到，仍旧是支支吾吾地在磨他，"男朋友，你不要生气嘛，我还有几幅就画好了，你就让我去嘛好不好呀好不好？"

"不行，你要画晚上我和你一起的时候再画，你趁现在还没起来再睡一会吧。"陈以默低声说道。

乔慕实在是说不过他，也不敢偷偷地去画，被打屁屁的痛苦她是一辈子也不会忘记的。

陈以默让她别忘了吃饭，又叮嘱了几句，那头猪就这么的又睡过去了。

收起手机，汽车里的气氛有点冷，温程程也不知道为什么自己会怕他的一个眼神。

"不好意思啊，刚才我不是故意的。"她违心地道歉。她就是故意的，最好是那个乔慕知道她喜欢他然后知难而退。

"我劝你最好还是不要白费功夫，我和我女朋友关系好得很，而且我是不会喜欢上你的。"陈以默毫不留情地说出来，他不想让乔慕听到她的声音然后不开心。

对于摆脱温程程这种大小姐最好的办法当然是直接说出来，不让她再有什么幻想。当然，他选择性地忽略了要和她约会的事。

"陈以默，我是不会放弃的！"可是温大小姐哪是那么容易放弃的人啊，特别是对她得不到的人。

到了公司门口两人就分道扬镳，陈以默先去人事部报到，回到岗位上的时候就看见温程程阴魂不散地坐在旁边。她倒没有缠着他说话什么的，但是一会儿给他泡茶一会儿拿吃的，周围的人又都指指点点的，让他很烦躁。

好不容易到吃午饭的时候，陈以默趁着温程程走开的时间

快速走到公司食堂去吃饭。本想打个电话给乔慕，但是又怕她还在睡，最后还是发了一条短信过去。

"你怎么在这里啊？我到处找你诶。"温程程有些嫌弃地看着这个食堂，用纸巾擦了擦凳子才勉强坐下来。

"公司员工不在这里吃饭会去哪儿？"他头也不抬地说道。

温程程眼前一亮，想着哎呀，他这是在暗示我呢，于是心花怒放地拉陈以默的手，"走，我请你去外面吃饭，我知道附近有一家西餐厅味道不错。"

事实证明她是补脑过多了，陈以默甩开她的手，擦了擦嘴道："我已经吃完了。"

"那我明天请你吃午饭好不好？"温程程拿着包急急忙忙地追他，可她穿的是十厘米的高跟鞋，跑起来的时候一不小心就扭到了脚，一下子就扑到了陈以默的背上。

陈以默僵了一下，很快地转过身来把她扶稳了退开，不知道是不是他的错觉，他刚才好像感觉有白光闪过，那样的光……

"陈以默，我的脚扭到了，你陪我去医院好不好？"温程程一瘸一拐地又走了过来，可怜巴巴地说道。

他低头看了一眼她的脚，左脚确实是肿了起来，便语气好了点道："我不会开车，你还是叫你爸爸陪你吧。"

"陈以默！陈以默！"陈以默走后还能听到温程程在他背后鬼吼鬼叫的声音。

等彻底看不见陈以默身影之后，温程程气得跺脚，她的脚更疼了。

陈以默这人怎么这样啊！

第27章

这头的乔慕不知道陈以默的表弟周朝怎么会过来找她,不过眼前的这个人……怎么说呢,变化真的好大。

原本一头张牙舞爪的绿毛变成了服服帖帖的黑色短发,白色T恤加上牛仔裤,真是完全的学生模样,和原来的简直是两个人。到底是陈以默表弟,果真长了一副好面孔,收拾一下之后就是不一样。

之前他那头绿色的头发实在是太抢眼,乔慕除了注意到他的头发以外,都不是很能记得他的长相。这样一收拾,就很不一样了。

周朝不动声色地打量着乔慕,心中暗道这女人也没什么不同的,长得也就稍微好看一点,以前暗恋他的女生比她好看的不是没有,怎么陈以默那个家伙就喜欢她了,品位真够特别的。

不过他就是讨厌陈以默,从小他就比他出色,而且还一副高人一等的样子。明明是寄住在他们家里的,学业却还是丝毫没受影响。

他妈妈一直提防着陈以默,周朝长大后自然是知道的,可是妈妈这样子折腾也只是妈妈的事情,他可是知道的,他爸怕是希望最好陈以默是他的儿子吧。

所以陈以默的一切他都要抢过来,他的女朋友当然也是。凭什么他周朝要处处不如一个没人要的陈以默?

他这么多年不是白过的,他在学校的时候就最擅长装乖讨好老师，等老师走了之后还是依然使坏。他这么多年都没被老师批过自然是有一套的。

其实不能完全怪周朝妈妈觉得自家儿子很优秀，只不过是时不我待才没有抓住好机会。毕竟大家对周朝的评价都高着呢。周朝妈妈哪里知道周朝一直有着阳奉阴违的本事。

周朝换上了温柔纯良的笑容，他把刚买的礼物递给乔慕说道，"送给你的。"

乔慕有点不知所措，这人怎么一上来就要给她东西，她只见过他几回啊。难道是她亲爱的男朋友没时间，所以让他送过来的吗？可是他们的关系好像不太好。

可是除了这个理由，她一时也想不到别的。

她还是这么问了："是陈以默让你带给我的吗？"

周朝摇了摇头道："是我买给你的，你看看喜不喜欢？"说着又把袋子递过来。

乔慕却是不敢接了，"我不能收你的东西。"也不问他为什么要给她送东西，他虽然穿得正常了，但是给人感觉还是怪怪的。

她比他大好几岁呢，怎么能无缘无故地收他的礼物呢。

周朝暗中撇了撇嘴，穷人还装什么装，推来推去最后不还是会收下来，心里说不定早就开了花吧。把袋子强硬地塞到她手上，仍是笑着说道："我知道你是学艺术的，我也没什么钱，只能买了画纸送给你了，你不要嫌弃。"他自以为对付这种小女生还是有办法的，又不用送太贵的东西，还能让她感动得要死。

他只要花点心思，就能把她哄得开开心心的，彻底丢弃陈以默。

哄女生这种事情他一向得心应手。

"不用了啦……我根本就不认识你……"她还是拒绝，把袋子放在他的脚边，却说不出什么比较好的理由来。

"怎么说不认识我呢，我是陈以默的表弟，前不久你还见过我的啊。"忽然又是恍然的样子，"啊，上次我来的时候还是绿色头发的，你认不出我来也是正常的。那个，我染头发也是一时好玩，嘿嘿。"说着有些不好意思地抓了抓头发。

他这么一说倒是乔慕有点不好意思了，刚才她还问他是不是帮陈以默送过来的呢。这样看来，他好像也没有她想象的那么糟糕。

周朝有点不耐烦了，但是面上完全不显，对着乔慕有些犹豫道："其实……那个……我找你是有一件事要告诉你……"

"什么事啊？"他是陈以默的表弟，不是那么糟糕的话，她还是很希望能改善两人的关系的。

像是下定了决心一样，"我说了你不要难过啊，我表哥他好像……"

正巧这个时候乔慕的手机响了，还正巧是陈以默的电话，周朝只能把话又憋了回去。不过他又想，这事拖得越久说不定对他越有利呢。

第28章

"乔乔，你在哪呢？我来找你。"陈以默刚下班，还好不容易甩开了温程程。

"我在学校图书馆这儿，那个，你表弟也在这儿。"乔慕看

了周朝一眼，没好意思在他面前表现得太激动。

可是电话那头的陈以默却激动了起来，抓着手机像是要捏碎，"他来干什么！你没有被他骗到吧！"

"我哪有那么笨啊，而且他为什么要骗我啊？"乔慕狐疑地问道。

她也没有什么好骗的，而且周朝不是陈以默的表弟吗？

陈以默不能不激动，他最了解他的表弟了，他肯定是在打乔慕的主意。以前的那些女生他不在乎，他爱和谁谈恋爱就和谁谈，他还高兴少了那些骚扰呢。可是乔慕不行，她是他的，她只能是他的！

这人做别的什么也不行，可是追女生却是很有一手的，不然那些暗恋他的女生怎么会变成他的女朋友呢。

"你不笨谁笨，上次是谁在待了快四年的学校里迷路的。还有，他不是好人，你别和他待一起，先回宿舍，我马上就到学校了。"他不放心地叮嘱着。

"你才笨你才笨你最笨了！"无力地抗议着，乔慕还是乖乖地听话了，谁让天大地大男朋友最大呢。

挂了电话，她对着周朝有些抱歉地说道："我还有事，先回宿舍了。"

周朝拦在她面前，"是表哥他要来吗？"

她顿了一下，然后点了点头。

他看着她叹了口气，似乎是有些无奈地说道："那我不打扰你了，下次再找你说吧。"

走出学校的周朝心情很不好地大力地踢倒了路边的垃圾桶，惹得周围的行人频频注目，他恶狠狠地说了一句："看什么看！"

他一定会把陈以默的女朋友抢到手的，等着瞧吧！

另一边，陈以默急匆匆地回到学校，一眼就看到乔慕坐在图书馆前面的草坪上。

他大步走过去，没好气地说道："不是叫你回宿舍的吗，怎么还在这里？"

"男朋友你好快啊！"乔慕一下子跳起来抱住他，像一只无尾熊吊在他身上。

"哼！"

"哎呀哎呀，你表弟他早就走了啦，我想你大概很快就会过来的，所以才没有回宿舍，在这里等你的嘛。"

他把她从身上抱下来，拉着她的手慢慢地走着，"我和你说，你以后不要和他单独见面，如果他来找你，一定要打我电话知道吗。"

"知道啦知道啦。"她家男朋友真是越来越唠叨了，都快变成老妈子了。唔，还我的青春美少年！

陈以默看她随口答应的样子就知道她没有听进去，算了，还是他多留心一点吧。

后来乔慕回宿舍的时候忽然被宿管大妈叫住，说是有人把送她的东西留在这了。乔慕在想会是谁呢，但是一看见那个袋子就知道是周朝了。东西不好放在宿管大妈这里，她只能拿回宿舍，想着还是明天见陈以默的时候让他还回去好了。

不过，他是真的没有那么糟糕吧。

其实他今天也没有像陈以默说的那样不怀好意啊，看着还是个挺老实的孩子呢。

第29章

过了一阵子之后，陈以默觉得他不得不找周朝了，因为他居然在乔慕的手机里看到了他发过来的短信。虽然没说什么，可是他很担心，而且他也很生气。

他去周朝做学徒的那家饭店，打了电话叫他出来。

"哟，表哥，怎么有空来找我？"周朝皮笑肉不笑的样子在陈以默眼里特别讨厌。

陈以默一把扯住他的领子，把他按在墙壁上，表情阴冷地说道："我劝你乖乖在这里做事，不要想那些你不该想的。"

周朝一点都不在意他被按在墙壁上，还老神在在地说道："什么是我该想的，什么是我不该想的？表哥你这是瞧不起人啊。"从小到大他都打不过陈以默，这种时候还是不要做无谓的反抗了。

"哼！你做的事哪一件是能被人瞧得起的？"

又是这样！他就是这样高高在上的样子，恨不得所有人都要对着他跪下朝拜才好。他承认他是嫉妒他，嫉妒他长得帅，嫉妒他出色，嫉妒所有人都会关注他，他就是嫉妒了。周朝恨恨地啐了一口，把陈以默用力推开："瞧不瞧得起和你也没有关系，你管不着我。"

"我才没兴趣管你的事，但是我警告你，离我女朋友远一点！"说着把他送给乔慕的东西扔在他的脚边，"把你的东西收回去。"

周朝蹲下身把袋子捡起来，拍了拍上面的灰尘，恶劣地说道："表哥，你怕什么呢，如果你女朋友真的那么喜欢你，我怎么会有机会呢？还是你对自己没信心。"

陈以默只觉得心中的怒火一撮一撮地往上蹿，忍不住握紧拳头要打他。他说的他又何尝不知道，但是他从小就是一个人，好不容易有了乔慕，他不想失去她，那种被抛弃的一个人的滋味他是再也不想承受了。所以碰到这种事的时候，他真是什么理智都没有了。

平复了心情，陈以默苦口婆心地说道："你先在这里好好做事，我再帮你找找有没有好一点的工作，舅舅赚钱养家很辛苦，你多帮帮他吧。这件事我就当没发生过。"毕竟这人是他的表弟，说起来他刚去舅舅家的时候表弟和他关系还是不错的。

可是周朝却不领情，不屑地瞥了陈以默一眼道："我不需要你的假好心。"这点小恩小惠就想收买他呢，以为他是什么人，"要不你让我去你上班的地方工作，这样说不定我会考虑考虑的。"

"你不要得寸进尺，你去能做什么？还是保安，你愿意吗？"他真是异想天开。

"那就算啦。"周朝说完就摆摆手走了。

和周朝的谈话不欢而散，陈以默心中想着对策，这人最讨厌的地方就是像一块狗皮膏药一样，怎么也甩不掉，被他盯上了真是烦不胜烦，他一定要让乔慕把他拉黑。

第30章

这天乔慕和陈以默商量着去买些水果看望老孙头。

好久没有见到这位可爱的老人家，乔慕和陈以默都很想念他，尤其是仔细算起来，老孙头还是乔慕和陈以默的媒人呢。

"小慕慕，家里没有酒水了，你去买点好吗？"师母远远的声音传过来指挥着乔慕的行动。

"诶，好嘞！"她应声，刚走出去几步之后又很不好意思地再回头硬着头皮问他借钱："男朋友，我身上没带钱……"

他无言以对，掏出钱包干脆地把钱包里所有的钱全掏给了她。

她拿着钱上街，一大把纸币握在手心里，夏天她穿着棉布长裙，都没有口袋可以放钱。

她在等待过马路的间隙里突兀地察觉到自己被人偷拍，那样刺眼的闪光灯一闪就察觉到了，下意识地往闪光的方向看过去，竟然是个不认识的老外，架着单反说着一口听不懂的话。

看到她已经察觉到被偷拍的事实看过来的时候，老外大步跑过来对着她一通叽里呱啦地乱讲，反正她是一句都没听懂，倒是老外脸上肆意又和善的笑容让她下意识地放轻松。

所以说微笑是全世界最通用的语言！

乔慕下意识地就回了笑容过去，反正也听不懂她点头就是了嘛！

对待国际友人一定是要热情洋溢哒！

什么都没听懂还敢乱点头的后果就是……乔慕被高大威猛的老外一把抱起来扛在了肩上转圈。她被吓到惊声尖叫！完全失控的那种，不知道状况怎么就突然变成了这样！

等她被老外放下来的时候已经被人轻薄了脸颊。她愣乎乎的什么都反应不过来的时候从后头伸出的一只手就已经大力把她拽走。

当她被揽进熟悉的怀抱里时，脑袋还是晕乎乎的反应不过来。

她下意识地抬头，发现揽着她的人赫然是不知道什么时候出现的陈以默。他圈揽着她，仿佛她就是他的所有物一般，对着老外讲了一通鸟语。

两个人一来二去地说着乔慕听不懂的话，此刻的乔慕格外愤恨自己成绩不好，也没好好念书这件事！

陈以默拽着她走的时候她听话得不得了，却也看见了老外格外惋惜的面容，下意识地就出口："你们刚才在说什么呀？"

"你是白痴吗？"得到的却是他气急败坏的怒骂，"你脑子怎么长的？刚认识的人你就能和人家卿卿我我谈恋爱了？我倒是不知道啊，你什么时候学的法语？还能洋气地和老外恋爱？"

法国人生性浪漫又相信一见钟情。刚才那个法国佬对他说的关于"一见钟情""维纳斯女神"之类的话，他才不打算告诉她听。

"我哪里会什么法语啊。我又不知道他在说什么。"她有些委屈，这哪里能怪她！她又不知道那个外国人在说什么！她也很冤枉的呀。

陈以默一路都在训她，一边训话一边牵着她不让她远离自己的视线，老孙头远远地就看见他们两个人牵着手回来，不由得和妻子会心一笑。

第31章

正当乔慕和陈以默谈恋爱的时候,这些天里的温程程可是一直都很郁闷,按照她平时交男朋友的方法,随便送几样贵一点的东西给她的那些男朋友们就能让他们对她百依百顺了,可是到陈以默这里怎么都行不通,约了他好几次他都找各种理由拒绝了。他不是喜欢钱的吗,难道是因为她送的东西不够贵?

又翻了翻桌上的男士杂志,准备好好挑选一份他会喜欢的礼物送给他。唔,这块手表不错,镶了好多钻石。诶,这条领带看上去好像也不错的样子。

正在纠结着要送手表还是要送领带的温程程忽然听到楼下门铃响了,穿着拖鞋踢踏踢踏地下楼,开门一看原来是爸爸的司机小王。

"小王,你找爸爸吗?"

"不是的,温小姐,有人给你寄了一封快递,可是是寄到公司去的,我帮你送过来。"

"什么人给我寄的快递啊?"温程程疑惑地接过来,可是快递上面却没有写具体的地址,寄件人一栏居然写的是"lucky",这个lucky是谁啊?

小王将信送到之后就走了,温程程随手关上门,边拆快递边往厨房走。

"哇,姐,你在家啊!"温程程忽然看见在花房里的温安安,被小小地惊了一下,然后小声嘟囔了一句:"在家干吗不去开门,还要我从楼下跑下来。"

温安安从花房里走出来,戳了戳她的脑门道:"你真是懒成精了，下个楼还嫌麻烦。"又瞥了一眼她手里的快递道："这是什么？"

温程程摇摇头，快递里面装了一个信封，撕开信封里面居然是一沓照片。

照片好像是偷拍的，里面都是一男一女。男的好像是不同的人，但是那个女的她一眼就认了出来，可不就是乔慕嘛。

温程程瞥了一眼照片上的人，觉得好像有点眼熟，但是又没有想起来到底是谁。

哈哈哈，真是天助她也！她正愁没办法拆散她和陈以默呢，这不就有人送"证据"来了吗，真是打瞌睡就有人送枕头。她早就说了，乔慕不是个好女人，他还不相信。

温安安看妹妹笑成这个怪模样忍不住皱了皱道："你笑成这样干吗？"

于是温程程就把事情的来龙去脉说了一遍，然后又趾气高昂地说她马上就要成功了。

温安安心却不以为然。怪不得她刚才看照片觉得眼熟，那个男人她见过，可不是程程可以掌控的类型，她一点也不希望妹妹交这种男朋友。以前的那些就玩玩算可是这次看程程好像是认真了。

她们的妈妈身体不好，在温程程五岁的时候就去世了，所以等于说是温安安从小带大了她。而温安安是十足的妹控，虽然她只比程程大了三岁，但是她从小就像哥哥一样，有男孩子欺负妹妹的时候总是第一个扑上去，和对方打得不可开交，即使被打得鼻青脸肿也不停下来。所以也就养成了她女强人的性格，让长大了的温程程是又爱又怕。

第32章

温安安是很想让妹妹放弃的,可是妹妹那个被宠坏的性子,有的时候连她的话也不一定能听得进去,所以还是让她自己主动放弃吧。

不过这个寄快递过来的人的目的就值得考量了,显然是想要利用她妹妹达到他的某种目的。她不排斥这种做法,但是对象是她妹妹就另说了,她一定要把那个人找出来。

温程程趁着姐姐恍神的工夫跑上去把刚才那本杂志拿了下来,指着手表和领带问她哪一款比较好。

"你还是不要白费力气了,他不会喜欢这些的。"她把杂志放到一旁。

"为什么啊?"温程程有点泄气,怎么连姐姐都说她不行。

温安安却不直接回答她的问题,反而问她:"你很喜欢他吗?"

"那是当然,不然我才不愿意花这么多心思追他呢。"说罢又撇了撇嘴,"可是他都不理我。"

"那你还这么喜欢他?"

"我也不知道,反正我就是喜欢他。"温程程暗中一惊,难道她是抖M体质?

温安安算是明白了,那个陈以默长得帅是一点,还有就是不像其他男人赶着巴结她讨好她反而不搭理她,所以她就觉得他与众不同了吧。不过她看得出来，陈以默不是玩欲擒故纵的把戏，而是真的喜欢他女朋友。

陈以默答应她妹妹的要求是为了那三十万，不过肯定不是像她想的那么简单是喜欢钱，只有温程程才会这么以为。

其实程程这么做只是从小被她家里人宠坏了，有点任性和大小姐脾气，任意妄为罢了。不过敢让她妹妹烦心的人，她都不会轻易饶过！

温安安安抚她道："别担心了，我会帮你的。"

"真的吗？真的吗？姐！"温程程简直不敢相信，姐姐这个大忙人居然会帮她诶。

温安安点了点头，不过心里做的却是另外一番打算。他不是想要三十万吗，温程程要拿这么多钱还是要问她要的，她不给她就没办法了，或许她可以用三十万让他做一些事情。

温程程一把抱住姐姐，在她身上蹭来蹭去："姐，你对我真好，真是世界上最好的姐姐了，我爱死你了。"

"哼！为了别的男人说我好，我才不稀罕。"她嘴上说着不稀罕，脸上却是带着笑的。

"反正我最喜欢你了，你准备怎么帮我啊？"温程程兴奋地问道。

"你不是说他在公司上班么，明天我去会会他，然后帮你们制造机会行不行？"温安安抱着妹妹，低声说道。

"嗯嗯，这样最好啦。"她小鸡啄米般地点头，脑中幻想出美好的场景——陈以默甩掉了那个讨人厌的乔慕，然后和她幸福快乐地生活在一起。

第二天陈以默上班的时候果然就被叫到温安安的办公室

里去了。

陈以默警惕地看着温安安，不动声色地想着她找他的目的。

"你不用这样防着我，我又不会吃了你。"温安安反而是笑了一下，那笑容妖娆极了，却不是特意笑给他看的，而是天生眼睛里带着钩子的。

第33章

"温经理找我有什么事吗？"说话间完全是下属对上司的语气。

温安安算是有点看明白这个人了，有手段有能力，但是骄傲得很，说得直白一点就是大男子主义，觉得除了自己谁都不可靠。但是真的有那么糟那么烂吗？谁没比谁更不幸一点呢。

不得不说温安安的眼光毒得很，这么一针见血一语中的算是少有的了。或许就是这样，陈以默后来才会和乔慕两人蹉跎了那么多年吧。

她倒了一杯茶递给他，示意他坐下，然后慢慢地说道："我知道我妹妹一直缠着你，你很烦她。但她是小孩子家家的不懂事，我也不想她去破坏你和你女朋友的感情。"

陈以默闻言有些诧异，上次见到温安安的时候他对她的印象很不好，刚才还觉得她会让他好好地陪温程程呢。

"程程她可以给你钱，我也可以。我给你五十万，你让程程对你完全死心，但是前提是你不能伤害她。"温安安也不喜欢多说废话，他惹出来的事情还是要让他自己解决。

"温经理就没有别的要求了？"虽然这个提议很令他心动，但是眼前的女人怎么看都不像是会做亏本生意的人。如果不是需要这笔钱，这些人他一个都不想多看一眼，他还是喜欢他家小傻子那样的，傻傻的最可爱了。

"和聪明人说话就是爽快，我还有另外一个条件，就是完成这件事以后你还是要留在这里上班，最少要五年！"温安安打得一手好算盘，这五年里她把他放在她的手底下办事，还不是想折磨他就怎么折磨他么，谁叫他没事招惹她妹妹。

陈以默考虑了一下就答应了，顺便问了温程程最讨厌的东西，想着他以后就这么干了。

刚走出温安安的办公室就被兴冲冲的温程程扯去"约会"了。

另外一边，乔慕起了一个大早，背着画具到学校附近的公园里去了。她把架子撑了起来，准备给路人画速写赚钱。

陈以默这几天白天都在上班，都没时间陪她，她真是好寂寞好无聊好受伤啊。嘤嘤嘤，没有男朋友的关爱简直就要活不下去了。

她一边想着心事，一边开始涂涂画画，渐渐地开始有了生意。一幅人物速写画起来很方便，只要五六分钟就够了，毕竟让一个不是专业的模特保持一个动作是很不容易的事情。

画了十几幅以后，乔慕揉了揉肩膀，觉得身体有点僵掉了。正准备接着画下一幅的时候，却发现坐在她面前的是陈以默的表弟——周朝。

"你好！"周朝主动和她打招呼。

"你……你好。"

"能帮我画一幅画吗？"

"呃……"乔慕有点犹豫，陈以默一再强调不要和他待在一起的，可是这里是公园，她也不能赶他走啊。

周朝看上去有些落寞，"你就当我是路人给我画一幅画，我会给你钱的。"

她连忙拒绝："不用给钱啦……"然后低下头开始给他画。

乔慕发誓，她是用最快的速度画好的，还好画得还不错。

第34章

"给你，我不收你钱。"

"嗯，谢谢，你画得很好看。"

乔慕接着给下一个人画的时候却发现周朝还站在她的旁边一直没有走，虽然没说话什么的，但是他一直在看她，她觉得怪怪的。

又画完几张，她借口上厕所终于尿遁了出去。

打电话给陈以默，哼哼，她这么乖可没有忘了他的话。

"喂，男朋友男朋友，你表弟他又来找我了。"虽然她是觉得没什么啦，但是男朋友生起气来可是很严重的。

可电话那头却是一个女人的声音，"谁是你男朋友，他是我男朋友好吗！神经病！"然后就挂了电话。

乔慕被骂得一头雾水，难道她拨错电话了？她仔细地看了看，没打错啊。这个是陈以默的电话，那么那个自称女朋友的人是谁？是恶作剧吗？

乔慕一点都没有怀疑陈以默。

她郁闷地回到公园里继续画画，周朝还是没有走，还递给她一杯奶茶。

"谢谢，我不渴。"

"你不要对我这么客气，刚才你给我画画也没有收钱，就让我请你喝奶茶吧。"周朝温和地说道。

他这么说，乔慕也不好再拒绝他，接过奶茶也朝他笑了笑。

要是陈以默在场的话就会发现这是周朝惯常用的招数，这样既不会让女生觉得不舒服、尴尬，还会觉得他很体贴，拉近了两个人的距离，最关键的是不用花什么钱。

乔慕觉得周朝真的是太热情了，他竟然又买了肯德基给她，她真是很不习惯啊。

她从小是一个人长大的，除了男朋友还没有人对她这么关心过，她低着头，心里有点酸酸的。表弟人还是不错的，对她这么好，对表哥肯定是不好意思表达出来。

在附近遛狗遛了一上午的大婶却误解了，笑眯眯地对着乔慕说道，"小姑娘，你男朋友这么体贴，还给你买肯德基，你就不要和他闹别扭了。"典型的居委会调解大妈。

乔慕囧了，连忙辩解道："他不是我男朋友，您不要误会。"

大婶摆摆手，用暧昧的眼神看着两人："哎哟喂现在的小姑娘还这么矜持，真是少见的嘞。小姑娘不要不好意思，我都懂的。"然后就牵着狗走了。

她尴尬得不得了，周朝却像是什么都没有发生过的样子，"乔慕，其实我上次找你，就有事想和你说了。"

"什么事啊？"

周朝装作看着她的脸色道："我说了，你不要生气啊，是和表哥有关的。"

乔慕先是愣了一下，然后点了点头。偏偏周朝没有立马就说出来，似乎还是有些犹豫的样子，弄得她开始紧张了起来。

和男朋友有关的事情？生气？

"就是……我最近看见表哥和一个女生好像走得挺近的，两人的关系还挺亲密的。"

乔慕的第一反应就是怎么可能！男朋友说过的，他最怕麻烦了，而女人就最麻烦，所以他最讨厌和女人接触了。哦，当然是除了她以外的女人啦。

"你会不会看错了？"

第35章

"不会的吧……"周朝挠了挠头，显得有点疑惑，忽然恍然大悟道："我拍了照片，你看看是不是表哥吧。"他翻出照片给乔慕看，心中得意，这样子就一点都不像是故意挑拨两人的关系了。

陈以默的样子她是再熟悉不过了，虽然只是背影和一点点的侧脸，但是照片里的人确实就是他没错。而扑在他身上的女人她也认出来了，竟然是温程程。

这张照片就是那一次陈以默在公司食堂吃饭，温程程摔在他身上的时候偷拍到的。因为手机像素不高和角度的问题，两个人看上去特别像是在深情拥抱。

如果是别人，说不定乔慕可能会多想，但是一看到照片上的人是温程程，她就一点也不紧张了。

她知道自己是软弱了一点，温程程总是欺负她，还在男朋友面前说她坏话，想抢走她男朋友。可是陈以默都把这些和她说了，还得意了一番。所以他们两个绝对是不可能的啦，一定又是温程程缠着他！

于是她把手机还给周朝，笑着说道："他不是那种人啦，我相信他的！"

周朝暗暗地生气，他以为这么一来，即使两个人不会马上分手，乔慕也会去质问陈以默的，吵上一架也是有可能的，没想到她居然当成什么都没发生。这女人的脑子里都装着些什么！还说相信他。陈以默觉得他不是好人，那他自己就是好人了吗？

他扯了扯嘴角道："这样最好，害我白担心了……"

和温程程分开的陈以默心情不错，他相信如果他再多点几盘洋葱鸡蛋、浑身臭汗、表现得粗鲁一点什么的，过不了几次她就不会再缠着他了。破坏形象的事情他一点都不介意，反正对象不是他家小傻子。

早上他和乔慕通过电话，知道她会去公园里画画。这几天他都没好好陪她，所以他打算悄悄地去找她，她见到他肯定会很惊喜的。

可是他飞快地赶到公园的时候，却看到乔慕和周朝坐在一

起有说有笑的。那个蠢货完全没有发现他的到来，反而是周朝十分挑衅地看了他一眼，他气得是一句话都说不出来了。

看来上次他去找周朝是白费力气了，他还是贼心不死地打乔慕的主意。

陈以默一把拉住乔慕的手拖着她往外走，这一次周朝倒是挺"识趣"的，没有再跟上来。

"啊！男朋友你什么时候来的？我都好几天没看到你了，好想你的。"没有觉察到他的怒气，乔慕果然是很惊喜，像是一只无尾熊一样挂在他的身上，抱着他精瘦的腰在他怀里蹭来蹭去。

陈以默的嘴角微微往上翘，但是别以为卖一下萌他就不和她计较："哼！你怎么又和他在一起？"

"哎呀，是你表弟来找我的。"

"那你怎么没给我打电话？"

"我……"乔慕刚想说她给他打过电话，可是一想到那个莫名其妙的女人，她心里也有点不舒服了。所以话到了嘴边，就变成了："周朝他人挺好的，他是你表弟，你就和他好好相处嘛。"

第36章

陈以默心里刚刚消下去的火气又突突地冒了起来，口气也不由自主地变得不太好："你是没脑子吗？答应我给我打电话的，你为什么不打！你怎么能……"怎么能单独和周朝待在一起呢！小傻子这么笨，很容易就被骗的！被骗走了，他该怎么办……

"我最聪明了好不好！我不聪明，怎么能追得到这么帅这么好的男朋友啊，还是世界上最棒最棒的男朋友！"乔慕在陈以默面前一向是没脸没皮的，所以男朋友生气的时候就是要好好地哄他。

唉，她这个女朋友可真不容易。

"自作主张。"陈以默低声哼道。

"什么自作主张啊？"

陈以默叹了口气，他知道小傻子的心思，她很看重亲人，所以希望他和他的亲人能够好好的。可是事情根本就不是她想的那样，舅妈和表弟他们从来都没有把他当成亲人对待，他又何必自作多情呢。

他用力地捏她的脸，捏得乔慕哇哇乱叫。

"这算是给你的教训，知道错在哪里了吗？"

她委屈地眨巴着眼睛，双手捂着脸，摇了摇头。

他无力地抚额，说她笨果然就真的不聪明，看来他不说清楚她是永远也不会知道的了。他掰开她的手，轻轻地揉着她的脸，额头抵着她的额头，声音低低的："周朝没有你想的那么简单，他对我一直有敌意，所以想要把你抢过去，我很怕……你被他骗走。"

陈以默靠得这么近，说话的时候热热的鼻息全部喷在她的脸上，她的脸变得滚烫，心脏也随着他的话怦怦怦地直跳。

他盯着她看，发现乔慕有点呆呆的，大眼睛里水润润的，像是一只小狗湿漉漉地看着他，看得他心里直发痒。伸手捂住她的眼睛，却惹来了小傻子的不满，一下拉开他的手，随之而来的

却是嘴巴上温润的两片。

居然趁她不注意搞偷袭！她气鼓鼓地紧紧闭上嘴巴。

陈以默的吻技算不上高超，但是对付乔慕还是绰绰有余的。他伸出舌头描摹她的唇形，软软的、弹弹的，像是果冻般的柔软，舔弄吸吮怎么都不够。不再满足于表面的探索，灵巧的舌头探进去，然后轻轻撬开牙关，勾住她的舌头辗转缠绵。她的唇齿间有淡淡的糖果香气，甜甜的，就像她的人一样，让他深深地沉醉其中。

被他这么一寸一寸地吻着，她一点力气都没了，浑身软乎乎的，开始僵直着放在身体两侧的手因为担心自己会软倒下去，于是抬手抱住他的腰。

太丢脸了……

心跳得更加快了，乔慕发现自己还有点晕晕的，闭着眼睛有种置身于漩涡之中的感觉，轻飘飘地悬浮在半空中不断地旋转着，被他的温柔溺毙。很温柔，却彰显出那股霸道的占有欲。

他贴着她的唇轻轻地说道："讨好我是没有用的。"

乔慕不满地缩了缩舌头，唔，她才没有在讨好他，又不是她主动的。

舌头很快又被勾了回去。

第37章

乔慕看着体重秤上显示的数字显得有点忧心，没男朋友的时候她好歹还算是一个纤细苗条的妙龄少女，为什么交了男朋友以后却变成了一个体重日增的大妈?

她把脸埋在掌心里抱怨着,都怪默默不好,干吗给她买这么多水果,真是……真是……真是太合她心意了!男朋友真是对她太好了!

减肥什么的天生和她是没有缘分的,她还是尽情地吃吧,反正男朋友也有了,而且男朋友也说肉肉的捏起来很舒服,虽然他老是取笑她。

乔慕住的是四人宿舍,宿舍里有两个是本市的,家里面的人帮着找了工作之后都搬出去了,也就是说现在只有两个人住在宿舍里,而现在这个妹子也出门了。男朋友说他九点的时候会来接她,现在还只有七点半,还可以再睡一个小时,乔慕又倒在床上开始翻滚。

滚了一会又睡不着,乔慕无聊地拿手机打发时间,习惯性地点开微博。

乔慕的微博算得上小有名气,也有好几万粉丝。这是她有一次心血来潮,把自己和陈以默的恋爱经历画了几章漫画传上她的微博。本来也就是她闲着没事画着玩的,没想到被一个微博大V的人转发了一下,很多人觉得她的漫画挺有意思的,于是她的微博也变得有知名度了。

因为乔慕的微博名就叫"夏有乔默",所以漫画的名字就简单粗暴地叫"慕慕和默默的恋爱史",这不,"慕慕和默默的恋爱史"也连载了好几章。有一个叫"一生挚爱乔慕慕"的粉丝每天都给她发私信,催她继续更新,她真是太感动了,自己竟然也有"脑残粉"了。

趁着这么点时间,乔慕拿数位板出来画了一张图传到微博上去。图上面是Q版的默默投喂Q版的慕慕头猪仔，旁边还堆了几包散开来的猪饲料，乔慕还特意突出了慕慕头猪仔的肚子。

配字——男朋友是想要把我喂成一头猪吗？掀桌！

很快就有粉丝回复。"又在秀恩爱，好羡慕！""啊啊啊闪瞎我的24k钛合金狗眼！""慕慕明明这么瘦哪里胖了！掀桌！""慕慕快到碗里来！猪饲料管饱哦啾啾啾！"

乔慕一边看评论，一边看着数位板上的图片傻笑。

陈以默还是迟到了一会儿，但是乔慕在看到白衬衫配自行车的时候完全忘记自己等了那么久。

虬结郁郁的梧桐大道上，陈以默骑着一辆黑色的自行车，单脚支地，上半身笼罩在树影中，显得腿越发的长了。淡蓝色的外套搭在手臂上，额头的汗珠还冒着白汽，暖暖的像是一下子吹到她的心上了。

乔慕呆呆地看着陈以默，心里逐渐开始沸腾，白衣黑发的少年一步步地走向她，背后像是镀上了一层金光，眉眼间带着温柔看她，仿佛她是他的全世界，然后喊了一句："猪头，还不快过来。"

第38章

乔慕的美梦，"啪嗒"一声，碎了。呜呜呜……为什么要叫她猪头！她才不是猪头！

陈以默抓着她的手放在眼前，嫌弃地捏了捏道："这哪里是手啊？明明就是猪蹄，都可以做一道菜了。"

"肉肉的手有福气好吗!"她用力地想把手抽回去,却还是被他纹丝不动地捏着。

把她的手牢牢地握在手中,陈以默含笑说道:"看来我真的是一个合格的饲养员,到夏天的时候就可以卖一笔好价钱了。"

乔慕这才明白过来,陈以默一定是看了她的微博才故意这样说的,悄悄关注什么的真是太讨厌了!

"快把你的微博告诉我,我也要关注你!"男朋友真是太可恶了,问他好多次了他都不说,他的微博里肯定有什么秘密,她一定要知道!哼!下次趁他不注意的时候拿他手机就能知道,嘻嘻嘻……她真是太聪明了。

乔慕坐上他的车后座,双手伸进他的口袋里,敞开的淡蓝色外套被风吹得鼓鼓的,慵懒的颜色像夏日午后的天空,她把脸悄悄地贴在他的背上看他,鼻尖是好闻的肥皂香气,他的侧脸在斑驳的树影中明明暗暗,每一次都将棱角分明的曲线印在她的心底。

梧桐树一棵棵地往后退,明媚的阳光洒在她的脸上,即使还是在初春的寒冷天气,一颗心像是泡在不急不躁的温开水中,满满的,都是幸福呢。

仿佛这是一条没有尽头的路,不用再停下来。

车子最终停在教师公寓前面,乔慕疑惑地被陈以默牵着手着走。

"是孙老师和师母想我带你过来吃饭。"他解释道,但是眼里的笑意却显示着他是在逗她。

她果然手足无措了,像受惊的小鹿看着他:"啊?你干吗不

早点告诉我啊，我就这样一点准备都没有的过来了诶！"

他笑："你又不是第一次来，这么紧张做什么？"

她低下头小声道："以前不是还没有追到你嘛，当然要脸皮厚一点啊，现在总有种丑媳妇见公婆的感觉，总会紧张的。"

他捏她的鼻子："别紧张，这次你有我，而且你离丑还是有一点距离的。"

明明前一句话还这么感动，下一句就这么讨厌地拆穿，乔慕恨恨地踩了他一脚，然后转过身"咚咚咚"地先跑上楼。

孙老师笑眯眯地开门，很热情地给他们两个倒茶。

虽然说是紧张，但是孙老师和师母还是那么亲切，乔慕也就静了下来。她礼貌地接过茶，一口水还含在嘴里，差点就被孙老师的一句话吓喷出来了。

"乔丫头也快毕业了吧，以默，你们打算什么时候结婚啊？"

陈以默倒是老神在在地坐在沙发上，一点惊慌的样子都没有，还若有深意地转头看她："这就要看乔乔的意思了。"

孙老师咂了咂嘴，很有经验地传授道："以默啊，你真是一点都不懂女孩子的心思，当然要有一场浪漫的求婚女孩子才会考虑要不要嫁给你。"

"那老师是怎么向师母求婚的？"

"咳咳，不要转移话题！你要是不好好对我们乔丫头，我第一个不同意她嫁给你！"

第39章

"师母,我来帮你吧。"乔慕有点坐不下去,起身走向厨房。进门来脸上的红晕就一直没有下去过,再这么下去非得烧起来不可。

"不用不用,我一个人就够了。"师母笑着把她推出厨房关在门外。

她灰溜溜地回来,可是这两个男人并没有停止原来的话题。

"乔丫头,你悄悄告诉我,你想不想嫁给以默?"

孙老师目光如炬地看着她,就连陈以默都很认真的模样,她无所遁形只能回答道:"我……我没有想过这个……"她确实没有想过这些,总是觉得结婚还是一件很遥远的事情,而且眼前最重要的事还是弟弟的病。

敏感地觉察出陈以默有些失望,孙老师打着哈哈道:"也对,反正以默还要读两年呢。那乔丫头接下来有什么打算?"

她低头拨弄着手指有些沮丧道:"我已经投了好几份简历了,可是都还没有收到回复。"这种情况其实她早就预料到了,右手手掌神经损坏是她的死穴,招聘者或许不会再多看她的简历一眼。她一直努力地告诉自己和别人没有什么不一样,可是现实总是给予她最无情的一击。

陈以默摸了摸她的头:"不要灰心,我知道你是最棒的。"

"嗯。"她用力地点头。

正好师母端了菜从厨房里出来:"你们别理他,快过来尝尝我做的糖醋排骨和松子鳜鱼怎么样。"

"太偏心了，做的都是两个小家伙爱吃的菜。"

"他们难得来一次当然做他们喜欢吃的，你天天吃我做的菜还不满意啊。"师母嗔道。

"平时你哪里会做这么多好菜啊……"孙老师不满地嘟囔，师母的一记飞眼瞪过来就立马不说话了。

师母的手艺自然是没得说，和五星级酒店大厨也有得一拼，陈以默和乔慕都吃得很开心。两人吃完了饭，乔慕帮着师母洗碗外加打扫卫生，陈以默陪着孙老师下了一盘棋就带着乔慕离开了。

"孙老师还想你再陪他下几盘棋呢，你这么急着走有什么事啊？"陈以默说她吃得太多了，要好好消化消化，于是两人推着自行车慢慢地走着。

"我家里还缺一点东西，你陪我去买吧。"他捏着她肉嘟嘟的手心情很好，心想着其实变成一头猪也还不错。

"好啊。"

这是陈以默和乔慕第一次逛超市，乔慕的心情十分雀跃，推着推车每一排都走一遍，像个孩子一样。

乔慕觉得逛超市是一件特别温馨的事情，柴米油盐酱醋茶虽然平淡，但是却有家的感觉，她每次在超市里看到一家人推着推车商量着挑选物品的时候都会忍不住地羡慕。

她羡慕，但是不会抱怨，而现在她再也不用羡慕别人了。乔慕想起孙老师说的结婚，嫁给陈以默，即使变成一个满身油烟味的煮饭婆好像也不错呢。

陈以默忽然一下把她拉进怀里，紧紧地搂着她在她耳边恶声恶气道："你是没长眼睛吗！刚才差一点就要被撞到了！"

第40章

"嘿嘿嘿，被推车撞一下也没事的啦！"她在他怀里撒娇。

"我才不是担心你，我是怕推车被你撞坏了要赔钱。"他故意气她，谁叫她老是这么不让人省心，让他总是为她担心。

"才不会啦！"这次乔慕倒是一点也没有被气到，乖乖地被陈以默牵着走在他旁边，顺便趁着他不注意的时候偷偷扔了好几包零食进去。

看小傻子扔得那么开心，陈以默又忍不住逗她，"你放这么多东西我可拿不下。"

"啊，你都看到啦？"她还以为他没看到呢，真是讨厌，她可以自己拿的。

逛到家居区的时候，乔慕看见一个吊椅，兴致勃勃地围着它打转："这个好漂亮啊！"

"你喜欢，我们买回去好不好？"陈以默提议，本来他就打算把他的单身公寓变成两人的温馨小家。

"不要啦，我就是觉得漂亮，这个一点都不实用的。"

陈以默正打算继续劝服她的时候，忽然有两个人停在面前。

"Hi，好巧啊！"温安安巧笑倩兮地和陈以默打招呼，身后是表情怪怪的温程程。

陈以默淡漠地点了点头。

其实温程程一早就看见陈以默了，但是他旁边的乔慕真的是让她看着不舒服，两个人腻腻歪歪的样子终于让她忍不住上

前拦住了他。

"陈以默，你上次答应和我去看电影的，我们什么时候去？"温程程上前一把抱住陈以默的手臂，还颇为不屑地瞪了乔慕一眼。

陈以默抽出自己的手臂，完全忽视温程程的存在，搂住乔慕掠过两人："别理她，我们走。"

温安安拉住还欲上前的温程程，与陈以默错开的时候用只有两个人听见的声音说了一句，"看来你还需要加把劲。"

乔慕装作不经意间拍了拍陈以默刚才被温程程抱住的手臂，小声说着，似乎有些委屈，"她还在缠着你啊？"

以前温程程让她做这做那的她不会觉得有什么，但是现在她一而再再而三地纠缠她的男朋友真的是让她有种打人的冲动，一个女生怎么可以不要脸到这种地步。

头可断，血可流，男朋友主权不能丢！

他戏谑道："你吃醋了啊？"

她挠他痒痒："哼哼哼！你怎么能背着我答应她呢！快说，你什么时候答应她去看电影了？你都很久没和我看电影了！"

陈以默反问她，"你觉得我会答应她去看电影吗？"他好像是有一次随口答应过，但那个当然只是敷衍温程程的。

"我怎么知道啊……"她一直知道男朋友很受欢迎，在她之前就有不少人和他表白。其实她有的时候也会想，她和其他的女孩子比起来并没有什么特别的优点，陈以默为什么就会选她做女朋友呢？说起来，在她的印象里，他们好像是莫名其妙地就在一起了，他也从没有说过他喜欢她。

这样想想，她还真是失败呢。在他们的感情里，好像一直都是她主动比较多一点，从一开始也是她缠着他罢了。

"猪头，走什么神，快上来坐稳了。"

第41章

小白一如既往地在乔慕进门的一刹那把她扑倒在地，然后用口水给她洗脸。

她抱住小白的头不让它再乱舔，然后从地上爬起来，揉乱它整齐的毛，颇为嫌弃地说道："小白，你怎么又胖了，都压得我喘不过气来了。"

在厨房准备晚饭的陈以默伸出头来，"这有什么办法，还不是像你。"

真是每时每刻都能逮着机会逗她。

乔慕不理他，拿了刚才在超市买的零食和小白玩，小白都比男朋友可爱。

吃完饭乔慕提出要回学校，陈以默挡在大门口不让她走："都买好生活用品放在我这里了，你还打算走？"

乔慕一头雾水，什么生活用品？

"那些毛巾牙刷都是给你买的啊，东西我都给你准备好了，你就住在我这里吧。"陈以默无赖似的抱住她，"反正我就是不准你走。"

"可是被宿管大妈发现了会扣分的。"

"你都大四了，宿管大妈才不会管你，而且你经常一个人住宿舍，我不放心的。"

"可是你这里只有一张床。"

"你睡床我睡沙发,或者我睡床你睡沙发。"

"当然我睡床你睡沙发啦!"

"嗯,那就你睡床我睡沙发。"

慢着,她好像不是这个意思……

不管怎样,乔慕提出的种种问题都被陈以默驳回了,门也被他锁起来,她只能乖乖地住在这里。

可是总觉得好像有哪里不对,到后来乔慕才反应过来,她丧失主权了,这就算是"同居生活"了吗?

不知道是不是因为住到了一个新的地方,乔慕晚上睡得很不安稳。开始的时候是有些紧张外加一点小激动,但是睡着了以后一整个晚上都在做同一个梦。梦里面是熊熊大火,年幼的她抱着弟弟缩在角落里一直哭一直哭,爸爸妈妈在哪啊? 谁来救救他们?

忽然爸爸妈妈出现了,他们慢慢地转过身来,却是两张被烧得漆黑完全看不出本来面目的脸,加上桀桀的怪笑声就像是从地狱里逃出来的恶鬼。怀里的弟弟忽然睁开眼睛,嘴里竟然长出尖尖的獠牙,张开嘴就扑向她。

她尖叫着逃走,可是她逃到哪里都有大火阻拦着她,火浪拍打着她的身躯。身后的弟弟一步一步逼近,她退无可退,只能无力地闭上眼睛。右手被狠狠地咬住,手掌心破出两个血洞,鲜红色奇异地和大火融合在一起。

无论她怎么挣扎都无法逃开热火一般的牢笼。

没有哪个梦比这一个更加清晰了。

陈以默这一晚睡得也很不舒服。

清洗完毕之后陈以默站在床边犹豫着如何上床睡觉。毕竟一整床几乎都被她一个人占据了。要不他去沙发上睡？不行……他否定掉这个提议，好不容易才把她骗着住下来的，他怎么能去睡沙发？

陈以默伸手把乔慕的头推过去一点放回到她自己的枕头上去之后才上床。

第42章

位置是小了点，不过幸好他睡觉一贯老实，不需要太大的位置。他闭着眼睛假寐，努力地睡着，身边的人存在感太强，诡异地发出一阵"嘻嘻嘻"的笑声之后又睡着，倒是他被惊吓得赶紧看向她，发现是在说梦话的时候才安下心来。

不过还真的是哭笑不得，是有多开心啊，在梦境里都能笑成这个样子。

渐渐地他也睡着了，根本不知道他明明只占了不大的位置，却还是被乔慕挤到了最边上的地方，最后在睡梦里没了办法，只能干脆地把她搂在怀里用手脚压住她，不让她再乱动。

而可怜的乔慕做着噩梦，以为自己逃不开的牢笼……其实就是陈以默的手脚……

早上陈以默的生物钟一到他就醒了过来，低头就看见了乔慕委委屈屈的小脸，水汪汪的眼睛可怜兮兮地盯着他看，他下意识地就问出了口："饿了？"

没办法，对个小吃货，如果她委屈地看向你，除了是饿了以

外他真想不出来别的。

"你压了我一晚上了!"乔慕控诉着说道。

陈以默下意识地往下看过去,额,真的,他整个人都在她身上,她那么小,估计是真的被他压得难受了。

他翻过身来,想不要再压着她,可是他刚移动就差点从床上滚下去,这才发现原来他都已经被她挤到角落里去了!

乔慕大概也发现了这点,谄媚地笑着说:"嘿嘿,我睡觉是有那么一点点不老实啦,就一点点嘛!"说着她还比划了一下大拇指指甲盖。

乔慕和陈以默去宿舍搬东西的时候几次都差点被砸到,心不在焉的样子任谁都能看出来。她又想起了晚上的那些可怕的噩梦,所以精神有些恍惚。

她已经很久没有想起那场大火了。当年她被人从大火里救出来之后每晚她都会梦到那场大火,而她自己也在大火里死了一次又一次,根本没有人来救她。

还有爸爸、妈妈,死在那场大火里的爸爸妈妈都反复出现在乔慕的梦境里。

梦境里的爸爸是威严的,梦境里的妈妈是温柔的,还有那个调皮的小弟弟,他们还是幸福的四口之家,一切都还没有变。

频繁的梦境让乔慕有些恍惚,不知道她是不是个例,反正她每次做梦,但凡还能记得梦境里发生了什么的,第二天早上就总会觉得特别的累。

陈以默一直观察着她呢,当然发现了她的恍惚,十分歉疚地看着她,把她按在椅子上坐下,"身体不舒服待在家里就好了，我一个人过来也可以的，你看看你，黑眼圈都这么重了，像一只胖熊猫。"

"我没事啦，就是昨天晚上睡得不太好。"乔慕不明白自己为什么会做那么奇怪可怕的梦，即使是现在想起来都有些胆战心惊。

人家都说日有所思夜有所梦。她大概是想念她的小弟弟了吧。不知道他现在过得怎么样。

第43章

和陈以默分开以后，乔慕想了很久，还是决定去找小姨。

两人约定在社区里的咖啡店见面，乔慕等了快一个小时，对方才姗姗来迟。

她知道小姨是不想见她的，这里离小姨家只有五分钟的路程，她也不愿意让她去她家里。迟到是更加不算什么了，反正她早就习惯了，不管是男朋友、小姨还是别的什么人。

"你有什么事快说，我还赶回公司呢。"风风火火地坐下，连墨镜都不愿意摘下，一副随时随地想走的样子。

乔慕咬了咬嘴唇，从包里拿出一个信封递过去，"小姨，这里是我的一点积蓄，你给林河买点补品补补身子。"她这么做，一是怕林河不接受她的好意，另外也是想让小姨多关心一下弟弟。她想，毕竟是养了这么多年了，小姨多多少少是有感情的。

小姨当面拆开信封数了数，不屑地说道："哟，你不是傍上一个有钱男朋友了吗？怎么就这么点？你是瞧不起我呢，还是不

想你弟弟好？"

　　"小姨你误会了，我没有有钱男朋友，这是我自己的钱。"

　　小姨不置可否地哼了哼。

　　"那林河他现在身体情况怎么样？"虽然这个病不急，林河现在也还小，但是一直拖着肯定是不好的。

　　"还不是老样子呗。"小姨只顾着把钱塞进自己的钱包里理顺，对于乔慕的问话只是随便地敷衍着。

　　乔慕不是没看出来小姨态度的敷衍，只是她此刻也不敢发作，林河还在小姨家的户口本里呢，她只能沉住气对着小姨说道："那就拜托小姨了。"

　　"行了行了，你这点钱我还看不上眼呢。就这样，我走了。"装钱的信封随手扔掉，小姨如同她来的时候一样风风火火地走了。

　　陈以默一回家就看到客厅里乔慕被满地的画给淹没了，小白被可怜兮兮地拴在一旁。乔慕完全没有注意到家里有人进来了，十分执着地和一堆画做着激烈的斗争。

　　他有点哭笑不得，但是他也知道小傻子做事一向不按逻辑来的，于是问她："你做什么呢？"

　　"你回来啦？"她双眼闪闪地看向他，像是饿久了的小白看到了肉骨头的样子，"快帮我挑挑哪幅画画得最好。"

　　他把手里的菜放到厨房间里再出来，蹲在她和小白中间，摸摸她的头再摸摸小白的头，然后把地上的画一张一张看过来："你挑这些干吗？"

　　要是平时乔慕早就跳起来了，撒泼耍赖地让他不要像摸小白一样摸她，而现在她还是心情很好地头抬也不抬地看着画：

"我和你说啊，J省要开展一个素描大赛，一等奖有十万元的奖励呢！我们学校正好有一个名额，我这不是挑一幅我画得最好的画去报名嘛，虽然老师都知道我画画得很好的啦。"

她还真是越来越不谦虚了！陈以默在心中笑她，不过他知道她画画确实有天赋，再加上后天的刻苦勤奋，他一个外行都觉得很不错。

"我有把握！我一定可以拿到一等奖的！"乔慕握着拳头信心满满地说道，为了弟弟，她一定要拿到这个第一名。

陈以默宠溺地包住她的拳头，"嗯，我相信你一定可以的。"

"那你快帮我看看啦，这些我都挑花眼了，我觉得每张都很棒怎么办？"乔慕分了一堆画放到他的面前。

第44章

他戳了戳她的脑袋道："真是不害臊，哪里有这么夸自己的。"

"我说的都是实话好不好啦。"她才不害臊呢。

她本来就是画画小能手嘛对吧对吧？才不害臊呢！

陈以默低头认真地看这些画，手指一张一张地划过，忽然目光停在某一张上。虽然说以前不是没有看过她的画，但是两人这么悠闲的在属于他的小房子里，坐在她的画作当中，窗外的余晖照进来，好像忽然有了一种"采菊东篱下，悠然见南山"的感觉。

"这一张，好像特别动人心弦，像是羽毛搔到了痒处。"

她歪过头来看他："喂喂喂，不带你这么自恋的，都笑成花痴了好吗！"

"就这一张，好不好？"他特别真诚地看着她。

乔慕把画拿到眼前，疑惑道："你说真的假的？"

这张画上面画的正是陈以默本人，侧脸着实英俊迷人。

"你不相信我的眼光，也要相信你自己的眼光，选了一个多好的男朋友啊。"他的眼睛眯成一个月牙，心情很好的样子，"而且你是充满爱意画的我，肯定比其他人其他东西美得多对不对？"

"你想错了，我完全没有充满爱意画你，你坐在我面前和裸体女模没有区别。"她板着脸说道，谁叫他老是逗她，她也要逗回去。

"乔慕，你胆子肥了啊！裸体女模嗯？"他抓住她腰间的痒痒肉，下一秒她就弃械投降了。

"好啦好啦，就拿这一幅！这一幅最好了！一定能入选！"其实以她专业的眼光来看，这幅画也是……她现在有毛个专业眼光啊！

总之两人因为这幅画度过了很愉快的一个晚上，额，准确地说应该是陈以默度过了一个愉快的夜晚，乔慕嘛，不说她了。

于是第二天乔慕带着两个硕大的黑眼圈去交了画。

但是乔慕不知道的是她离开教导主任办公室的时候被温程程看见了。温程程一向对乔慕都很敏感，先是看了一下陈以默在不在她身边，发现不在之后才走进办公室。

教导主任看见温程程对她很是客气的，谁让人家有一个投资一幢教学楼的爸爸。

温程程本来是不知道有什么素描大赛的，即使知道她也不屑为了那一点点钱去参加，但是得知乔慕参加了就有了一较高下的想法，于是和教导主任打好招呼，说她也要参加，不过她的作品要过几天才能交上来。

温程程现在已经陷入了一个名叫"陈以默"的怪圈。奇怪的是她喜欢陈以默不去他那里争取，她这个没出息的只知道纠缠着乔慕。乔慕要参加什么，温程程就一定也要参加什么。反正就是一定要比乔慕的名次高，要比乔慕做得好就是了。

温程程完全就是在犯傻。

敢情又不是她做得好，陈以默就会喜欢她是吧？

不过她都发话了，教导主任自然是点头哈腰地说好。

接下来的几天乔慕都过得很开心，没有课的时候白天就遛着小白，累了就坐下来画一张，或者是去画廊看看能不能卖出自己的画。到了晚上陈以默都会买菜回来给她做饭，吃完饭还不用洗碗什么的，真是幸福得冒泡。

赢了比赛就有十万块呢。只要再努力一点，就距离买房子更近了一步呢。乔慕乐观地想到。

可是这种状态只维持了一个星期，因为已经有小道消息传出来说，这次的素描大赛学校决定让温程程去参加。乔慕听到的时候当然是很失落的，但是她也明白，她并不就是最好的，确实还有很大的进步空间，所以她并不难过。她想着更加努力，下一次一定比这一次好。

第45章

陈以默在温氏集团的工作说不上辛苦,但是怎么说呢,和他以前大四实习的时候没什么明显的区别,做的都是一些琐碎的事情,对于他一点帮助都没有。不过他想着在这里工作也不会很久,五年内应付完温家两姐妹就能走人了。所以他即使是工作得不开心却还是很认真地做事,对人对事都是一丝不苟的。

温程程本来已经把那个Lucky寄给她的照片忘到脑后了,但是自从那天在超市里碰到陈以默以后她约了他好几次他都不见她,然后今天早上又听到了一个不好的消息,她整个人都暴躁了。

像温程程这种大小姐做事是不经大脑直来直往的,于是她拿着照片就去公司里堵陈以默了。

"陈以默,你站住!"温程程张开双臂拦在他身前,"你干吗一直躲着我!上次不都答应得好好的?你这人说话都不算数的吗!"

陈以默避开拦在他面前的手,双手环胸俯视她道:"对,我就是这样的人。"言下之意就是不能接受就赶快滚。

温程程气得咬牙,从包里拿出装照片的信封砸到他身上:"你得意什么啊!看看吧,早就说乔慕是个花心的女人,你还不信!后悔了吧!"

陈以默并没有马上打开信封,而是把信封紧紧地攥在手心里,对着温程程轻描淡写地说道:"那又怎么样?要说花心,哪里比得上你?我早就说过的,你需要我把你交过的男朋友列表发到网上去吗?"

陈以默吓唬人的功力和他逗人的功力都是一流，那冰冷的不带感情的眼神让她想起来，即使他是在她家的公司里工作也不是她能够随便惹怒的，她微微颤抖地退后两步。

眼神一瞥，陈以默忽然勾了勾嘴角，把隔壁桌上的仙人球放到她手里，"把这个拿到窗台上让它晒晒太阳。"

恐慌的心情一下子被替代，头皮被勒紧像是有小虫子在上面爬，发麻地恶心，浑身上下的鸡皮疙瘩都起来了。那棵仙人球像是烫手山芋似的被丢开，温程程捂着嘴飞快地跑掉了。

他看着她落荒而逃的背影，心中有痛快的感觉，真是不知道是什么怪癖，居然一碰到仙人球就会想要呕吐。

等人走远了，他才回到座位上。手里的信封已经被他捏得皱皱巴巴，把褶皱压平放在桌上，慢慢地拆开。

几张照片一下子掉了出来。

好像他也被刚才那盆仙人球恶心到了，喉咙里有东西翻江倒海地想要涌出来。

乔慕忽然接到院长的电话，说是有事找她，叫她马上到他办公室去。

刚巧她就在学校里，虽然很好奇是什么事情要院长亲自打电话给她，但是一路上也没来得及想出前因后果就到院长办公室了。

办公室的门开着，她还是在门上敲了两下才走进去。

院长有点过于热情地招呼她："乔慕，你坐。"

乔慕摸不着头脑地坐下了，随即看见自己交上去参加比赛选拔的素描画放在办公桌上。

"院长，您找我有什么事吗？"

第46章

"我是想恭喜你,你被选上参加省里面的素描大赛了。"院长慈祥地笑着,像是一尊弥勒佛。

"真的吗?"她惊喜道,如果是真的那真是太棒了!

"当然是真的,只不过学校会让你和温程程同学一起去参加。你有什么想法吗?"

"我没有什么想法啊,学校安排就好。"乔慕以为她本来是肯定没有希望了,哪知道峰回路转,她被选中了,看来小道消息还是不可信的啊。

"那希望你能够再接再厉,能够在比赛中夺得好名次,为学校争光!"

虽然这话是官方了一点,但是她听到鼓励还是很开心的,于是她认真地点了点头,答道:"我一定会努力的!"

乔慕不知道的是,原本确实是只有温程程一个人可以去参加比赛的。那一天温程程回到家里把比赛的事情告诉了温安安,温安安这个妹控在这种小事上当然是对妹妹百依百顺的。于是隔天就找到教导主任,给了他一笔钱,就让温程程轻而易举地拿到了那个名额。

哪知道这件事被另外一个美术老师知道了,举报到院长那里,院长自然是要调查清楚。但是事情已经发生了,丑事不可外扬,温家也不好惹,就只能采用这个折中的办法。

不过乔慕这个傻瓜什么都不知道,她高兴得不得了,一出办公大楼就忍不住给陈以默打电话报喜："男朋友男朋友，我有一个好消息要和你说，哈哈哈……我真是太开心了。"

桌子上还摊着那几张照片，陈以默接到乔慕这么高兴的电话心里真是有种说不出的感受。他一向是多疑的，要是从前的他一定早就爆发了，可是现在他都会害怕他爆发后的结果。他理智上知道温程程说的都不是真的，但是又会忍不住去想照片上的乔慕在做些什么，她为什么要和那些男的走在一起，这些人里面居然还有周朝。

"我和你说啊，我今天接到……"

"乔乔，我现在正在忙，晚上回去再说好吗？"他打断她，他怕和她说下去就控制不了自己的情绪，在电话里就要质问她。

"啊这样啊，那你忙吧，我不打扰你啦。"乔慕吐了吐舌头，有点不好意思，她真的是太兴奋了。

乔慕一直是神经比较大条的，再加上她现在激动的心情，所以她是完全没有听出来陈以默声音中的疲惫和敷衍，挂了电话以后哼着歌走向画室准备去练习一下。

另一头的陈以默把照片随手放进公文包里，皱着眉头靠在椅背上，手里握着的咖啡慢慢凉掉。

这就是两个人的区别，乔慕看到陈以默和温程程抱在一起的照片第一反应不是怀疑，是气愤，气愤温程程纠缠她的男朋友，而陈以默却是截然不同的反应，理智战胜不了他的怀疑，他考虑得最多的还是他自己。

或许陈以默的爱是霸道的，那种霸道限制了乔慕的自由，他甚至希望乔慕的生命里只有他一个异性的存在，她只能对他

一个人好，没有他完全活不下去的那种忠诚度才能让他有安全感，不会时时刻刻担心自己会被丢弃。

第47章

因为乔慕实在是急于和陈以默分享这个好消息，而且她也想去看一下男朋友工作的地方，所以她决定，她要去接男朋友下班，准备给他一个惊喜。

还好她知道陈以默是在温氏集团工作的，从学校坐公交车半小时就能到了。

乔慕完全没有想到温氏集团就是温程程家的。

她站在温氏集团楼底下往上看，心里止不住地感叹着，男朋友工作的地方就是高大上啊，就是不知道男朋友在哪一层。忽然又想到电视里那些天天接送女朋友上下班的模范男友，不由得感慨，她可真是个好女朋友啊！

乔慕绕着大楼转了一圈，然后跑到对面的树荫下花坛边坐下，不过还好现在是下班的时间了，大厦里面已经陆陆续续有人出来了，于是她就站在离门口不远的地方对着走出来的人一个一个地看。

刚开始她还很有兴趣地一个个研究他们的穿着，不过等了很久以后，到只有零星几个人时不时地从里面走出来，乔慕有些按捺不住了。她看了看时间，平日这个时候男朋友都到家了，怎么今天还不走啊？难道是她把人看丢了？

不会这么惨吧……

于是发了一条短信给陈以默："默默，你下班了没有啊？"

那边倒是挺快就回短信过来了："我还在公司加班，可能会很晚回来，你叫外卖吃吧，不要等我了。"

她有点失望，愉悦的心情不能分享，就像是胃胀气一样，憋得郁闷极了。不过她还是很理解陈以默的，又发短信问他："那你有没有吃晚饭啊？"男朋友总是嫌弃她吃得多，自己却不好好吃饭，以前整天泡在实验室的时候就是这样。

"我等一会就去吃。"

他这样说多半就是不会去吃了，所以乔慕决定去周围买饭，然后和他一起吃，再陪他工作什么的，真是太体贴了！她抬头看，现在只有几扇窗户里面有亮光了，这样子应该不难找了吧。

虽然打算这么做了，但是她还是回了个短信："那你一定要记得吃饭啊。"

乔慕走了一圈终于发现一家看上去还不错的小饭店，打包了几个男朋友喜欢的菜，然后拍照上传微博，配字——给男朋友的惊喜！

嘿嘿嘿！她真的不是要秀恩爱，是太开心啦！

她运气真是好，一下子就找到了男朋友。这一层楼的人都走得光光的了，只剩下他一个，灯光下的他眉头紧锁，好像是在思索什么疑难问题。

其实陈以默只是心烦意乱，他怕他回家以后听到他不想听的答案，他有点不想看见她，所以他骗乔慕说他要加班，他更是在欺骗自己。他哪里能想得到乔慕此时此刻就在不远处看着她，于是在乔慕飞扑过来的时候他着实是吓了一跳，只有惊没

103

有喜。

"默默默默,看,我给你送外卖来啦!"她拿着外卖在他眼前晃了晃,然后放在桌子上,抱住他的脖子坐到他的身上,笑着扭来扭去,"是不是很开心?"

第48章

"你怎么来了?"陈以默的语气里丝毫没有开心的意思在。

"嗯,你不知道,我五点的时候就来了,本来想接你下班来着,谁知道这么不巧你要加班。不过还好我机智,想到去买外卖,你肯定没吃晚饭吧。"她得意地笑着说道,迟钝到丝毫没有感受到陈以默的冷淡。

本来僵冷掉的心忽然变得温热起来,他的小傻子心思那么直,对他也是真心一片,是不会做那些事的。他以前即使是寄住在舅舅家,又何曾会有人为他做这些事?唇角止不住地带上了笑意,乔慕被他笑得脸颊热热的,有些不好意思,赶紧低下头打开外卖来掩饰。

"我买的都是你喜欢吃的,你吃完了我陪你一起加班好不好?反正这里也没有别人,不怕别人看到。"陪男朋友加班什么的最有爱了。

"等一下。"心中还是有顾虑,他忽然按住她的手,表情变得很严肃,犹豫着像是费了好大的劲才说了出来,"你是不是有话要对我说?"

她看向他,愣了一会才·拍脑门道:"啊,你不说我都忘记了。有个好消息要告诉你，我今天上午被院长叫过去了，他说我可以参加素描比赛，真是太好了！"

他默默地叹一口气，慢慢地松开她的手，还是真诚地为她感到高兴："那恭喜你啊！"

"嘻嘻嘻，都是你帮我挑的画好。"乔慕不遗余力地拍马屁。

饭店里买的菜虽然比不上陈以默的手艺，但是乔慕因为心情好胃口好，把饭都吃完了，连从来不吃的鱼头也吃得光光的，其间还一直很积极地帮陈以默夹菜。

陈以默宠溺地帮她擦掉嘴角沾到的汤汁。

两人收拾完外卖盒子，陈以默见乔慕开始一个接着一个打哈欠，便提出回家。

回到家的时候，乔慕已经困得睁不开眼睛了，就被陈以默推着随便找了衣服去浴室洗澡。乔慕强忍着困意刷了牙洗完脸冲好澡，却发现自己拿进来换洗的内裤找不到了。这下子睡意一下子清醒了大半，把浴室仔仔细细地看了两遍却还是没找到，可是自己明明记得拿进来了啊。

看了看镜子里只穿了睡裙的自己，虽然这条裙子长到膝盖，但是就这么空荡荡的出去好别扭啊，而刚才换下来的内裤也已经被她扔到洗衣机里面去了。

正左右为难着，陈以默忽然敲了敲门："乔乔，你洗好了吗？"她进去了这么久，他怕她在里面睡着了，小傻子这种性格是绝对做得出来的。

"啊，我马上就好了……"不管了，死也不能叫男朋友帮她拿内裤，就这样出去吧！

乔慕做好了充足的心理准备，猛地打开门冲进卧室，"嘭"地关上房门，整套动作是一气呵成，坐在床上才慢慢地平复快速跳动的心脏。

她正准备找一条内裤穿起来，房门就被打开了，陈以默一走进来就看到乔慕被水蒸气蒸得粉粉的脸颊和湿润的眼睛，和因为紧张而持久不下的红晕。

陈以默怕乔慕在浴室里待太久了有什么不舒服的，于是伸手在她额头上摸了摸，果然是烫手的温度，而且乔慕的脸好像越来越红了，连脖子都红了起来。

第49章

"乔乔，你有没有哪里不舒服，怎么这么烫？"他紧张地问道。

此时此刻乔慕心里唯一的想法就是，男朋友你快出去啊，你再不出去我就要爆炸了啊。

她悄悄地往后挪了一点，躲闪着他的眼神："我……我没事啊……就是有点热……"然后一下子跳起来贴在墙壁上，离他远远的，拼命地扇着手掌。

陈以默却没有这么容易就放过她，疑惑地走近她："真的吗？"

她用力地点头，然后终于不能再忍地推他："你快出去啦，我要换衣服睡觉了。"

像是忽然醒悟了，他捏了捏她还在发烫的脸蛋，坏坏地笑着，"原来你是不好意思才脸红的。"

映入眼帘的是她白皙光滑的额头，像是白玉兰般的高洁雅致，微弯的脖颈绕出一个细腻的弧度，这些都让他有些意乱情迷。

自己为什么要那么主动地提出要在沙发上睡，陈以默在心中懊悔道。

"才不是！我就是要睡觉了。"故意打了一个很大的哈欠，终于把陈以默推出门外，她靠在门背上心想道，她才不会承认她是不好意思呢。

最近真是好事连连，乔慕发现自己投的那么多份简历里面终于有一家回应了，而且还是一家小有名气的青春文学杂志社——飞扬杂志社。

面试时间就在下个星期一，乔慕特意去买了一件正式一点的衣服参加面试。为了给乔慕打气，陈以默还专门请了假陪乔慕去面试，可是这样好像让乔慕更加紧张了。

飞扬在二环路上，离市中心不算近也不算远，如果能够面试成功的话，从家里出发坐地铁加上走路只要十五分钟，很方便，就是离陈以默的公司远了点。乔慕没有来过这里，这边的路又有些绕，要不是有陈以默在身边她肯定还要找上好一会儿。

飞扬在写字楼的五楼，比乔慕想象的小了许多；她以为会像电影里面那样，一幢楼都是杂志社。不过她并没有就这样小瞧飞扬，她看过飞扬出的杂志，无论是文字还是插图，她都是很喜欢的。

乔慕走出电梯转了一个弯就来到飞扬，门口竖了一块牌子——面试请直走。

她看向陈以默："那就我自己过去吧。"

他捏了捏她的鼻子："记得待会儿要说什么吗？"

"当然啦！我都可以倒背如流了。"乔慕有些得意地说道。

昨天晚上乔慕紧张外加激动得睡不着，半夜里把陈以默弄醒，非要他扮演面试官给她面试。陈以默睡得好好的被弄醒心情总归是不太好，但是拗不过乔慕的死缠烂打，只能振作精神陪她，最后还是因为面试的时候要保持一个良好的精神状态才把她劝去睡觉了。

"那我就等着一会给你摆庆功宴了。"陈以默故意调笑她，其实也是想她不要这么紧张。

"也不知道这家杂志社要几个人，其实我还是好紧张的。"她抬头看他，眼眸明亮，却是显得有些可怜巴巴的。

第50章

他忽然低下头亲了她的侧脸一下："这是我给你的lucky kiss，会给你带来好运的。"

乔慕难得地没有害羞，笑盈盈地接受了，还不忘笑他。"哎哟，你什么时候也看这种偶像剧啦？"然后又拍马屁道，"啊啊啊，我一定会有好运的，我的缪斯男神！"

陈以默拍了拍她的头："这还差不多。"

告别了陈以默，乔慕独自向前走，走到走廊尽头的时候，看见一扇门上贴着"飞扬面试"，她有些疑惑，是其他人都面试结束了，还是今天只有她一个人来面试啊？

不想这么多了，心中又鼓励了自己一遍，乔慕轻轻敲了下门，听见里面的人说了"请进"，推开门走了进去。

面试室里只有坐着的3位面试官，没有任何多余的东西。从左往右依次是二女一男，除了最左侧的好像年纪大了一点，其他的看上去都是三十出头。

乔慕忽然觉得自己就不紧张了，"扑通扑通"跳动得飞快的心脏慢慢平静了下来，想着男朋友就在门外陪着自己，即使是失败也没什么可怕的。

"乔小姐请坐，先自我介绍一下吧。"

乔慕拉近椅子坐下，很流利地介绍自己。中间的两个面试官不停地在纸上写写停停，而最右侧的唯一一个男性面试官则是意味深长地看着乔慕，眉头微微蹙起，却是猜不出他到底在想什么。

"乔小姐说说对于我们杂志社的看法吧。"

这算是面试的常见问题了，昨天晚上乔慕还和陈以默练习过，所以她对答如流道："我在高中的时候就经常会看你们的杂志，对于文字方面我不是内行，我就不多加评价啦，插图方面我觉得画风很赞，各种人物都画得很细腻，但是还可以做得更加好的呢。我说一点我个人的小小想法，如果可以根据文字画一个小版面的四格漫画，这样可以更加吸引读者呢。"飞扬杂志的插画一向走的是唯美风格，四格漫画这种很少见，也算是一种创新，而且她本身确实是比较喜欢那种萌萌的漫画风。

"乔小姐的建议我们会考虑的。"

来来回回又问了几个专业性的问题，乔慕都算是回答流利，最左侧的面试官似乎是满意地点了点头。

"我看乔小姐的简历上写着右手受过伤，我很怀疑你能否

胜任我们的这份工作。"最右边一直沉默不发一言的面试官忽然
开口说道。

　　乔慕原本最担心的问题来了，但是她在收到面试通知的时
候陈以默就和她分析过，杂志社的人肯定是看到这一点了，他们
还让她来面试的可能无非是两点，一是他们不介意她的右手残
疾，二是他们的应聘者不多，无论哪一点对于她来说都是有利
的，所以她现在可以胸有成竹地回答他们："我可以现场展示给
你们看，让你们知道，我是你们最好的选择。"

　　乔慕的脸上带着自信的微笑，嘴角抿成一个上扬的弧度，
带出两个小梨涡，让人心生好感。她看到最左边的面试官眼中
有鼓励的神色，心中淡定，想着她对着镜子苦练表情总算没有
白费。

第51章

　　"那就请乔小姐给我们现场唯一的男士画一幅漫画吧。"
中间的面试官笑着说道，而那个男性面试官仍旧是不苟言笑的
样子。

　　乔慕揣测着这位可能是主编之类职位比较高的人，一直是
比较严肃的类型，这样的话既不能画得过于夸张搞怪，但是又
不能画得死板，这样就不是漫画了。她要仔细想想把漫画画成
什么样子的。

　　认真观察了眼前男人的五官，两人眼光相碰，乔慕总是有
一种忍不住想缩回来的感觉，像是自己做了坏事一样。他的眼

睛很大，不是那种圆溜溜带着亲近之意的那种，而是眼角天生吊起带着煞意，还喜欢时不时地眯起来。如果不是知道在面试的话，还以为他是在批评员工呢。

心中有了主意，乔慕立马动笔。

采用了经典的头大身子小造型，大脑袋的小人儿左手捧一本杂志，右手拿着一副眼镜对着杂志指指点点，这没有什么特别的，而特别之处在于画中小人儿的表情，双眼严肃有神、嘴角微弯却是在坏笑。

乔慕只用了五分钟的时间就画完了，递过去，两名女面试官看过画都捂着嘴笑了，而男人看过之后表情变都没变，乔慕弄不明白他是什么意思，这是觉得好还是不好啊？

乔慕正等着他们评价呢，哪知道男人朝她挥挥手："乔小姐回去等消息吧，一个星期以后我们会通知你的。"

她点点头，打了招呼就出去了。

陈以默等在门口，她一出门就给了她一个大大的拥抱，摸了摸她柔软的头发："我请你去吃大餐。"

乔慕把头埋在他的胸口，一副失落的样子："你怎么不问我面试的情况？是不是怕面试得不好我难过啊？"

"你这个吃货有了吃还难过什么啊，而且我都不用问，你肯定熬不住要说的。"

男朋友越来越了解她了，以后在他面前都骗不到他了，真是好难过。

"哼！那你先告诉我晚上吃什么！"无论什么情况都改不了她的吃货本质。

"你想了很久的自助餐。"

"你不管我吃多少了？"不怪她这么问，谁叫男朋友老是嫌弃她吃得多。

其实陈以默并不是嫌弃，乔慕肉肉的也很可爱，只是他怕她这么没有节制地吃东西会对身体不好。

他笑着点头，让她开心比什么都重要，再说偶尔放纵一次也是可以的。

"唉。"乔慕叹了一口气，把刚才发生的仔仔细细地说给陈以默听，然后感慨道，"其实我也不清楚我面试的是好还是不好，那个面试官有点怪怪的，画完之后什么话都不说就让我走了，我总觉得有点悬。"

"那就别想了，放轻松一点，说不定会有意外的惊喜呢。"陈以默安慰她，这安慰的水平有够呛的。

当晚，乔慕上微博的时候收到了一条私信，问她是不是S市的乔慕。

她的微博叫"夏有乔默"，别人会猜到她就叫乔慕这不足为奇，但是知道她真实身份的只有她关注的几个关系比较好的同学，而且她没有在微博上写过她是哪里的人。

于是她问："请问你是？"

对方过了好久才回复她：现在先不告诉你，你以后会见到我的。

乔慕一头雾水，听她这么说，两人应该是不太熟悉的，想来想去也没想到那人是谁，点进去那人的微博也没有发现什么有用的信息。

不过这些也不是什么了不得的大事情，乔慕很快就把这件事情甩在脑后了。

第52章

乔慕有点失望陈以默不能陪她去参加比赛，不过看着陈以默给她分门别类准备的行李还有零食，心情很快就恢复了过来，果然零食是良药，她才不说是有一点小感动呢。

带着愉悦的心情，乔慕和邻校的一个女生王静住到了比赛场地周围的宾馆里，而温程程自然是住在事先预定好的五星级酒店里。

两个人因为从坐车的时候就坐在一起，现在又住在同一间房间里，所以也慢慢熟悉了起来。

王静是那种看上去比较文静的类型，但是女生聚到一起免不了会聊一些八卦，她神神秘秘地坐到乔慕身边："我听说你们学校还有另外一个女生参加比赛，她家里是不是很有来头啊？"她有一个好朋友在乔慕的学校，所以总是能听来一些消息。

乔慕知道她说的是温程程，不过她对温程程的了解其实也不算多，只能把大家都知道的事说给她听："她爸爸投资过我们学校，可能是学校的董事吧。"

"那你知不知道本来你们学校是只有她一个人能参加比赛的？"王静想看看乔慕是什么态度，多一个朋友总比多一个对手好。

乔慕摇摇头，她没有多想过这件事，她能参加就好了。

王静敏锐地嗅出一丝不寻常的气息，隐隐地觉得这两个人没有她想的这么简单。

王静一副气愤的模样："你居然不知道这件事情！那个女生给你们教导主任钱才拿到名额的，后来不知道怎么又多了一个名额出来。但是你想想看啊，你差一点点就不能来了，都是因为她啊，所以你这次一定要比过她对不对！"

王静其实性格挺好的，就是自以为是、有点小聪明，想要拉拢乔慕。

心脏猛地一跳，她没想到事情是这个样子的，或许她应该想到的，温程程的画怎么会在短时间内进步那么多。她难得地生气了，陈以默和画这两样是她的底线，可是温程程都碰到了，触碰到底线再软弱的人也不会就这么默默地忍受了，"即使她没做过这些事情，我也努力要拿第一名的，她总不能在正式比赛的时候也弄虚作假。"

"你说得对！我也要努力拿第一名！"王静笑对着乔慕，做握拳加油打气状。

两人有了共同的目标，说起话来也更加觉得投缘了。

比赛分为上午下午两场，上午画的比较简单的静态人像，下午就是去特定的场景中自由发挥了，然后是两场比赛一起评比。

乔慕觉得她当年艺考的时候都没有那么紧张，那个时候她就想着考不中的话最多就是多考一年，没什么大不了的。这一次，可没有再来一次的机会了。

深深地吸了几口气使自己平静了下来，经过面试那次，乔慕好像摸到了门道，越到关键时刻越发的沉着了。

上半场比赛的时候她没见到温程程出现在现场，她虽然有些疑惑,不过这对她没有任何影响。

午饭是主办方准备的,乔慕觉得自己上午发挥得还不错,心情愉快地把饭菜都吃光了,然后就悲催地肚子痛了。

第53章

她急得不得了,中午的休息时间只有一个小时,万一她一直拉肚子,去不去得成难说,就算到场了十有八九是会画不好的,这可怎么办啊。她来不及多想,先上厕所再说。

不过事情没有她想的那么严重,在她解决完一次就觉得好了很多,她估摸着应该不会再肚子痛了吧。

冲完水准备推门出去,却发现门怎么也推不开了。乔慕开始以为是门坏了,可是这门刚才她进来的时候还好好的,怎么就突然坏了呢,然后她意识到门是从外面被锁住了。

该死的温程程!

不是她小人之心,只是她不觉得自己在这些参赛者之中有什么不同的,值得别人特别地去害她,别的参赛者都不认识她。

她怎么能用这么卑鄙的手段让她参加不了比赛!

乔慕想得没错,的确就是温程程。

今天上午温程程睡过头了,醒过来的时候都已经快到中午吃饭的时候了,她是不在乎比赛结果的,但是她参加不了比赛,乔慕也别想拿名次。所以她才想到了这么一招,乔慕去上厕所的时候她就跟在后面,厕所里正好没人,她就偷偷地把拖把拴在了门上，还把"厕所维修"的牌子摆了出去，这样就不会有人来把乔慕放出来了。

关键是没有人知道是她把乔慕关在里面的，她真是太聪明了。

本来知道温程程抢名额的事她只是恼火罢了，而现在她完全被气到了，气得浑身都出汗了。但是她很快冷静下来，现在不是生气的时候，最要紧的是怎么出去。

刚才她大声喊了很久，都没有人进来，估计一时半会儿也等不到人来帮她了，手机也不在身边，现在她只能靠自己。把门推开是不可能的了，她只能从里面爬出去。乔慕左右看了一圈，还好门背后有个挂东西的钩子，希望小时候爬树的本领没有忘掉。

乔慕走出来的时候是很狼狈的，头发衣服都乱了不说，小腿上有几块地方都挂到了，疼痛让她明白，这一次，她不能就这么当做没事发生过。

她如同胜利的勇士从赛场里面走出来般，出现在温程程的眼前，双眼里流动着异样的光，似乎是更加自信了成长了一般。乔慕看着温程程的时候虽然不是凌厉的，但是温程程却感觉到了和面对陈以默时一样的压迫感。

"你这么看着我做什么！"温程程明显地心虚。

"温程程，不要以为你做的事情不会被发现，也不要觉得我是可以随便欺负的！你就不怕那边有摄像头拍下来？"最后一句是乔慕吓唬她的，厕所里怎么可能会有摄像头呢。

但是温程程被唬住了，她惊慌失措道："我不知道你在说什么……"

"若要人不知，除非己莫为，你把我锁住不让我参加比赛的事情我会和主办方说的。"

乔慕天性乐观，从小到大都愿意把事情往好的地方想，她不会因为吃苦而抱怨。可随着年龄的增长总是会遇见一些难以回避的阴暗面，她不能不成长，不能不独自面对这些。只是第一次做这种事，说起这些话来还是有些底气不足的。

第54章

她是急急忙忙赶到赛场的，那个时候王静已经在外面等她等得很着急了，看到她总算是放了心。乔慕当时也没有时间和她解释，出来了以后才把事情告诉了她，王静自然是气不过。

她和王静商量过，这件事情不管最后结果如何，一定要捅出去，绝不能被人打落牙齿还往肚子里吞，至少能让温程程害怕，收敛一点。

温程程拉住她："你把话说清楚。"

"我已经把话说得很清楚了。"乔慕停下来，"还有一句话你也听清楚了，不要再打我男朋友的主意，他从来都不喜欢你。"说完，看也不看温程程就走了。

温程程气得咬牙，她不是一直都很逆来顺受的吗，她怎么敢对自己这么说话！她不怕吗？

王静建议找人以第三方的角度发一条实名帖子爆出来，虽说大家都不是娱乐圈明星，但是网民知道了这种事情的存在肯定是会抱不平的，自从朱令案重回公众视野，人们对大学生的

品质关注越来越多。

乔慕第一个想到的就是她的微博，但是她不太想在网上暴露自己的信息，再来她始终不太喜欢在公众平台上发一些牢骚抱怨性的话语，这会让她感觉怪怪的。

不知道王静找到了谁，反正发出来的帖子备受关注，最开始是在几大高校的论坛里置顶，后来其他的地方也都纷纷转载。

事情果如其然地闹大了，温程程灰溜溜地提前回去了，短时间内也不会再找她的麻烦，乔慕心里很畅快。

按照惯例每过一段时间乔慕就是要去老孙头家拜访的，她便趁着比赛结束到出结果的间隙，回了学校一趟。

她怎么都没想到会在老孙头家看到于思聪。

"乔慕，师母邀请我留下来吃饭。"

满头黑线的乔慕根本反应不过来于思聪为什么会来看师母，她现在只一心一意想着把他赶出去的事情。

"既然来了，就坐下来吃饭吧。"不知道什么时候出现的陈以默站在楼梯上冷眼看着乔慕和于思聪拉拉扯扯的模样。

碍事又碍眼。

乔慕被他突然出声给吓到，下意识地手一松，于思聪就从善如流地仰脸对着陈以默笑眯眯地说道："好的，师兄。"

乔慕后知后觉地发现于思聪这个人根本不像外表看上去的那样羞涩腼腆，内在分明就是根老油条！

竟然这么自来熟！还有于思聪是什么时候和老孙夫妻两个熟悉起来的？

男朋友都发话了，乔慕的气势一下子就下去了，懦懦地看着他，嘴巴动了动还是没出声，最后垂头丧气地坐在了餐桌旁。

也不知道师母是不是故意的，竟然罔顾乔慕的意愿把她安排在于思聪身边。

害得乔慕一直尴尬着，她也不知道自己在搞什么。可是她隐隐有些察觉到，好像有男朋友在的话，于思聪会表现得愈发地热情主动起来。比如现在，他就一直在热情地张罗着她吃饭，还给她布菜，害得她一瞬间都差点以为她和老孙他们都是客人，而他是好客的主人。

老孙头大概很是看不惯在餐桌上一筷子菜夹来夹去的样子，就咳嗽了一声。于思聪也不知道是真傻还是假傻，竟然还天真地抬头对着老孙头说："老师，你也夹不到菜吗？"

第55章

老孙头一口气被堵在喉咙眼里顺不下去，越看于思聪越不顺眼。尤其是自家就像儿子一样看待的陈以默此刻竟然还淡定地坐在一旁神态自若地吃着饭，竟然没有丝毫不喜的感觉！难道他和师母都看走眼了？他皱眉臆测道。

乔慕一顿饭吃得心惊胆战，她总觉得男朋友随时都会爆发出来，因为他最讨厌别人在吃饭的时候唧唧歪歪的聒噪……而她为了推拒于思聪给她夹的菜不得已音量拔得有些高。

她有些紧张地看了陈以默好几眼，于思聪就在她分神的瞬间又给她夹了菜。她回过神来之后立马惊慌地拒绝："我不吃猪耳朵！"

　　她音量很高，这下子大家都齐齐地看向她和于思聪两个人。于思聪夹着菜的手略微僵硬了一下之后，微微低了头，脸上的神色看不清楚，低声说了句："不好意思，还不知道你不喜欢吃什么，是我唐突了。"

　　他……这个样子，乔慕有些坐立不安地反省自己刚才是不是声音太尖了吓到了他。她犹豫着还是说出了口："没关系的，喏，我就很爱吃芹菜。"其实才不爱吃呢！但是她碗里现在只有于思聪夹的芹菜，为了缓解气氛，她装作喜欢地大口吃着芹菜，面上还要表现欢愉。陈以默冷笑着看了她一眼，看得她心虚，却又没点破。然后，然后……乔慕就吃了更多的芹菜。

　　好不容易把思聪送走之后，乔慕终于松了口气。

　　老孙头皱着眉头问师母："刚刚那个孩子喜欢小慕慕？追上门来的？"

　　"这么明显还看不出来？"师母淡定地说，"女孩子嘛，是要有人追了才知道自己的好，不然她一直把自己当根草。好比我当年就是的啊，那么多人追我是吧。要不是你表现得好，我才不会选你呢。"她说这话的时候不经意地扫了陈以默一眼。

　　陈以默老神在在地喝着茶，只当没听见。

　　内心却在冷笑，呵呵，于思聪算个毛啊，没看到乔慕现在紧张内疚得不行吗？往后的几天他都能预见到自己的幸福生活。他说啥乔慕都不会反驳他的。

第56章

接下来的几天就是等待比赛结果出来了。

乔慕闲得没事做，王静便提议去市中心逛逛。这一天过得还算不错，两人回到宾馆的时候，就被告知大赛评委在找乔慕，她揣测着可能是要和她说与温程程有关的事情吧，就直接过去了。

乔慕敲门走进去，办公桌前坐着个四五十岁的男人，乔慕之前远远地看见过他，应该是挺重量级的评委。

男人笑眯眯地叫她坐，但是乔慕总觉得他上下打量她的眼神怪怪的，让她觉得浑身发毛，还一直盯着她看，什么话也不说。

她只能率先打破沉默："您找我来是有什么事吗？"

"乔慕，我觉得你的画很不错，以我看来，是很有机会拿到一等奖的。"男人边说边走到了乔慕的身边。

乔慕惊喜道："真的吗？"

男人又靠得近了点，然后直接就在她旁边坐下了："只要你愿意，一等奖就是你的。"

乔慕猛然发觉有人在摸她的手，鸡皮疙瘩瞬间掉落，汗津津的黏腻感让她觉得恶心得不能再恶心了。她忙甩开那只手，站起来离得远远的，不再对他有好态度。

"请你尊重我！"她知道潜规则，但是从来没想过这种事情会发生在她身上，为了拿奖而出卖自己，这是她绝对做不出来的事情。

"没什么事的话，我先走了。"乔慕反手在身后，拼命地搓

着被他摸过的手背，那种恶心的感觉简直难以言说

男人并不死心，反而是循循善诱的样子："你还年轻，其实这种事情是很平常的，女人最快上位不就靠着身体么，等你以后老了就靠不上了。"又搂住乔慕的肩膀，"如果你愿意，等你毕业了我还可以送你去国外深造。"

"谢谢你，我不需要这些。"乔慕躲开他，止不住地在颤抖，她第一次遇见这种事情其实害怕得要死，她想逃走，可是她觉得自己僵硬得动都动不了了。

男人的耐心渐渐耗尽："我劝你不要敬酒不吃吃罚酒，你不愿意还有很多人愿意，这一等奖可就不是你的了。"

乔慕用力地掐了大腿一下，身体不再僵硬，迈开腿跑出去，却被男人一把抓住扔到沙发上。男人发出桀桀的怪笑声，一下子扑到乔慕身上去："这下子你跑不掉了。"

热热的呼吸喷到她的脖子上，恶心的感觉又涌了上来，好像突然激发了她的潜力，乔慕一下把男人肥胖的身躯推到地上去了，然后趁着男人吃痛爬不起来飞快地推开门逃出去，跑了好久，直到确定后面没有人追过来才停了下来。

她弯下腰大口大口地喘气，眼泪断了线般流下来，乔慕靠着路灯跌坐在地上。双手抱住自己，厚厚的棉衣驱散不了心里的寒意，双腿一直在颤抖着。

刚才差一点就……她差一点就……为什么会这样……

她一直坚信，只要她自己不断努力、不断进步，她就能做得更好，得到她想要的东西，为什么现在看来一切都是她在异想天开呢？她还有哪里做得不够好吗？她的思绪很混乱，好像某些她一直坚持着，也愿意坚持的东西破碎了。

第57章

乔慕埋着头，头顶上是暖黄色的灯光，照得整个人都似乎是暖洋洋的，可是心底却是凉的。路灯下的她变成地上的一个小黑点，路上偶尔疾驰过的汽车留下一串低鸣。

她擦了擦眼泪，掏出手机，打电话给陈以默。

这个时候好想他能在身边，在他的怀里她就什么都不怕了。

"喂……"

乔慕低沉的情绪显而易见，但是陈以默却无暇顾及："乔乔，孙老师出车祸了，我在医院陪着师母呢，一会儿再给你打电话好不好？"

"孙老师怎么样了？还好吗？"听见孙老头车祸的消息让乔慕一时之间无法顾及自己，着急地问道。

"我一会儿和你说，现在太乱。你好好照顾自己。"陈以默的最后一句说得很匆忙，就像是匆匆加上去一样生硬。乔慕张着嘴巴还想说些什么，电话那头已经空洞地传来"嘟嘟嘟"的声响。

挂了电话，乔慕在路灯下又坐了一会，才站起来往宾馆走。

这个时候的乔慕没能够明白，她缺少的不是刻苦努力，而是一种坚强独立的能力。坚强，能够让她勇敢面对所有的事情，独立，能够让她完全地依靠自己、信任自己的能力。

后来，乔慕果然没有得到一等奖，不过三等奖也算是一种安慰吧，好歹还有五万元的奖金，她自嘲地笑了笑。

"唉，我还以为乔慕闹得那么厉害能拿第一名呢，怎么只有三等奖啊？"

"谁知道呢，说不定就是别人比较厉害呢。不过我和你说啊，我那天看见她……不知道背后是不是弄虚作假呢？"

"是不是真的啊？"

"我亲眼看到的，当然是真的啦。"

两个女生嘻嘻哈哈地边走边打闹着。

乔慕听了心里无法平静，这样的比赛是公平的吗？她获得三等奖就是她本身的实力水平吗？

最终万千思绪都只化作一声幽叹。

临走之前乔慕是信心十足的，而她现在回来却是灰头土脸的感觉，陈以默安慰她下次一定可以做得更好的。

她只是笑着点头，她不想和他说她差点被侵犯的事情，现在的她没有勇气说出口了，而且既然事情已经过去了，她不想他为她担心。

最近陈以默好像挺忙的样子，两人在一起的时间少了很多，陈以默也没有发现乔慕的情绪不同，她挺失落的。

似乎有什么东西变了。

乔慕买了苹果去医院里探望了孙老师，还好只是一点小伤，但是上了年纪还是要好好调养。她在医院里陪着孙老师说话，心情总归是平静的。

几天后她接到了飞扬的电话，说她被录取了，明天就可以来上班，乔慕对此很高兴，不再多想比赛的事了。

说起来乔慕有一个特点，就是短时间内遇到想不通的事情她会把它放下，不再去思索它，不知道这是优点还是缺点。

乔慕去飞扬工作了以后，才发现原来之前给她发私信的是那一天的面试官，也是她现在的顶头上司，三十岁出头的职业女性，性格非常风趣幽默。而那位唯一的男性面试官确实如乔慕猜想的那样，是飞扬的主编，严肃但是为人很公正。她想，和这么一群人一起工作应该是一件挺愉快的事吧。

还有就是她没想到于思聪也是在这里工作的，难怪之前她在学校里很少遇见他了。

乔慕的心思没有那么多，看到有熟悉的同学一起工作感觉挺不错的，而且于思聪还很关照作为新员工的她，对她的疑问都会很耐心地解答。

陈以默提前下班了去接乔慕，却看到乔慕和于思聪有说有笑地从写字楼里走出来。

乔慕看到陈以默高兴地一如既往地扑过去，拉着他的手，五指相扣："男朋友，你来接我下班啊？"

"嗯。"他点头，摸了摸乔慕柔软的额发，看到不远处的于思聪眼底有一抹黯然的神色飞快地划过。

陈以默不是个大方的人，他牵着乔慕的手走到于思聪面前，脸色并不是很好地说道："你是我家乔乔的同事加同学，她在工作上做了什么错事你和我说，我下次请你吃饭。"

"不用了，我还有事先走了。"于思聪脸色很不好地走了。

于思聪走后，乔慕扯了扯他的领带，不满地说道："我才不会做错事呢！"

"哼！如果你被炒了，我帮你投简历，一定比这家好。"而且肯定不会有于思聪。

陈以默没好气地说道，背过身来不理她。乔慕捂着嘴偷笑，没有发现男朋友居然也有这么孩子气的时候。

她顺着他说道："好啦好啦，以后一定让你帮我投简历。"

第58章

"乔慕，你看过玉晶蓝的书吗？"同事A拿着一本书问她。

"那是谁？写什么的？她的书很好看吗？"乔慕好奇地问道。

"你真的是太落伍了！"同事A因为和乔慕不能在这方面有共同语言显得格外嫌弃乔慕，"那么出名的人你竟然都不知道喔！她是写都市言情小说的，文笔很好，值得你去看喔！"

"顺便私人透露一个小秘密给你。"同事A神神秘秘地凑到乔慕耳边说道，"我听说啊，这个玉晶蓝啊就是我们老板正在争取版权的人呢，老板想买下她的漫画版权呢。你不知道这小说有多红！漫画到时候也一定会畅销的！那么多粉丝呢！所以啊现在那几个人可是明争暗斗得不亦乐乎呢！"

同事A努努嘴，示意乔慕看向对面那些花枝招展忙着向老板献殷勤的女人们。

乔慕不置可否地笑一笑，有好的脚本当然谁都想要。她也一样，真的把名利摆在她面前，她也很心动呢，没有什么好说别人的。

同事A眼见着乔慕竟然没有同她一起说其他几个同事的坏

话，很是没趣地撇了撇嘴咕哝了句"假清高"，之后就不再搭理她了。

乔慕能够明显地感觉到同事A对她态度的变化，可她没有办法。总不能因为要和同事A打成一片就故意去说其他同事的坏话吧？这样的事情她做不来。可她又不想同事关系闹僵，便想着去找之前同事A提到的玉晶蓝的书来看看。

说不定就能找到话题继续和同事A聊下去保持良好的关系。

不得不说同事A的推荐没错。玉晶蓝的书果然好看。浪漫又清新，文字功底很强。明明是简单的故事由她的笔写出来就格外的温馨好看。

乔慕看得欲罢不能，从买完书回家开始就一直马不停蹄地看书，连陈以默叫她吃水果她都不愿意放下书去。陈以默深感自己的地位不保，立马虎着脸刻意想了个法子问她说："我们出去逛街吧。这边最近新开了一家甜品屋，我估计你会喜欢的。"

乔慕这个小吃货平时一听到有好吃的早从沙发上蹦下来了，今天的她竟然完全不为所动地对着陈以默说道："你去吃吧，吃完了给我带点回来就成。"就连陈以默提议的时刻她的眼睛仍旧舍不得离开手中的小说。

阴着脸的陈以默忍无可忍地把书从她手中一把抽走，等乔慕气愤地叫嚷着让他把书还给她的时候。他又装作委屈苦恼的样子对着她说道："乔慕你先听我说件事，我不知道怎么办才好。等我说完了就让你继续看书。"

陈以默这副苦恼委屈的模样彻底取悦了乔慕。

哇噻！有生之年她竟然还能看到陈以默苦恼的样子诶！陈

以默诶！无所不能的陈以默竟然会苦恼！天要下红雨了吗？这个世界真玄幻。

乔慕立马歇了抢书回来继续看的心思，一副很关心陈以默的模样笑眯眯地问道："怎么了呀？你有什么事情都可以和我说的呀男朋友！女朋友是用来干吗的？当然就是用来给你排忧解难的！"乔慕拍拍自己的小胸脯正气凛然地说道。

第59章

陈以默无奈地看了她一眼，面上还装作一副感动的样子将手机递给乔慕说道："我有个女客户一直骚扰我，你看她给我发的短信。"

乔慕低头认真地翻着陈以默的短信，惊叹得咂嘴，厉害啊真厉害。这样声情并茂语带威胁恩威并施的告白短信，再让乔慕活两辈子她也依然学不会啊。

陈以默在她认真研究短信的时候适时地在旁边说道："我真的对这个人一点想法都没有。可是她是我挺重要的一客户，要说不理她吧完全不可能，可是我又怕她使坏，来找你说点有的没的。"

陈以默这么上道，人家还没怎么样呢，他就什么都和乔慕坦白了，乔慕心里甭提多舒坦了！抱着陈以默的脖颈开心得直笑。哪里还记得之前没看完的小说啊。

第二天乔慕上班的时候差点迟到，幸好她跑得够快，赶上了电梯。

电梯里一个圆脸的女孩子和气地对着她说："跑慢点呀！不要这么着急！我都按着开门键呢。"

乔慕不好意思地对她笑着说道："嘿嘿，我怕你没看到我然后就上去了嘛。"

乔慕没好意思说出口的是，之前她也有过一次类似的经历，她明明已经很卖力地跑甚至很着急地向对方喊了一声："麻烦你等我一下——"她话都还没说完，电梯就当着她的面被里面的人给按上了。

这个世界有善良的人，同时也会有自私的人。

出电梯的时候乔慕发现圆脸的女孩子竟然和她是顺路的，便有些好奇地问道："你是新来的呀？我之前都没见过你呢。"

这一层都是他们公司的人。乔慕经常被差遣着跑来跑去，却有一个好处，一层楼的人就没有她不认识的。

"嗯啊，我第一次来呢。"圆脸的女孩子笑眯眯地说道。

乔慕对这个和气的小姑娘很有好感。当下听她确认了自己是新来的之后，她立马热血地拉着她说道："太好啦，那我就不算唯一一个新人啦。以后有人陪我啦！"

乔慕来飞扬之前，飞扬里的员工早就分成几人一个小分队的小组了，几乎都是小组活动，乔慕融不进去，有的时候也会觉得有些孤单。

"啊，我还没自我介绍呢，我是绘画组的乔慕。很高兴认识你。"乔慕突然醒悟过来她们两个都还不知道对方的名字。

"你叫我小玉就成。"圆脸的小姑娘继续说道，"对啦，你们老板人怎么样啊？好说话吗？"

"嗯，人很好呢。我和你说呀，一会儿你看到他你就……"

两个人一路走一路聊，熟悉得很快。有的人呀，能不能做朋友一秒钟就能知道。

"玉晶蓝？请问你是那个鬼马作家玉晶蓝吗？"同事A不知道从哪里冒出来对着圆脸的姑娘说道。

"嗯，我是。"圆脸的女孩笑着承认。

乔慕眼见这一幕被惊吓到。玉晶蓝？难道是那个她昨晚看的小说的作者？不是吧？

大概是看到了乔慕太过惊讶的表情，玉晶蓝吐着舌头和她道歉："不好意思呀，刚刚和你开了个玩笑，其实我不是新来的，不过我今天真的是第一次来飞扬呢。我好喜欢你，所以就想和你多聊一会儿，不介意吧？"

当然不介意。这样直白又温和的女孩子，乔慕喜欢还来不及呢。"我也很喜欢你。"

"我先去找你们老板啦，一会儿找你玩哦。"说罢玉晶蓝便和乔慕挥手。

乔慕眼见着玉晶蓝离开，同事A在她背后阴阳怪气地说道："有些人不是昨天还说不知道'玉晶蓝'是谁的吗？哟，真是好手段啊，今天就勾搭上了。呵呵，说不定之前都是在扮猪吃老虎吧！"

乔慕有心要解释，奈何人家根本就不给她这个机会，说完就走，留下乔慕一个人叹着气不知道从何开始解释才好。

第60章

某天早上上班之前，乔慕满屋子地找自己的学生证，陈以默在里面听到动静，无语地告诉她，她的学生证放在他的公文包里了。她急急忙忙在翻找他包的时候，几张照片忽然掉了出来。

她把照片从地上捡起来，准备原封不动地放回去的时候却在上面看到了照片上面的人居然是自己。

很明显能看出来，照片的角度是偷拍的。男朋友为什么会有这样的照片呢？还有这些照片里面的场景……真是忍不住会让人遐想……

没错，这些照片就是前不久温程程甩给陈以默的。

正好这时陈以默从房间里出来，就看见乔慕拿着几张照片发呆。他心里没来由地一慌，快步走了过去。

"这是你拍的吗？"乔慕的头低低的，陈以默看不到她脸上的表情。

乔慕再傻再天真也不会什么感觉也没有，女人生来的第六感不是说着玩的，她当然知道这些照片不会是陈以默拍的，但是这些照片的由来，还有他把这些照片放在身边是什么用意她却不明白。

她没有办法再乐观了，心里止不住地在乱想，他看到这些照片会是什么想法？他是在怀疑她吗？他为什么还要把照片放在身边？她忽然又想到之前周朝在公园里说陈以默和温程程走得很近，还给她看了两个人抱在一起的照片。

照片，照片，又是照片！

她是毫无保留地相信他的，那他呢？

陈以默一把夺过照片："你怎么把这些照片拿出来了！"脱口而出的话语夹带着指责的语气，陈以默自己也没有想到，其实他还是很介意，非常非常地介意，介意到现在他满脑子都还在想着乔慕是不是和那些男人有什么关系。他还留着这些照片，或许把它们放在公文包里的时候就预料到会有这么一天了。

"你是在怀疑我吗？"乔慕忽然抬起头来，双眼亮闪闪的，像是被泪水浸润过，却带着从未有过的坚强，这种柔弱中的坚强最让人怜惜。

她想得很清楚，照片的事情她必须问明白，不能糊里糊涂地就蒙混过去了。她从来没有想过，他会质疑她的感情忠贞。

"你是在怀疑我吗？"她又问了一遍。

"是又怎么样！"陈以默的眼里像是能喷出火来，各种胡乱的想法冲昏了他的头脑，他的脑子里现在只剩下愤怒。

两人像是相互对立的两头狮子，谁都不会先退一步，这一次乔慕异常地坚决了起来。

第61章

乔慕苦涩地扯了扯嘴角："你为什么不相信我？就凭这几张照片吗？"

陈以默毫不退让："那你和我解释，这些照片是怎么回事？"

"我不明白有什么好解释的，这里面的人我都和他们不熟。"

"你和他们不熟？那怎么都能拍到你和他们暧昧不清的样子？"手里捏着照片恨不得把它捏碎，陈以默宽大的手背上暴起根根青筋，这叫他怎么相信她。

"照片又算什么？你亲眼看见了吗？"双手握得紧紧的，紧得发抖，乔慕用力地睁大眼睛，这样眼泪才不会掉下来，"你没有亲眼看到为什么就要怀疑我？而且……你就不相信我对你的……爱吗……"

他闭了闭眼，复又睁开，他还是需要她的一个解释。

可是她根本就没有什么可解释的啊，照片上的这些场景她甚至有的都不记得，她要怎么解释……

"你是不是嫌我没钱，所以想要攀附那些有钱人？"陈以默越想越偏激，想起她以前说过的"我也想嫁有钱人啊"，双手握着乔慕的肩膀越握越紧，乔慕觉得她的肩膀都要被捏断了，她想要把他的手拉开却怎么也拉不动。

他越想越觉得是这样。

他自卑又自傲地活着，他表现得有多骄傲内心就有多自卑，他害怕身边的人一个一个地离开他。他的父母离开了，他的舅母容不下他，就连她也……她也要抛弃他了吗？

爸爸妈妈临走的时候对他说，我们赚了钱就把你接过来，你住在舅舅家要听舅舅的话，不然爸爸妈妈就不管你了。他听舅舅的话，听舅妈的话，处处让着表弟，可是爸爸妈妈却再也没有回来过。都是为了钱，都是为了钱！为了钱他们都可以不要他！

陈以默完全沉浸在自己的世界里，没有看见乔慕脸上痛苦的表情，也没有看到乔慕对他的失望。

"陈以默，你放开我！"她一口咬在他的手背上，灼热的眼泪再也止不住地一颗颗往下掉，滴在陈以默的手背上，一下子烫醒了他。心脏仿佛被放在油锅上煎烤，刺啦刺啦的油滴溅在上面一下子烫去了一层皮，翻卷着露出里面鲜红色的血肉，血一滴一滴地流了出来。

仿佛从来都不认识他一样，乔慕退后几步，愣愣地看着他。

陈以默摸着那一圈牙印，低垂着眼帘神色晦暗不明。

"你也太瞧不起我了！陈以默，我讨厌你！"乔慕冲着他大喊，抹着眼泪跑了出去。

他居然把她看成这样的人，她再怎么不堪也不会出卖自己。他怀疑她对他的感情，她可以忍受，但是他不能怀疑她的人品。乔木伤心地跑去卧室，狠狠地关上了门。

陈以默退后几步跌坐在沙发上，她讨厌他，她也讨厌他了，他们都讨厌他。

他曾经很幸福，以为永远不会被她丢掉！

他分明在疾言厉色，可是他自己清楚地知道，他在示弱，很不可爱地示弱。

"你今天不要去上班了！"丢下这句话陈以默大力关上房门离开。

第62章

乔慕赖在床上哭了许久之后，听到手机铃声响了起来，爬起来拿过手机一看，竟然是温程程打来的电话。

片刻的惊悚之后她才惊觉自己手中的手机根本就是陈以默

的，估计刚才气冲冲离开的陈以默忘记带上手机走了，这才让她拿错了手机。她犹豫再三，也没有替陈以默接通这通电话。默默地把手机放下，眼睁睁地看着它一边震动一边响铃，最后停止不动。

她这才松了一口气。

她放松得太早，没一会儿短信也发了过来。

乔慕忍了又忍，试图去做点别的事情转移自己的注意力，可还是觉得那个手机就是碍眼地一直在眼前晃着。她咬了咬手指，最后还是没忍住伸出了手拿过陈以默的手机点开短信来看。

"我不介意当小三，求你别抛下我。"

言简意赅到她想装作没看懂都没有可能。手机掉在地上的时候她才发觉原来自己的手一直克制不住地在颤抖。

她所以为的幸福，是不是有时候在别人的眼睛里就是个笑话呢。这几天日子太舒坦，她都差点忘记了还有温程程这么个人存在。

为什么每一次，她觉得就快要触到幸福的时候，温程程就会突然出现？她真的好想知道。

楚楚可怜的语气。求你别抛下我。

不知道男朋友是不是喜欢这种调调呢。还有什么叫"抛下"？难道他们在一起过？

不愿意再多想下去，男人的心又不是她在这胡乱揣测就能够拉得回来的。可能对温程程来说，她才是他们爱情里最阴魂不散的那个人也说不定。想到这里，她不由得打了个冷战。

目光重新回到那条短信上，毅然决然地删掉短信。

她知道自己蠢，这样的做法根本就不可取。手机早晚会回到男朋友身边，温程程早晚还会打电话发短信给男朋友。她能删第一次，可保证不了每次短信都让陈以默看不到。就算她直接把温程程拉入手机联系人的黑名单里，难道他们两个就不会见面了？

可是现在的她完全不知道该怎么办才好，草木皆兵说的就是她此时的心情。

可能要真的懂得事情多一点之后，面对这种事情，她才有可能淡定又胸有成竹，而现在的乔慕完全做不到。

可能是因为一直没有得到陈以默的回复，温程程不死心地一直发着短信过来。

"你在吗？"

"为什么不理我呢？"

"是因为那个贱人的关系吗？"

"她不让你接我电话？"

"求求你接我电话好不好？"

……

温程程一遍遍地打过来，一遍遍地发短信过来，乔慕刚开始还抖着手一条条地删除，到后来连看都不愿意看直接送入垃圾箱里清除干净。

不管了，有她在的时候，她一定不要看到温程程在阴魂不散地纠缠着男朋友。在她不在的时候……随便他们怎么样好了。只要她看不到就好了。

年少时候我们都幻想过自己未来的恋人。除去每个人各自不同的审美之外，没有人会希望自己爱上的那个人是个"博爱"的人，同时周旋在各个不同的女生之间，还口口声声地说着我爱你。

乔慕也一样。

只是有时候,如果从来没有得到过幸福,可能还无所谓拥有与否,但凡得到过之后,宁愿委屈自己都很难放手。

乔慕留下还在作响的手机走出房门外,干脆来个眼不见为净。

他让她今天不要去工作,凭什么? 他怀疑她,可他呢? 他又做了些什么,她又凭什么要听他的? 气急眼的乔慕背着包直接离开家里。

第63章

乔慕机械地坐上公交到了飞扬。

一整天她都魂不守舍的,做什么错什么,倒杯咖啡都能弄洒。于思聪早就看出她的不对劲,但是因为陈以默的警告他矛盾着要不要上前。

在她又一次弄错了文件的时候,于思聪终于忍不住出声:"乔慕,你今天怎么了?"

乔慕愣了好一会才反应过来,回答他:"我没事……"一双漆黑的大眼睛完全失去了以往的神采,呆滞地流露出满满的哀伤,让他心疼不已。

"乔慕,告诉我好吗? 难过的事情憋在心里不好的。"

"我……"乔慕张了张嘴,却始终说不出来。被陈以默误会怀疑像一根针扎在她的心上,不拔走就一直会痛,而且伤口会越来越大，终有一天会化成一颗脓团，再也治不好了。

"你不想说就算了。"于思聪叹了一口气，这种有心无力的感觉让他更加难受，强忍着伸出手摸摸她的欲望，他只是笑了笑，"但是还是要专心一点，不能耽误工作知道吗？"

她慢慢地点点头，还是没有完全回过神来。

于思聪深深地看了她一眼，原本飞扬的眼角耷拉了下来，嘴唇失去了鲜亮的颜色。她在他心里一直是个快乐的女孩，不管碰到什么困难她都会笑着，所以她即使不接受他，他也希望她能一直开心快乐着。

到底是什么事让她这么难过？

他默默地走开，倒了一杯温水放在她的手边，又默默地离开。

一直到下班的时候乔慕还是那个样子，人都走得差不多了她还是呆呆地坐在位子上，于思聪想如果没有人叫她她说不定就要在这里坐一晚了。

"乔慕，这么晚了你还不回去吗？陈以默他……他会担心你的。"因为他的踌躇、他的腼腆，所以他才慢了陈以默一步，可是就是这一步让他追悔莫及，乔慕不是他的女朋友。

他多么希望现在可以把她搂进怀里，好好地安慰她，不再让她难过。

"哦……好，我该回去了……"乔慕这才发觉，原来都已经五点多了，不是说难过的日子过得最漫长吗？

她站起身，拿着包，浑浑噩噩地往外走。

于思聪拉住她："我送你吧。"

她点点头："我回学校。"她庆幸自己晚上还能回宿舍。

就这样过了几天，陈以默和乔慕互相都没有找彼此。天塌下来也得顶着，何况只是失恋，乔慕渐渐地不去想，这样也就不那么难过了。

可是这一天陈以默忽然到飞扬来等她，想让她回去。

陈以默牵着乔慕的手，两人一路无语地走到了公交车站。本来两人之间一般都是乔慕说个不停，陈以默偶尔搭一下她的话茬，现在连乔慕都沉默了下来，陈以默就更加沉闷了。

公交车上的人特别多，乔慕拉着拉环还是站不稳，陈以默默默地把她圈在怀里，不让她被挤到。忽然一个急刹车，乔慕控制不住地往前倾倒，在她身后的陈以默看着窗外有些走神，来不及拉她一把，被右侧忽然挤过来的一个男子撞个正着。

"对不起……"乔慕道歉。

第64章

那名男子看都不看她，急匆匆地就要下车。

陈以默却忽然抓住男子的手，冷冽的眼神射向他，"把钱包还回来！"

"什么钱包？我不知道你在说什么，你快放开我，我要下车！"被抓住的那名男子用力挣扎却敌不过陈以默的力气。

他沉着脸，"你不要装傻。"然后转过头看向乔慕，"看看是不是少了钱包？"

乔慕看了看被抓住的那个男人，还是低下头在包里翻了起来，果然钱包不见了。

"还不快把钱包拿出来。"

男人见自己已经被识破,只好心里骂了声娘,不情不愿地把刚才偷的钱包还给乔慕。

陈以默依旧没有松开,又看向乔慕,"有没有少什么东西?"

乔慕摇头。

"这下子没什么问题了,可以放我走了吧?"男人不耐烦地甩甩手,心想今天可真不顺心,这个男的真麻烦。

"谁说要放你走的?我带你去警察局。"

"大哥,不用了吧,多大点事啊,我都把钱包还给你女朋友了。"男人讨好地说道,"我也是家里穷才迫不得已的啊。"

乔慕也小声说道:"算了吧。"

"不行,那么多穷人,他们都和你一样做小偷了吗?"他不是多事的人,但是心里不痛快的时候总归会找一些东西发泄出来,很不幸,这个小偷是正好撞在枪口上了。

男人越来越不耐烦,而且如果真的去警察局可不是小事了,于是忽然猛地推了乔慕一把。陈以默见乔慕被推倒,也顾不上再抓着那个男人了,赶紧扶住乔慕,男人便趁机逃走了。

"有没有摔到哪里?"陈以默紧张地查看乔慕的手臂,却被乔慕轻而易举地避开了。

"我没事。"

她走下车,心里好像破开了一个大洞,荒凉得像是全世界只剩下她一个人,皮肤擦伤的痛楚远远比不上这种令人酸涩的眼泪也流不出来的滋味。他们好像是两个世界的人,有越来越多的事情在证明他们不匹配,即使再在一起似乎也不是那么明朗呢。

　　乔慕忽然停下来，转过身："你回去吧，我们都先冷静下。"

　　"都已经快要一个星期了，我已经想得够多了，乔乔，你和我回去好不好？"他告诉自己，既然她讨厌他，那么他也不稀罕她，没有她他也能过得好好的。可是家里没有她，身边没有她的陪伴，他都静不下心来。

　　她在他心里的地位已经远远超出他的想象，她早就深深地走进了他的心里。他不能失去她，即使要卑微地乞求她，他也顾不得了。

　　乔慕好似成熟了许多，伤痛过后的冷静让她想通了很多东西。这一次他来找她，或许对于他来说是很难得的，他还是对她有感情，但是他们俩之间根本的问题没有解决，就像是一颗炸弹一样，只要有导火索，随时都会爆炸，下一次的威力还会更大。

　　她忽然笑了笑叫他："男朋友。"

　　陈以默见她笑了，以为她是同意了，一把抱住了她，紧紧地抱在怀里。

　　"照片的事情，你还怀疑我吗？"

　　他的身体一僵，显然是没想到她还会提起这件事情。

　　乔慕又笑了，她知道会是这样的。从他的怀抱里退出来，她郑重地看着他："陈以默，我不明白你为什么不相信我，但是如果别人拿着你和别的女人拍的照片给我看，我不会怀疑你的。"

　　"这是人与人之间，最基本的信任。"

　　乔慕走了，留下陈以默站在原地。

　　信任？好像他从来没有信任过别人，他从来都是只相信自己，除了自己，谁都会背叛他不是吗？

第65章

乔慕从陈以默的公寓搬回宿舍，明眼人都看出他们俩之间出了问题，同寝室剩下的一个女生也不多说什么，只是有空了就会陪着乔慕。乔慕知道她对她的好，心里也是十分感动的。

其实是于思聪经常会发信息给那个女生，叫她多关心关心乔慕。不过于思聪不说，那个女生也会这么做的，但是他能有这样的心思，女生想着是不是于思聪会对乔慕更好一点。

于思聪当然愿意对乔慕全心全意的好，但是乔慕也没有明确地说她自己有没有分手，他想这样乘虚而入总是不太光明正大。

为了让乔慕能够更开心一点，于思聪提出这个周末出去郊游。本来他们这一届还有一个多月就要毕业了，大家都要各奔东西，总是会有不舍，所以聚了十多个人，算是毕业之前的旅行吧。

郊游的地方是在本市的一座山上，正好是采摘杨梅的时节，晚上搭个帐篷睡一晚上也是很不错的体验。

乔慕被于思聪和宿舍女生来回劝说，终于是答应去了。只是没有想到，陈以默和温程程也来了。但是既然来了，现在再走也太明显了。

于思聪懊悔，好好的散心怎么就被人搅和了呢？

不过于思聪怕乔慕看到陈以默心情更加不好，简直是寸步不离地守在她的身边，带着乔慕离陈以默远远的，陈以默在远处看着心里气得不行。

乔慕说不在意是不可能的，但是现在明显不是说话的好时候，而且她希望陈以默能够完全想明白。

太阳有点大，于思聪拿出一顶鸭舌帽给乔慕戴上，笑眯眯地说道："不要把你晒黑了。"然后帮她拿着篮子，就等着她把杨梅从树上摘下来放进去。

"谢谢你。"

他憨憨地擦了擦脸上的汗水，却擦得脸上黑乎乎的。乔慕忍不住笑了，掏出纸巾递给他。

于思聪见她笑了，自己笑得更加憨了。

过了一会儿有人叫于思聪帮忙，他歉意地看着她，她摇摇头示意其实她一个人也没关系的。

乔慕把装满杨梅的篮子放好，见这山上的风景确实不错，便一个人沿着石子小路走着。走到一处小竹林，见竹林里有一个亭子，乔慕正准备进去休息一下，就听见有人在林子里说话。

"你们都分手了，你为什么还不同意和我在一起？"女生的声音是尖利的高音，乔慕一听就知道是温程程。

她正准备离开，却听见陈以默冷淡的声音，"我和她分不分手都和你没关系，何况我们根本就没有分手。"

理智告诉她，她应该离开这里，可是脚下却像是被胶水粘住了，怎么也挪不开步。

"我不管，你们分也得分，不分也得分！"

"你管得是不是有点多了？"

"陈以默，你答应在我爸公司工作，答应要和我约会的，你这样敷衍拒绝我就不怕你最后拿不到那些钱吗？"

乔慕捂住自己的嘴浑身发抖，她咬住自己的手指才能不哭出声，什么信任不信任的，都是假的！都是假的！他自己在做的事情却污蔑在她的头上,她没有看出来,他居然会是这样的人。

到底是谁和别的异性暧昧,是谁勾搭有钱人,到底是谁!他怎么能够这么理直气壮地指责她!明明是他自己!他自己不堪,就要把别人都想得这么不堪吗?

她坚持的东西一样一样破碎,她还能够相信什么吗?还有什么是正确的呢?她迷茫了。都说谁的青春不迷茫,可是她的青春不应该是这样支离破碎、体无完肤的啊,受这么重的伤要休养多久才能好得回来?即便好了,仍会有丑陋的疤痕留下吧。

第66章

"随便你,我无所谓。"

陈以默的冷淡彻底激怒了温程程,到底是从小被宠到大的公主小姐,温程程再怎么喜欢陈以默她也生气了。她从来没有为了一个男人那么小心翼翼,那些个男人哪个不是讨好她的,只有他!只有他每次都能气她,恶言威胁她,她再也忍不了了。

温程程猛地抱住陈以默的头,重重地亲了上来,牙齿磕到了他的嘴唇,一下子就破了。

"你发什么疯!"陈以默一下把她推到地上,温程程本来是愤恨地看着陈以默的,但是看到后面的乔慕却笑了。

陈以默顺着她的方向往后看,就看到了对他满眼不屑的乔慕。

乔慕闭了闭眼道:"陈以默,我们分手吧。"不再给他解释的机会,转身飞快地跑开了。

身后的温程程坐在地上疯狂地大笑着。

不会再好了，不会再好了，他们不会再好了。乔慕一路跑一路这么想着，这次是彻底结束了，结束了。

抹去眼角的泪水，她真的要坚强一点。

回程的时候，乔慕一句话都没有说，于思聪不知道到底发生了什么事情，但是肯定和陈以默脱不开干系。他用尽浑身解数都不能让乔慕开口说一句话，更别说是告诉他原因了。

他也找过陈以默，可是他也是什么都不说，两人反而是打了一架，都弄得鼻青脸肿的。

接下来的一个星期，乔慕就好像是什么也没有发生一样，不像之前那次那样失魂落魄，反而做事都是井井有条的，仿佛什么都伤不到她了。

这样的她，让于思聪更加担心难受了。

乔慕怎么也想不明白，是什么人在针对她。她的微博几乎被爆，"微博知名画手@夏有乔默被潜规则而取得素描大赛三等奖"被转发疯了，下面还配了两张模糊得连人脸都看不出来的暧昧照片。原本的粉丝们都在骂她，极少有人是帮她说话的。

她之前还在微博上说过要去参加比赛，这样一来匹配度更加高了，人人都鄙夷她、谩骂她，骂声越来越高。甚至都有人在微博上放上了她的资料，姓名、年龄、学校……还有什么他们找不出来的？

更加有人把之前乔慕被锁在厕所的帖子找了出来，怀疑事情的真实性，是不是根本就是乔慕在自导自演？目的只是为了提高知名度。

是温程程吗？因为上次把她的丑事曝光了，所以她在报复

吗？还是因为陈以默？

乔慕觉得这个世界原来这么可怕。人和人之间原来可以轻易地就把别人扒光，把别人的隐私暴露给所有人看，还一副理直气壮的模样。

为什么呢？她想不明白。

她以为所有人都和她一样。可结果并不是。

乔慕这次事情闹得很大，就连陈以默这种万年难得才会上一次微博的人都迅速知道了。

"陈以默，你女朋友是不是叫乔慕啊，X大美院的？"同事A突然问道。

陈以默一愣之后下意识地反问道："你怎么知道的？"

"啊，还真是啊。"同事A知道事情大条了赶紧让陈以默登录微博去看，"你看看这个是不是你女朋友，已经被人肉出来了，学校、手机号什么的全出来了。说是抄袭还有……很多不好听的。"毕竟是人家女朋友，同事也不好意思明说"上位"这种事情。

同事没说明白，可是陈以默一打开微博就看明白了。

乔慕，慕慕。他的小慕慕不会做那样的事情的。他的小慕慕很厉害，画的画很好，不用做这些也会获奖的，不会是她的。

那就只有可能是被冤枉了。

第67章

除了温程程以外，陈以默想不出来第二个人。这个歹毒又恶心的女人，陈以默第一次无比地讨厌自己竟然一直没对温程程下狠手，才会造成如今这种局面。

乔慕现在一个人会不会躲在家里偷偷哭？她能不能承受得住这些谩骂？

陈以默匆匆扫一眼屏幕，满眼都是网友的谩骂，有的说得格外难听，那些脏话凑在一起都叫人读不出口。其实知道真相的人有多少呢？大部分人都是自以为自己是理智地掺和在里面谩骂。

陈以默很担忧乔慕的现状。他拿起手机就准备给她打电话，语音提示告诉他电话一直占线，打不通。

也是，乔慕的电话号码都被人肉出来了，现在骚扰她的人肯定有不少。

陈以默挂了电话之后，犹豫着要不要去找乔慕。

这个时候他去找她的话，他们会和好的吧？毕竟她现在肯定很需要一个人来安慰。是这样的吧？

他有些不确定。小傻子上次的表现让他惊觉他一直都不够了解她。就像他从来都不知道原来她说不要的时候就是不要，比如她现在不要他了，那就是不要了，挽回也没有用。

不管了，要去找她。

他打定主意之后请假匆匆忙忙地就去找她。对，没错，他就是乘人之危。如果乘人之危能够把她重新带回到他身边，那也没有什么不可以的。

陈以默匆匆赶到飞扬的时候，于思聪正准备给乔慕放假。遭遇到这种被指控抄袭还不知道该如何辩解的场景，谁能够心情稳定开开心心地继续工作呢。于思聪安慰着乔慕，让她回家好好休息一番，不要多想，毕竟都不是身边熟悉的人，闹过这一阵子之后还能怎么样。

挺过这最难熬的一阶段就没事了。

于思聪这样安慰着乔慕。

陈以默看到于思聪的时候没有立马发作，他强迫着自己忍耐了下来。他心里清楚明白得很，要是他现在发火质问乔慕，得到的结果很有可能就是乔慕一个生气之后再也不搭理他了，不划算。于思聪就留着以后收拾好了。觊觎他女人的人，他怎么可能轻易就放过？

"乔乔。"他叫住乔慕，一手拉住她的手。果然她心里很害怕，从她的手温就能够感觉得到。平时都暖洋洋的小手今天冰冰凉凉的，指关节都有些僵硬。陈以默用指肚摩挲着她的手指，试图让她放松回暖过来。

乔慕一看见他眼睛就红了起来。生他气是真的，想他也是真的。

尤其是现在，她委屈得不得了，恨不得直接扑进他怀里。

有时候感情就是这个样子的。受了委屈的时候，别人来安慰，还能装作淡定的模样，装作自己不难过想通了，住在心里的那个人随便问一句，就立马收拾不住地觉得委屈了，需要安慰。

乔慕现在就是这样。她红着眼睛红着鼻子伸手要他抱抱，而这个动作陈以默从刚才见到她的时候就想这么做了。

可怜的于思聪再一次沦为路人甲乙丙，无奈地叹气，心酸地离开。

有些人在感情里总是一再地温柔，离开、不打扰也是一种温柔。连带给你烦恼我都不情愿，我会自己走开。

"想哭就哭，我在呢。"陈以默抱着怀里久违的温度，觉得人生终于圆满了起来。

乔慕委委屈屈地对着他说："我还没原谅你呢。我们俩的事情还没完呢！"

陈以默一听就乐了，他也没准备这么快就能解决啊，看乔慕这副小样子，肯定是还有得折腾呢。不要紧的，随便她怎么折腾都可以，只要不再像之前那样完全不搭理他、不待在他怀里就成，别的随便她折腾。

第68章

"好好好。"陈以默答应得很快，"我们现在先解决掉温程程，其余的等这件事过去了之后你再找我算账好不好？"温程程的事情过去了后，他这么个大功臣功过相抵，想必乔慕也不会太苛责他吧？

乔慕哪知道陈以默是抱着这样的打算才那么快答应她的，她只觉得今天的陈以默格外的温柔，可能是因为她受委屈了的缘故，他竟然完全不像以前一样毒舌。

"嗯。"带着浓重的鼻音，乔慕乖巧地应声。之前那样害怕惶恐的情绪好像都因为陈以默的到来而逐渐远去。只要他还在，她似乎就拥有了一往无前的信心。

既然一个已请过假，一个还有半天假，两个人就大大方方地回到家里，开始想着应对措施。

陈以默在家里认认真真地把那些所谓"知道真相"的爆料人所说的话全部浏览了一遍，还有那些最开始附和的人发的微博也是，他全部看了一遍。

发现都有一个共同的特性——新开的微博，里面除了前面几条转发别人的微博之后立马就是发了有关"夏有乔默"抄袭的所谓"证据"的微博。

明显是有心人请来的水军。

陈以默的同事会看见这个微博还是因为水军太强大，有关的抄袭事情竟然还上了热门话题。但凡喜欢刷微博的人总会看得到。

乔慕回到家之后已经冷静下来，再加上陈以默没收了笔记本不让她上网，就连手机都被他没收掉之后，远离了那些谩骂的乔慕很快就平静了下来，甚至还有心思缠着陈以默陪她去买菜烧饭。

之前的那几天，没有陈以默在，她一点胃口都没有，中饭有于思聪在，只能硬着头皮吃上一点，晚饭没有人看着她就干脆不吃。这么几天下来她也不觉得饿，现在却突然觉得胃口什么的全部上来了，特别特别地想吃东西，尤其是陈以默烧的饭菜。

陈以默拿她没有办法，并且他自觉自己还属于"留校察看"阶段，他也乐意好好表现一把。

他借了同事的车，超市附近的停车位置都满了，陈以默没有办法，只能人坐在车里，"要买什么快去，我在门口等你。"

乔慕点头，有他在这等着，她一定会快快快快再快一点。

她转身就准备开跑，陈以默却在瞥见超市里那么多的人之后反悔，拉住她说："还是一起走吧，你太磨蹭了。"

被嫌弃的乔慕今天第二次感觉到委屈了。她明明就准备开跑了呀，是他拉住她不让她跑的！怎么还能嫌弃她磨蹭呢！

她委委屈屈地跟在陈以默身后，手推车在他手里，她就一路小跑着在他身后寻找想买的东西。正找得认真呢，他就不耐烦地说："你一个人在后头瞎蹦跶什么！走旁边来！"

男朋友脾气很差诶……她摸摸鼻子乖乖听话地站在他身边不敢再蹦跶，不过她一向话多，不说话也不太可能，不让她乱跑，那她说话总行了呗。

"男朋友你不知道你现在还在'留校察看'吗？这么凶，当心我离家出走哦！"最后一句话她说得很小声，怕他听见不敢说得大声，只敢小声咕哝。

再来一次离家出走，她自己也承受不住了呢。

可他到底还是听到了！什么叫"离家出走"？敢情她还要来一次？

吵架这种事情一直说要离家出走多伤感情啊，你看他就从来不这样。谁给乔慕的胆子啊！竟然还把"离家出走"挂在嘴边随时拿出来威胁他，还真敢说！他一眼扫过去她就被他吓到，嗫嚅着绞着手指不敢再说话，可这不影响她到处乱撞的毛病。

实在是他积威已久，饶是明明这时候正是乔慕托大的好机会，都被陈以默一眼瞪过来她就惊吓畏缩地又成了小媳妇一般的模样。

第69章

她在他旁边都不安生，摇摇晃晃地撞到这儿撞到那儿，不是被人撞，就是被购物车撞。她不嫌撞得疼，他看得都疼！

　　一把把她拉过来，他干脆把推车交给她，他自己默默在她稍后面一点的位置上站着，护着她，省得她东倒西歪乱走，其实她真的怀疑她是不是小脑欠发达。

　　不不不，他其实常常怀疑的是她到底有没有大脑。

　　推车在乔慕手里，陈以默在挑生鲜的时候，乔慕听到陈以默包里的手机铃声响了起来。拿出来一看才知道是陌生人发给自己的短消息："抄袭！无耻！不要脸！有胆子抄袭为什么不能自己好好创作！你家人知道你这么不要脸吗？你家人知道了的话大概也要被你恶心死了吧！哦不，说不定你爸妈也和你一个德行呢！呵呵。"

　　骂人不能牵扯进爸妈，这是最起码的素质。显然发短信过来的这个陌生人完全是个没有素质的人。

　　乔慕脸色发白，她自己被人骂不要紧，但是牵扯到爸妈身上，她真的受不了。尤其是她根本没有做什么。

　　乔慕呆愣愣地傻站在人流里，动弹不得。一瞬间的心惊与心凉。

　　那些来自未知人的恶意快要淹没她了，明明告诉过自己的，不要在乎这些人，不要在乎这些无关紧要的人说出口的不经大脑的话，可原来她还是做不到。

　　陈以默是真的对乔慕无奈了。就算他都这样护在身后了，她还是免不了被人从正面撞到的命运。他赶紧伸手扶她，待她站稳之后立马放手，顺便训斥她："好好站着，别像没骨头似的。"

　　会这么说她是因为她几乎整个人都摔在他怀里。

　　"男朋友，"她委屈的声音还带着点哭腔，"我脚扭伤了……你撑一下我。"

室友曾经问过乔慕，她怎么能那么确定她喜欢陈以默呢？很简单啊，就是他不在身边的时候，再疼她都受得住，他在身边的时候，再小的伤口也想喊出来就想得他一点的疼惜。

他本来就不太会说话，说出来的话都没有什么好听的，干脆伸手扶住她，把她直接带进怀里，把她带到座椅上蹲下来把她的鞋脱掉，用手检查她的脚腕。肿得厉害，明明才这么一小会儿的时间，就变成这么严重的样子。

他一言不发地抱起她回到车子上开车前往医院，乔慕一看车子开往的方向不太对劲，头皮都发麻了起来，"男朋友，我们这是去哪里啊？"

"医院。"啊，不然还能去哪里呢？他的眼神明明白白地告诉她：不要挣扎！说再多都没用！今天就是得去医院！

医院！她才不要去医院！她简直讨厌死医院的味道了！更何况这么点小扭伤犯得着去医院吗！犯得着吗！

愤怒的乔慕打死都不肯去医院，抱着手臂缩在副驾驶的位置上死都不肯下车，陈以默和她僵持不下咬牙切齿地说："下不下车？"

"不下！"她委屈死了！"就这么点小擦伤还要去医院！干吗呀！要都和你一样的，医生可不就得忙死了嘛！"

陈以默翻着白眼冷哼，才不是都和他一样。如果今天换成擦伤的人是他自己，他才不会来医院呢。在他的认知里，可是来一次医院就等于被宰一次的啊。

有个啥小毛病的挺挺就过去了呗，没那么娇气要来医院的。

153

要不是因为是乔慕擦伤，哼哼。好心当成驴肝肺！陈以默气炸了地想。

乔慕宁死不从之后陈以默拿她没有办法，只能带着她回家去搽点药水。看到乔慕坐在沙发上乖乖地等他的时候陈以默一瞬间有一种尘埃落定的感觉。仿佛她就应该待在这里，待在他看得到的地方。

小心地替她处理擦伤，其实如果是伤在他身上他肯定就觉得没什么大不了。

第70章

之前凭借着一股冲动，乔慕就这样回到了陈以默身边，之前发生的矛盾他们两个人都默契地视而不见，绝口不提。

可那并不代表着事情就已经过去。

应该存在着的问题依然横亘在他们二人之间，等待着某一个瞬息汹涌而至。

而此刻的他们并不知道这些。

乔慕抱着小白欢喜地滚作一团，她整个人都被肥硕的小白扑倒在地，爬都爬不起来了。她怕痒，偏偏小白还在热情地用口水舔她一整张脸，陈以默在一旁丝毫没有要拯救她的意思。

小白实在太重，乔慕被压得没有办法只能一边"咯咯"笑，一边向陈以默求救："男朋友，帮帮忙！我脚腕都快被压到了！"

果然一搬出伤口这种理由，陈以默就立马伸手拉她起来了。不过"狼心狗肺"的乔慕，一把把他压在最下面，还指挥着小白也去舔陈以默。

陈以默一个眼神瞪过去，小白就灰溜溜地跑走了，乔慕也瞪着小白的背影骂道："没出息！欺软怕硬！"不过她又想到自己……自己还不是一样，被陈以默一瞪就吓得再也不敢胡作非为了，这么想来，唔，她也没比小白好到哪里去。

小白都跑掉了，陈以默也不爬起来，还躺在地上，甚至恶劣地把乔慕也拉下来躺在他身边。

他们两个人安静地并排躺着，只觉得好久没有这么安心过。这糟心的日子，浑浑噩噩地过了这么久。原来压根就离不开彼此。

乔慕想到微博上的事情就心里不舒服。她揉了揉眼睛，觉得天花板上的灯实在太过刺眼就闭上了眼睛问陈以默："男朋友，你说为什么有的人可以因为自己的喜好就随便冤枉别人呢？"

"又为什么那么多人不知道真相也要恶意地跟风骂人呢？"

陈以默心一紧，那些难听的话他都看到了的，谩骂脏话之类的层出不穷，乔慕这样问，也许不是真的要个回答，她只是困惑而已。

他伸手把她搂在怀里，下巴轻轻地搁在她的头顶上，右手一下一下地抚摸着她的后背，像是安抚婴儿入睡般的温柔模样，乔慕在他的怀里很快就平静了下来。他的怀抱像是另外一个小天地，隔开了那些令她凌乱烦躁的一切，脑袋乱成一团的糨糊慢慢地沉了下来。

"网民是最容易被人利用的群体了，很多网民根本什么都不知道，但是总把自己置于道德最高点，遇到看不过眼的事情总是要骂上两句的，就把他们当做是疯狗算了，连我们家小白都比不上。"

乔慕看了一眼趴在不远处的小白，忍不住"噗嗤"一声笑了出来，这么说还真是挺贴切的。

陈以默见她笑了，心里也松了一点，摸摸她的脸道："你看你傻傻的，一定会傻人有傻福的，就不要为这些事情不开心了，我来操心就够了。"

伸出双手抱住他的腰，乔慕重重地点了点头，即使是为了陈以默她也会开心起来。乔慕是个心思很简单的人，即使最近发生了那么多事情，经历了那么多，但是在陈以默出现的那一刻起她就知道自己溃不成军了。

她在他面前，永远是个只会闯祸、一直被他嫌弃，但是可以依靠他的孩子。

"乔乔，我相信你肯定不是那样的人，你能和我说说你当初去比赛发生了些什么吗？"这样问起来陈以默才猛然发觉，自己之前好像有点太不关心她了，连比赛期间的大事都一无所知，现在懊恼得不得了。

乔慕深吸了一口气，那真的算得上是一段很不美好的回忆，如非必要她一点都不想回想起来，为什么温程程非要揭了伤疤还要在上面撒盐。

第71章

听着乔慕用平淡无波的口吻讲述这一桩一桩的事，陈以默心中早已天翻地覆，满腔的怒火一下子点燃了他，太阳穴周围一鼓一鼓的，眉间似乎有热气源源不断地冒出来。他想要捧在手心里好好宠爱的女孩怎么能被这么不公平地对待？一旦被贴上标签，他的女孩这一生都不会再有那样纯真的笑脸了。

他最清楚不过了，乔慕虽然看上去傻傻的没心没肺的样子，但是执拗，认定的事情九匹马都拉不回来。

他握紧了拳头才抑制住了自己的情绪，不让怀里的乔慕受到自己不好的影响，仍是安抚她道："别怕，没事的，一切都有我呢。"

于是她在他的怀里很快便安然地睡过去了。

听见乔慕平稳的呼吸声，陈以默知道她是睡着了，轻手轻脚地把她抱起来放到卧室的床上，帮她掖好被子，柔情无限地看着她。怜爱的目光在她的脸上一寸一寸地流连，描摹着之前日夜思念的面庞，他甚至有些庆幸这场"微博风波"的发生，这样他才能够这么理直气壮地站在她面前，为她遮风挡雨。

他心底里何尝不难过不担心呢。

原本肉嘟嘟圆滚滚的小脸现在都瘦出了一个尖尖的下巴来，连颧骨都高高地凸了出来。没有他在身边，这个家伙都照顾不好自己，这样惹人疼爱的一个人他怎么能够放手呢？他是死也不会放手的！即使她再说分手，他也不会放开她的。

不！他不会再给她机会说分手，"和温程程劈腿"的事情趁着这次就一并解决了吧。人果然是失去了才知道珍惜，为了乔慕，他现在已经不会再顾忌什么了。

陈以默很清楚，他不能任事情再这么自由发展下去了，虽然说现代人忘性大，但是不彻底解决，就像是一根卡在喉咙的鱼刺，一旦碰到就会痛得厉害，拖到最后伤口会红肿溃烂，再也治不好的。

如今把她的电脑、手机没收只是不让她看到那些难听的话，可网上的那些人依旧是吵得热火朝天，一点平息下来的趋势都没有呢。看来，背后的推手是下了大手笔啊。

温程程！他咬着牙狠狠地说出这个名字，他这次一定要让这个女人在公众面前向乔慕道歉。但同时他也很懊悔自己之前的行为，要是一开始就和这个女人保持距离的话就不会造成这样几乎不可收拾的局面了。

还有那个评委，他不会让他好过的。

他又看了看床上的乔慕，确认她睡得很熟之后才悄声走出房间，然后走到书房里。他现在一点睡意也没有，满脑子都想着要怎么解决这件事情，他有预感，如果处理不好他会后悔一辈子的。

不过陈以默说到底还是二十多岁的年轻人，虽然说从小到大他吃的苦头不少，比一般的同龄人要成熟一点，但是他还是有着大多数年轻人惯有的冲动，也不是什么心机深沉的人，一下子也想不出什么好的办法来。

给自己冲了一杯咖啡，苦涩的味道让他更加清醒，甚至更加兴奋。修长的手指在键盘上飞快地敲击着，似乎是有了什么不错的主意呢。

第72章

乔慕醒过来的时候已经快要九点了。

她心中一惊，一下子从床上坐起来，随便翻了一件衣服穿在身上之后才想起来，飞扬那边她已经请了假，她不用去上班了。

她有些茫然地坐回床上，双眼放空不知道在想些什么。过了好久才出了卧室，餐桌上放着陈以默买来的早餐，皮蛋瘦肉粥盖在锅里到现在还是温热的。桌子上还有陈以默留下的便笺纸——起来了就赶紧吃早饭，不准不吃！中午我会回来的，你在家里乖乖等我。你的东西我也拿回来了，以后不经我的同意不能随便搬出去，知道吗！

她又回到了卧室，果然原本她搬回宿舍的东西也被陈以默搬了回来，一件一件的衣服和原来摆放得一模一样，之前陈以默送给她的小熊被她丢在角落里的，现在也好好地躺在了床头。

乔慕心里酸酸软软的，捧着皮蛋瘦肉粥一小口一小口地吃着，男朋友好像对她比以前更好了。她有点害怕，患得患失的，怕哪一天突然有一个人告诉她这都是假的，都是她的梦，梦醒了就什么都没有了。

揉了揉眼睛，继续喝粥，乔慕心道，干吗要对她这么好。

而陈以默只觉得对她不够好，还要对她更好一点、再好一点才行。

熬了一个晚上的陈以默双眼通红，接连喝了好几杯咖啡加浓茶的他现在还是精神奕奕。他没有去上班，而是去了乔慕工作的飞扬。

昨天晚上他想了很久，最终他还是决定找于思聪帮忙。他

知道自己是一个睚眦必报占有欲强的人，但是孰轻孰重还是能够分得清楚的，非常时期行非常之事，于思聪挖他墙脚的账就以后再算！

约了于思聪在飞扬楼下的茶座里见面，陈以默单刀直入地就问他："你愿意帮乔慕吗？如果你同意，你有什么要求尽管提好了。"

于思聪听了他这话却是握紧了拳头，瞪大双眼看着他："陈以默，你什么意思？你把乔慕当做什么了？"就是因为乔慕喜欢他，他就能对她招之即来挥之即去吗？知道他对乔慕的心思还这么说，就不怕他提要求说让他离乔慕远远的吗。

陈以默用"你神经病啊"的眼神看了他一眼，于思聪就立马泄了气，他又以什么身份指责陈以默呢。

事实上陈以默并没有想这么多，他这么说只是不想乔慕欠于思聪人情罢了，还人情然后牵扯不断的他才不会容忍这种事情发生。再来，于思聪家里多少是有点权力背景的，不像他和乔慕，连向亲人求助的可能都没有。

于思聪大力地吸了一口果汁，平复了下心情道："我当然愿意帮乔慕了，你有什么办法吗？"

陈以默点了点头："你先说说，你们杂志社的人对乔慕的这个事情是什么看法？"

微博上这么热门的事情，关键是还被人肉了，这些同事想不知道都不可能。虽然不会当着乔慕的面光明正大地讨论，但是私下里肯定是八卦过的了。陈以默想的是，首先要把身边的人拉拢过来，这样在公众面前说话才会有说服力。

第73章

于思聪皱着眉仔细地思考着："同事多数是抱着半信半疑的态度，毕竟乔慕在杂志社一直表现得不错，大家也都相处得很友好，不过……主编他们的意思就不清楚了。"

陈以默摸了摸下巴，这样的情况已经算是不错的了，没有一边倒地怀疑乔慕。他指尖摩挲着杯沿，"你有办法让你们的同事都相信乔慕吗？"

于思聪沉默了一会才道："这事我不能保证，只能说尽力吧。"

"好，我想中午请大家一起吃个饭，你把能叫的人就叫上吧，乔慕也会来的。毕竟都是同事，我想乔慕还是希望在这里工作下去的，一起说清楚了比较好。"

于思聪表示赞同，想着等一会回去怎么把大家都喊过来。

说完了这些两人就这么干坐着，彼此都没有话要说，气氛有些尴尬。

"陈以默，你和乔慕……"于思聪好不容易鼓起勇气来问他，却一下子被陈以默打断了。

"我和乔慕很好，和你也没什么关系，你是乔慕的同学兼同事，我才会找你商量这件事，你不要想太多。"陈以默对待潜在的情敌一向是毫不手软，三言两语就气得于思聪没话说了。

"你敢说之前让乔慕伤心的人不是你，你敢说你没有做对不起乔慕的事吗？"于思聪情绪失控的声音大了些，周围的人都好奇地看他，他只好压低了声音瞪着陈以默。

他没有否认："我知错能改，以后会对她加倍地好，你一样

没有机会的。"

于思聪突然站了起来，椅子蹭着地面往后滑，发出刺耳的"刺啦"声，他握着拳头抵在桌子上："陈以默，你不要太过分，乔慕早晚会发现我比你更好的。"于思聪一向是比较温和的性格，不擅长说这种话，此时说出这些来是气得很了，胸膛不停地起伏着。

"不会有人比我对她更好的。"陈以默也站起来，拍了拍于思聪的肩膀道，"如果你还惦记着乔慕，我不会介意更加过分一点的。"

下午三点的时候陈以默就回来了，一开门就看见乔慕和小白一人一狗玩得不亦乐乎，小白身上掉下来的毛都沾到乔慕身上来了。陈以默心中无语，不过在外面一直紧绷着的情绪此刻完全放松了下来，从小到大感受不到家的温暖的他最为依恋这种感觉。

他抿了抿忍不住要往上翘的嘴角，这个家伙，还真是怎么看怎么傻得可爱。

一双亮晶晶的大眼看着他，乔慕一把抱住小白，把它的两个前爪合在一起："男朋友你看，我帮小白洗澡了哟，它可开心了呢！"额头上只差写上"求表扬"三个字了。

陈以默瞥了一眼乱动的小白，它最不喜欢沐浴露的味道了，每次洗澡都很不情愿，弄得卫生间里到处都是洗澡水，会开心才奇怪呢，真不知道她一个人是怎么帮这么大一条狗洗好澡的。

把小白放到一边，陈以默把她身上的狗毛拿走，笑着摸了摸她的头："真乖，比我们小白还乖，我带你出去吃午饭。"

乔慕一听有得吃就双眼放光，像小白一样扑在他的身上，就差没有一条尾巴让她摇了。

于是小白被喂饱之后就被抛弃了。

乔慕听到陈以默还邀请了她的同事以后还傻愣愣地问："男朋友,你干吗要请我同事吃饭啊? 又不是结婚……"

心脏忽然跳快了一拍,他停下来,捏住她的鼻子:"你这是在和我求婚吗? "

"才不是呢! "乔慕拍掉他的手,然后转过身双手捂住自己越来越烫的脸,刚才怎么会说出那样的话,真是丢死人了。

第74章

陈以默没有再逗她:"乔乔,你喜欢在飞扬工作吗? "

她点了点头,似乎明白了陈以默的用意,主动拉住他的手,十指相扣,抬头看进他的眼里去,"男朋友,你是想让同事们相信我没有做过那样的事对不对? "

他似乎被她眼里的光芒晃了一下,那一小片光照进他的心里,不管为她做什么都是甘愿的。

"我家小傻子终于聪明一回了。"他拉着她往前走,他走在前面,她微微落后半步,像是手拉着手要走到天的尽头。

到了预定的饭店时乔慕有些意外,杂志社里的同事居然全都来了,三十多个人显得包厢有些窄小。她局促地低着头,怕看到大家脸上露出鄙夷厌恶的表情。身后一只宽厚的手握住她的手,乔慕心底里顿时生出几分勇气来,抬起头来笑着和众人打过招呼。

于思聪也帮忙招呼着大家坐下。

不得不说陈以默现在调动气氛很有一手，介绍了自己是乔慕的男朋友之后，敬了一圈酒下来大家都对他有了不错的印象。更多的是，在女朋友被传潜规则以后还毫不犹豫地站出来支持她保护她，这一举动更加赢得了在场很多女同事的好感。

接下来陈以默很直接地说出了自己的想法，从各方面分析了乔慕不会是做出卖自己的事的。

乔慕是差点被那个大赛评委用强的事情他不会说出来，这样虽然能够更好地洗脱嫌疑，但是他不希望别人知道了以后让乔慕难过。

其实对于乔慕的绘画实力大家都有目共睹，拿奖也是实至名归的，而且平时乔慕确实表现得很好，大家都把她当做小妹妹来看，现在心里的天平都在不断地往她这一边倾斜。

特别是在主编和副主编都表过态之后，大家都毫无疑问地站在了乔慕这一方，主编还提出要在下一期刊物中加入乔慕的专访帮她澄清，陈以默当然是欣然接受了。

总的来说，这顿饭是吃得宾主尽欢，大家都表示在有需要的情况下会主动帮助乔慕。

临走之前，表情严肃的主编单独和陈以默、乔慕两人说了一会话。

刚才在吃饭的时候乔慕就很惊讶主编会这么帮她，她一直觉得严肃的主编有些不近人情。现在主编一反常态地站在角落抽烟，乔慕竟然从他的眼睛里看到了愧疚、挣扎和恨意，还有一些更复杂的东西她还没来得及看清，主编就又恢复了那张面无表情的严肃脸。

主编掐灭了烟头："我知道小乔你是被陷害的，你平时工作认真上进我都看到了，那个评委我知道是谁，他一贯是会做这种事情的。"

乔慕心中大惊，陈以默握了握她的掌心示意她先不要说话。

主编深深地叹了一口气道："那个人原本和我是好朋友，但是他后来发生了一些事情就变了，我顾着以前的交情一直没有检举他，但是他这次伤害到了我们杂志社的员工，我是不会坐视不理的。"他拿出一个U盘递给乔慕，"这里面的东西能够帮到你，也能让他下来休息了。"

"主编……"乔慕感激得不知道该说什么好。

主编摆了摆手，没有说什么就走了，乔慕觉得他似乎老了许多。

陈以默没想到今天会有这么大的收获，心里激动万分，面上却丝毫不显，把乔慕拥进怀里，亲了亲她的额头，"别想这个了，我们回家吧。"

第75章

当天晚上有人在某知名论坛上发了一个帖子——"八-八我知道的关于那个知名画手的二三事"。

楼主自称是X大的学生，帖子里详细地写了温程程作为一个恶毒女配是怎样拆散乔慕和她男朋友的，还有参加比赛被温程程锁在厕所里的那一段，以及事后乔慕处理的方法，当然名字都是用字母Q、W代替的,而潜规则是一点都没有提到。最后楼主表明态度:"当小三是要遭雷劈的,而且还是这么丧心病狂的小三。"

很快下面就有人回复:"楼主你是开了上帝视角模式吗?不知道就不要出来瞎吵吵!Q这种拿奖还要靠潜规则的人说不定才是小三呢!"

楼主很快出来反驳:"我只是陈述事实而已,你才是什么都不知道吧!"

有一部分人仍然是死咬着不放,嘴里骂得要多难听有多难听,恨不得要把所有知道的脏话都要骂上一遍才解气。

但是渐渐地也有越来越多的人站出来支持乔慕。

"我和她选过同一节课,她从来不翘课也不迟到早退,老师都夸她画画得好。"

"我作证,楼上+1。"

"楼上+2。"

……

"Q平时在学校里很低调,除了偶尔会在校报上看到她的名字。不过W就不一样了,一直仗着家里有钱指手画脚,让人做这做那的,比公主还公主。我听说原本那场比赛X校只有一个名额,后来却突然变成了两个,而那个时候W家里好像给图书馆投了一笔钱。"

又有人出言讽刺:"楼上不会是Q的小号吧,怎么口口声声地帮Q说话,W家里有钱是她的错吗?"

"切!有钱了不起啊!有钱就能为所欲为啊!我也有钱啊,我能打你吗?"

"就是！能打你吗！"

……

还有人回帖说："我是Q的同事，Q是我见过的最勤奋认真的新人了，没有之一。支持楼主，打小三，不解释！"又列举了几件乔慕在工作中做的事，虽然是小事，但是却能看出一个人的品格如何。

很快，越来越多的线索浮出水面，乔慕在飞扬杂志画的几幅插画都被传了上来。很明显和微博上夏有乔默是一个风格的，经过专业人士的评判，这绝对是有能力在素描大赛上拿奖的，"潜规则"的传闻似乎就要不攻自破了。

也有人表示疑惑："W是富家女，怎么会抢Q的男朋友？Q的男朋友很了不起吗？"

底下人纷纷表示赞同，又有知情人爆料："W换男朋友的速度一直和换衣服一样，每个季度都要换一个，不过自从和上一个男朋友分手之后好像确实没有再谈恋爱了，这一点值得考量啊。"

这个帖子当然是陈以默的手笔，不过这还只是一盘小小的开胃菜，让社会的舆论不再那么一边倒了。

顺手还放上了温程程历任男朋友的信息。他早就说过的，如果温程程这个女人不知好歹来招惹乔慕，他不怕做出一些不好的事，他可不仅只是威胁而已。

这份"男友清单"如同丢进大海里的巨石，砸出了一圈又一圈的涟漪，引发了无数网民激烈的讨论，他们终于不再一味地辱骂乔慕，而是冒出一个又一个的猜测。什么同父异母，闺蜜成仇，真是一个比一个精彩。

　　陈以默关了电脑,全身放松下来靠在椅背上,闭上眼睛揉了揉眉心,想着接下来应该怎么做。

第76章

　　这一天温安安一走进自己的办公室就看见平日里难得一见的陈以默坐在那儿,像是等了很久的样子。她勾了勾嘴角,似乎对陈以默的到来丝毫都不感到意外。

　　给自己泡了一杯茶,温安安施施然地拉开椅子坐下,翻开桌子上堆积的文件进行审阅,仿佛办公室里没陈以默这个人。因为她清楚,陈以默这个时候肯定是为了乔慕的事来求她帮忙,她已然占据了上风。

　　陈以默倒也不急不躁,步伐沉稳地走到温安安的桌前:"温经理,这是我的辞职信。"

　　温安安怎么也没有想到陈以默会突然提出辞职,他不是要求她办事的吗?难道他以为自己有多了不起,用辞职来威胁她吗?

　　鲜红色的指甲按在辞职信上,温安安抬头对着陈以默妩媚一笑:"你对现在的工作有什么不满意的地方吗?"语气间完全是一个关心下属的上司。

　　陈以默只是摇了摇头,并不打算解释,"谢谢温经理对我的栽培,但是很抱歉我不能再为公司效力了。"这话说起来是一套一套的,他一点都没有觉得不好意思。

　　"你不想要那五十万了吗?"温安安轻飘飘地说了这么一句,以为自己抓到了陈以默的软肋。

"你觉得我自己赚不到五十万吗？"

不怪温安安这么精明的女人也会看走眼，她觉得市侩的陈以默既然能为三十万答应和温程程相处，能为五十万答应她让温程程对他死心，那他肯定是很看重钱财的。

的确，陈以默是很看重钱财。但是经历了那么多，他知道对他而言最重要的是乔慕，什么都比不过乔慕，更何况是乔慕不喜欢的人给的钱。当初他答应其实也是为了乔慕的弟弟，不过现在他已经有了更好的办法。

"你……我不准你辞职！"温安安差点忍不住要揉烂那封辞职信，紧绷的面庞看上去似乎是被气到了。她心里烦躁无比，从来都只有她说了算的，她不允许有人挑战她的权威。

"当初我签的合同也只是普通合同，并没有禁止我辞职。"陈以默是真的不想再和温程程有什么纠缠了，所以辞职是必然的，不过他还有更深一层的用意，"温经理最好劝劝温小姐，毕竟现在的形势对她很不利呢，如果能主动承认错误还能赢得原谅，死咬着不认可不只是面上无光。"

温安安心里也有气，虽然这事明面上和她没什么关系，但是温程程毕竟是她妹妹，她不能放着不管。原本乔慕不能翻身基本上都是已成定局的事了，怎么突然之间就形势大变，网上越来越多的人都在讨伐温程程了？

还有她怎么都想不明白的是，居然有人检举当初大赛的评委作风不正、收受贿赂，更加有"受害人"的出现，而且证据确凿已经被革职了，也受到了惩罚。网民们借此大胆地猜测，乔慕这桩事情或许不仅仅只是被冤枉，更加可能也是受害人之一。

温安安当然想不到，如果她知道了这一切背后都是陈以默在推波助澜,而现在她还和颜悦色地劝着陈以默不要辞职,估计她会气晕过去的。

"如果是为了这件事,你大可不必辞职,毕竟温程程和温氏没有直接的联系,温氏的前景还是很不错的,留下来工作只有好没有坏,你再考虑考虑看看。"温安安觉得她已经够好声好气的,算是请求陈以默留下来了,他应该见好就收,哪知道他还是拒绝。

"我已经考虑得很清楚了,谢谢温经理对我的肯定。"陈以默说完这话就要走,哪知门突然被重重地推了开来,温程程气喘吁吁地跑进来,一把抓过桌子上的辞职信,然后撕了个稀巴烂。

第77章

"陈以默,你不能辞职!"说话间仍然喘着粗气。

温安安讶异地看着自家妹妹疯狂的举动,不知道她怎么会突然跑了过来,还有她怎么会知道陈以默要辞职的。

"你以为把辞职信撕了,我就不能辞职了吗?"陈以默双手环胸而立,岿然不动。

"我和乔慕当面道歉,交换你继续留在温氏,怎么样?"她不能一直来温氏找陈以默,于是就找了姐姐的一个小助理帮她探听陈以默的消息,刚才收到她的短信说是陈以默要辞职,她就急急忙忙地跑了过来。她也不知道自己为什么不能让陈以默辞职,大概是她还是放不下陈以默,这种要永远和她划清界限的感觉太强烈，她不想和他失去这么一层薄薄的联系。

温程程难得聪明了一把，居然说到了陈以默心中所想。他想让乔慕毫无芥蒂、开开心心地生活下去，那么就是把事情真相公布于众，还她一个清白，还有就是始作俑者为她的所作所为负责。

他曾经想过用各种手段逼迫温程程道歉，就连以后打压温氏都想过了，他不怕和她耗，却没想到现在轻而易举地就能实现，他不由得有些怀疑。

"你就只是道歉吗？"陈以默想试一试她是真心还是别有用意，而且他心里想着仅仅是道歉也是不够的。

温程程觉得那已经是她的极限了，她毕竟不是温安安，心里有什么都摆在了脸上，这下子有些忍受不了，"那你想怎么样？我和她当面道歉还不够吗？"

陈以默看出来眼前的温程程根本就没有悔过之意，说道歉已经到了她的极限了吧。他不管她内心是不是真的有悔过之意，这和他没有关系，他只要他的乔慕好好的。

于是他居高临下地说道："如果你被人诬陷杀人，被判无期徒刑，最后真相大白你只是得到一句道歉，你觉得够吗？"

温程程撇撇嘴："有那么严重吗？我根本就没有对她做什么，我只是把她关在厕所里……"

温安安忽然急促地打断她，拉住她的手，把她拉到身后："程程，你不要激动，有话慢慢说。"然后转向陈以默，"陈以默，程程愿意道歉已经是很大的让步了，你不要得寸进尺，温氏也不是非你不可。"

陈以默点点头，示意他无所谓，转身就走。

　　温程程见他一点余地也不留是真的急了，连忙叫住他："你不要走，你说怎么样就怎么样，只要你不辞职。"声音里有示弱，也有不甘。温安安有些不可置信，自己的妹妹居然会为这个男人做到这样的地步。

　　"好，那你在学校里公开向乔慕道歉，网上也要发表道歉声明。"

　　"嗯。"温程程低低地应答着。

　　"程程，你再好好想想。"如果公开道歉，她必然会遭受到比之前乔慕更多的唾骂，网民们才不会管她是谁的女儿，温安安心疼地看着她。

　　她摇头，"我已经想好了，就这样吧。"如果这样能让他留下来，能够让他转变对自己的看法，她愿意。

　　陈以默没想到这一趟能有这样的意外收获，事情或许不是他原本想的"温程程嫉妒乔慕而陷害她"那么简单，不过现在的结果还是可以接受的。

　　为了防止温程程变卦，陈以默立马打了电话给乔慕，让她到学校去接受温程程的当面道歉。乔慕挂掉电话以后，心脏跳得有些快，不过那显然是愉悦的跳动。

第78章

　　乔慕到大礼堂的时候发现里面站了满满的人，她把自己的小包抱在身前，踮着脚尖想要在人群中找到陈以默，却被身后拥挤的人群一波一波地往前挤得站不稳。眼见着就要摔到前面一个人的身上，身侧忽然伸过来一双手一把扶住她，她靠到一个宽阔的胸膛上。

她转过头去，笑眯眯地看着陈以默："男朋友，我就知道是你，危难关头总是会及时出现英雄救美。"

他也笑，好心情地附和她："嗯，我是英雄，你是美，以后一直让我保护你好不好？"

乔慕小鸡啄米似的点头，幸福的感觉几乎要将她淹没。

他拉着她的手拨开人群往前走，然后停在中央台的台阶前，"我的女主角，现在是属于你的舞台。"

他捏了捏她的手心，乔慕心领神会地朝他笑了下："男朋友，我知道该怎么做的，你不用担心我。"她现在知道了，她可以随时随地地依靠身边的这个男人，但是她自身也必须具备能力，成熟起来，在一个人的时候也能够单独面对，完美处理。

她缓步走上去，坐在舞台正中央，等待着另一人的出现。

台下的人在乔慕走上舞台的时候就炸开了锅，议论争吵的声音越来越大，还有人拿出手机想要把全程拍下来。他们当然都知道这段时间发生的事情，甚至本校的贴吧论坛里讨论得更加激烈，因为是事件发源地，他们更加迫切地想要知道真相。而就在前一个小时，每个班的班长都收到了信息，通知每个同学都要到大礼堂里来，没有想到会是这样一场好戏。

温程程的出现则使得现场都安静了下来，大家屏气凝神地看着这两人会做些什么。

乔慕先发制人，拿过事先准备好的话筒："我是乔慕，微博ID夏有乔默，大家应该都很好奇最近发生在我身上的一系列事情吧。这次把大家请来，就是消除大家的疑惑，同时也请大家为我做个见证。"她顿了一下，"首先我要说，我代表学校参赛绝对是凭实力得奖，根本没有做出对不起自己、对不起学校的事情，这个赛委会已经调查清楚了，过一段时间会给我、给大家一个明确的答案的。"

台下的人立马恢复了议论，且呈一波高过一波的状态。

"真的假的啊？"

"我就说她肯定不会潜规则的，她画画很好的，你还不相信我。"

"就这样说几句我也会说，谁知道你说的是不是真的，你拿证据出来啊。"

……

乔慕放下话筒，示意温程程——该你了。

温程程此时此刻不是不害怕的，但是上山容易下山难，她已经坐在这个台上了，只能强撑着不让自己发抖。

"那个……参加比赛的时候我是一时冲昏了头脑把你关在厕所里的，对不起……潜规则的事情我也是后来听别人说的，好奇多问了几句，想不到就会传出这样的流言，对你造成这么大的伤害。乔慕，对不起，请你原谅我。"说着就站了起来，朝着乔慕深深地鞠了一躬，道歉的姿态倒是做得足足的，但是这话里话外的都在推卸自己的过错。恶意地不让乔慕参加比赛被她说成冲昏头脑，而故意散播谣言被说成是好奇心作祟，无一不在显示自己也是无辜的。

没有人看见温程程低垂的脸上是如何憋屈的神色，后槽牙被她咬得都有些发酸发痛了。她怎么也没有想到，一直被她欺压，只能用着她用剩的颜料的乔慕，此刻居然能让她弯下自己高贵的脊梁向她道歉。

温程程一直保持着弯腰的姿势。听着这没有诚意的道歉，乔慕淡淡地说道："我知道你不喜欢我，我也不喜欢你，所以你想对付我是正常的。但是我接受你的道歉，希望你以后不要再在人背后偷偷摸摸使坏，你可以光明正大地战胜我，让我输得心服口服。"她才不能让温程程得了便宜还卖乖呢。

既然她想要的都听到了，接下来会发生什么就和她没关系了。乔慕下台看到陈以默之后就皱了皱脸，把刚才那个假假的表情甩掉，傻兮兮地笑着抱住自家男朋友的手臂："刚才我表现得棒不棒？"

陈以默宠溺地点了点她的额头，"你呀……刚才把我都唬到了呢。"

"嘿嘿嘿，都是跟你学的啦，我再厉害也没有男朋友厉害。"她不遗余力地拍着马屁，两人手牵着手走回家。

后来，温程程也依言在网上发表了道歉声明，当天在大礼堂有人拍了视频传到了网上，网民们意识到自己被愚弄后更加愤怒了，各种难听的话不要钱地丢向温程程。不过好像有人把这件事情压了下来，网民们也被新的话题吸引，潜规则风波终于渐渐平息。

第79章

陈以默仍是去温氏集团上班，从那天以后就没有见过温程程了，就连温安安都很少见到。下班以后他为了早一点回到家里抄了近路。漆黑的弄堂里只有几盏破旧的路灯照出来昏黄的灯光，路灯下的人影也有些飘忽，突然间有了诡异的感觉。

他加快了脚下的步伐，却听见一个小巷子里传来金属的碰撞声，还有一句句粗鲁的叫骂声。

"你小子了不起啊，居然敢到老子的地盘上抢生意，他妈的活得不耐烦了啊！"

"大哥消消气，这小子不知好歹胆大包天，看不出您的本事，我这就打死他，让他瞧瞧咱们的厉害。"

"给我打！狠狠地打！别真打死了就行！"

陈以默皱了皱眉，他不是那种好多管闲事的人，而且这种一听就是狗咬狗的类型，显然两边都不是什么好人，他又何必去插一手。只不过，那个按在地上被打的人好像是周朝。

他还以为最近他没有出现是安分了，没有想到他比以前更加浑了，当了小混混还被另一群小混混打，真是没出息。

虽然他很不喜欢周朝，但是两人毕竟还是血脉相连的表兄弟，他做不到眼睁睁地看着他被打得只剩下一口气还无动于衷。希望这次一顿打能够把他打醒，以后能够好好地过日子。

陈以默藏在暗处，朝巷子里望了一眼，里面除了周朝还有三个人，一个正对着巷子口，两个背对着。他想了想，还是采取了最保险的一种方式。

他快速地在网上下载了110的警笛声，然后把手机的音效开到最大，里面的几个小混混果然做贼心虚地跑了。

确认那三个人都跑远了以后，陈以默才走到巷子里去。

巷子里的人趴在地上一动也不动，陈以默忽然紧张了起来，怕那些人下手没个轻重，万一周朝被打死了……他始终还是他的弟弟啊。

周朝实在是没有力气站起来了，背上、腿上，还有脸上，都火辣辣的，痛得厉害。他觉得自己的肋骨好像都被打断了几根，呼吸都觉得疼痛。听见身后的脚步声，他警觉地喊了一声："谁？"

听到周朝的声音，陈以默知道他还活着，心里就气不打一处来，怒火噌噌噌地往上蹿。要不是看着他身上有那么多伤，他都想打他两拳。

不过生气归生气，陈以默还是小心翼翼地把他抱了起来，让他靠在墙壁上。即使是放轻柔了，周朝还是痛得倒吸冷气。

摸了摸脸上的汗水，他这才看清楚眼前的人，不是他表哥又是谁。

"表哥？"他又惊又喜地叫道。

"我不是你表哥！"陈以默盯着这张青一块紫一块的脸，心里很复杂，小时候那个胖嘟嘟的表弟怎么会变成现在的这个样子。他会想，表弟变成这样是不是也有他的原因呢？

"刚才是你救我的？"周朝扯着嘴笑得一抽一抽的，他觉得刚才像是回到了小时候，那个时候周朝还没有上小学，整天跟在陈以默的屁股后头，他被人欺负了，表哥总是会帮他出气。

"我才不会救你！"

"表哥……"他又叫了一声，痛得他龇牙咧嘴的。

陈以默看他浑身上下都是伤，心里也很难过，扶着他站起来，把他的手搁在自己的肩膀上："还能走吗？"

"嗯。"

和乔慕发了短信简单地说了一下，陈以默还是带周朝去了医院，他总不能不管他。

第80章

医院里的实习护士看到周朝这个样子吓得差点叫出来。浑身上下都检查了一遍，还拍了片，发现只是皮外伤，看上去严重而已，并没有伤到内脏和骨头，还真是好运气。

只是腿上划拉了一道大概十厘米的口子，打了破伤风针以后缝了起来，还要再住院观察几天。

陈以默想打电话给舅舅，周朝却不同意，他也就不坚持了，给他交了住院费，订了以后几天的饭就走了。

乔慕想去探望周朝，被陈以默劝止了，让她安心地去上班，说是他去看就够了，而且也不是什么大毛病。

陈以默当然不会让周朝有接触到乔慕的机会。他最了解周朝了，削个苹果倒个水这种事情提出来肯定不好意思拒绝。然后再借机发生一点其他什么，他绝对不允许！

周朝虽然浑，但是他还是知道一点是非的。他这么对表哥，表哥还救他、带他来医院已经是很不错的了，他决定不再抢表哥女朋友了，还有一些事情也要告诉表哥。

陈以默买了一袋子香蕉去看周朝，周朝见到香蕉立马就苦了个脸，表哥明明知道他最不喜欢吃香蕉了。偏偏他还说："这是我的一番心意，你一定要把它吃完，不然拉不出来不要怪我。"

周朝知道逃不过去，只能硬着头皮吃了。

吃完这一袋子香蕉，周朝觉得整个人都不好了，他犹豫着是不是要把那件事告诉陈以默。

"你是不是有什么话要和我说?"

没想到一下子就被陈以默看穿了,也不纠结了,周朝觍着脸,有些讨好的样子看着他,"表哥,我说了你不要生气啊,就是之前偷拍过你和温程程抱在一起的照片给乔慕看,不过她没有相信。我还偷拍过乔慕的照片,然后寄给温程程了。"

陈以默握着的拳头"咯噔咯噔"地响,原来这一切都是他搞的鬼,还叫他不要生气,他怎么可能不生气!他因为这个差点都失去乔慕了,他居然叫他不要生气,如果不是看他躺在病床上,他都想把他揍个半死。

怪不得她说"如果别人拿着你和别的女人的照片给我看,我不会怀疑你的",原来是真的有人这么做了。这样一对比下来,他的表现真的是糟糕透了,他为什么会不相信她、怀疑她呢?

他恼恨那个时候的自己。

周朝也看出陈以默的脸色不太好看,小心翼翼地看着他,"还有一件很重要的事情。"见陈以默恶狠狠地瞪他,他连忙摆手,"这件事情和我没有关系,我什么都没做。是温程程的姐姐,在我寄照片给温程程以后她来找过我,居然想让我去接近温程程,当她的男朋友。不过我又不喜欢那个温程程,当然就没有答应她,她也没有多说什么。可是后来没过多久我老板就炒了我,我再找工作也找不到,我怀疑是她干的。"

"难道不是你眼高手低,别人不要你?"陈以默毫不留情地泼冷水,但是他心里清楚很有可能就是周朝想的那样,不过他为什么要让周朝去接近温程程呢?这对她一点好处也没有啊。

　　即使想让温程程把注意力从他身上移走，也不应该找周朝这样的人，如果周朝真的做了温程程的男朋友，这不是在害她吗？可是温安安不是一直很关心温程程的吗？

　　他百思不得其解，想不到就先不想，他关照周朝，如果温安安再找他的话一定要告诉他，又问他："那你现在没了工作，难道就是整天混吃等死吗？"说到后面他又生气了，如果他不是恰好走小路看到了，他被人打死了说不定都没人知道。

　　周朝挠挠头保证道："我这不是暂时没找到工作嘛，我一出院就去找工作，肯定不会再去混了。"

　　"要不行你就找我帮忙，哼！要不是我弟弟我才懒得管你。"

　　"那是那是。"

第81章

　　从周朝的病房走出去，陈以默顺便去了乔慕弟弟的病房。

　　林河还是病恹恹地躺在床上，整个人看上去都没什么生气，他推门走进去的时候他都没有转过头来看他一眼。

　　陈以默走到林河的床边，宽厚的手掌贴上林河的额头，让林河忍不住颤动了一下。他颤颤地睁开了眼睛，发现床前站着的人他好像是不认识的，但是又有点熟悉。

　　陈以默接收到林河疑惑的视线，解释道："我是你姐姐的男朋友——陈以默。"

　　林河点了点头，他想起来了，这个人和姐姐一起来看望过他的，但是他们没有说过几句话。陈以默扶着他僵硬地坐起来，林河的脸色有些戒备，看样子是很不喜欢不熟悉的人靠近。

"我们出去走走好不好？一直待在病房里太闷了对不对？"陈以默并不介意，像是平时哄乔慕一样哄着林河，想着他们是姐弟，一样的法子应该是可以对付的吧。

"我不想去。"外面的阳光太好，一点都不适合他。

陈以默把窗户打开，让林河看见外面的景色，窗户正好对着一棵桃树，粉红色的桃花开得正灿烂。他握住林河的手，比他小了一号瘦得只剩骨头的手在他手心里硌得有些难受，他强势地把他拉起来。

他知道，如果他不主动，林河就像是一头小乌龟一样永远会缩在自己的壳子里。

或许是陈以默的温柔打动了林河，眼前这么一个高大的男人让他从久远得不能再久远的记忆里想到自己的亲生父亲，好像也是这种温暖到心底的感觉，让人可以什么烦恼都不用想。

林河才只有十七岁，又因为身体不好，整个人瘦瘦小小的，站起来也只到陈以默的下巴处。陈以默怕他临时改变主意，就一路牵着他走到外面的花园里。

外面刚刚修剪过草坪，空气中有残留的青草香味，林河不由得深吸了几口，觉得整个人都清新了许多。

"多出来走走对身体好。"陈以默看他表情轻松了许多，想着他应该是喜欢的。

大概是心情好了许多，林河不再像之前爱答不理了，对陈以默也友好了许多。

两人走了一会，坐在柳树下的长凳上，陈以默接过一片从树上掉下来的柳絮，"你姐姐她在这个季节最喜欢柳絮了，你说她怪不怪，人家女孩子都是喜欢桃花梨花的，她非要说柳絮柔软得讨人喜欢。"

林河看着陈以默脸上露出宠溺的表情，心想他应该是很喜欢姐姐的吧，他为姐姐感到高兴呢。

"我这次来看你你姐姐还不知道呢，她不是不想来看你，只是之前她自己也出了一点事情，你不要怪她。"

"姐姐……她怎么了？"

表面看上去冷冷的，但是心里还是关心的吧，不然不会听到出事就这么着急。陈以默说道："一点工作上的事情，现在都已经解决了，你不用担心她的。"他停了一下又道，"你姐姐她最担心的其实是你，你应该知道，她比任何人都希望你有一个健康的身体。趁着你现在身体状况还可以，早点做手术好不好？"

他低下头去，没有说话。

陈以默只是静静地坐着陪他，没有让他立马表态。乔慕说过，林河的手术除了钱，还有一点最大的问题就是他自己一直抱着消极低落的态度，因为一直把情绪闷在心里，所以他的身体都是有些排斥治疗的，这样拖拖拉拉的才会更加糟糕。

现在如果能劝了他动手术，当然是越早治疗越好。

陈以默也不再和他说手术的事情，只是问他喜欢的东西，聊一些乔慕的糗事。

"林河，你好好考虑一下吧，多为你姐姐，也多为你自己想想。"临走的时候陈以默又劝了他一句。

第82章

到了傍晚，陈以默本来想去接乔慕下班的，哪知道她发短信给他，让他晚一点回来，神神秘秘的不知道她要做什么。

以他的了解，估计是要弄一些惊喜什么的，不知道是惊喜多一点还是惊吓多一点。不过既然她叫他晚一点回来，那就听她的好了，他正好也有惊喜给她呢，希望最后不要变成惊吓。

陈以默过了一个小时回到家里，一推门就闻到了一股浓重的油烟味，厨房里轰隆轰隆地响，他瞥了一眼手里买的菜，果然是有惊喜。

小白被关在厨房外面趴在门上一副可怜兮兮的样子，一看就是还没有吃晚饭。他走过去摸了摸小白的头，把它牵到一边，给它喂了一满盆的狗粮。小白大口大口地吃着，开心得尾巴摇个不停。陈以默蹲在它旁边，肚子"咕噜"叫了一下，他也还没吃晚饭呢，还不知道今天的晚饭能不能吃。

"啊，男朋友你回来啦！刚好呢，快来尝尝我做的菜。"乔慕端了一盘红得发黑的菜笑眯眯地走了出来。

虽然很想嘲笑她做的菜，但是看见她鼻尖上冒着汗水的样子早就被她感动到了，陈以默接过她手里的盘子，惊喜又苦恼地道："你做饭了啊？早知道我就不买菜了。"

"哎呀，我光顾着给你一个惊喜了，都没想到这一点。嘿嘿，不过没关系，放在冰箱里好了。"

菜都摆上桌了，陈以默意外地发现，这些菜比他想象的好多了，至少都能看出是什么，闻着味道居然还挺香的。

"男朋友，你快吃吃看好不好吃。"乔慕见他只看不吃，托

着下巴双眼放光地催着他赶快试一下。

他夹了一块红烧鸡翅膀送进嘴里，大概是酱油放多了看上去黑乎乎的，但是吃得出来烧了很久，虽然鸡肉有点老了，但是甜甜的可乐味渗进肉里，甜到了心里面。

他不吝夸赞道："没想到你第一次做菜就这么好吃。"

"才没有啦，我也是练了好多次的。"乔慕谦虚地笑着，为了这一次菜色勉强的晚餐，她趁着之前请假在家练习了好多次，光鸡翅就浪费了好多盘。

"谢谢你乔乔，我很开心能吃到你做的菜，但是以后还是我来做菜，你等着吃就好了。"

"你是不是嫌我做的菜不好吃啊？"乔慕有些难过，男朋友觉得不好吃还要安慰她说好吃。

"怎么会！小傻瓜，我是心疼你，厨房里油烟多大啊，所以说还是让我来吧。"

乔慕嘻嘻笑着点头。

吃完饭乔慕就躺在沙发上开始看电视，陈以默在厨房里洗碗。乔慕一边翻看着电视台一边想着这样的生活真是太堕落了，吃完了晚饭就躺着，肚子上的肉肯定又会变多的。

唔，她都快比小白还要懒了，小白每天都会自己出去饭后散步。可是男朋友居然说她太瘦了，一定要把她当成猪养。真是怨念，她哪里瘦了，明明是胖了！

陈以默洗好碗坐到她旁边，把她拥在怀里，然后云淡风轻地说道："乔乔，我把这套房子卖掉了。"

乔慕吓了一跳，一下子从沙发上跳下来，着急地问道："怎么了？你有哪里急需用钱的地方吗？我还有钱，但是不多，连上次比赛的奖金只有五万块。"然后急急忙忙地就要冲到房间里面去翻存折。

他拉住她，笑着摸了摸她的头让她不要急，"我没有事，是林河的手术，我去看过他，不能再拖了，所以我卖了房子。"

她忍不住哭了出来，"男朋友，你为什么要对我这么好……我……我都没有为你做过什么……"

他帮她擦掉眼泪，"还真是个傻瓜，你是我女朋友、未来的老婆，我不对你好对谁好？"

乔慕还是抽抽搭搭的，"那你把房子卖掉了住在哪里啊？"

"我们再租一套，房子我们一起看，这里我们也不着急搬。你说好不好？"

"好。"

陈以默又顺势解释道："之前你听到温程程说的我为了钱和她约会、在她爸爸公司上班，其实不是你想的那样的。我最开始也是为了林河手术才假装答应她的。后来她姐姐温安安说让温程程不再喜欢我，她会照样给我钱，我本来是想温程程对我完全没兴趣就行了的，没想到她会一直不放，闹得我们差一点真的分手了。"

"男朋友，对不起……我不知道这些……"刚刚擦干的脸颊又被新一波的眼泪湿透了，"但是你也不能用美男计，我会吃醋，也会难过的……哼，你不知道你自己魅力有多大，有很多女生喜欢你的，我就见过有女生和你表白呢。"

"我魅力这么大，某些人不是都没有和我表白？"

"我差一点就要和你表白了啦，谁叫你太凶了。"

"那你现在给我表白一个？"

"才不要！当然是要男生表白，你和我表白啦！"

第83章

乔慕和陈以默来看林河的时候，林河正睡着，但是这孩子睡得警醒，有人靠近就醒了过来。

林河在和陈以默交谈过后，看到姐姐很开心，于是主动地叫了一声："姐姐。"然后又小声地叫了一声："姐夫。"一下子把乔慕叫红了脸。

乔慕回头瞪了陈以默一眼，然后帮林河拉了下被子，"姐姐就是来看看你，你睡吧，我在边上陪着你。"

林河摇了摇头，他睡得已经够多的了，"姐姐姐夫，我想好了，你们帮我安排手术吧。"

乔慕有些不敢相信，高兴得嘴里不断重复着："弟弟你能想通真是太好了……太好了……姐姐真为你开心。"

林河看着姐姐开心的笑容心里也很满足。

三人又讲了一会话，林河就被医生叫过去例行诊断检查了。

两人走出病房，陈以默让乔慕打电话给她小姨，让她过来商量一下林河动手术的事，毕竟她才是林河法律上的监护人。

小姨出现的时候乔慕吃了一惊，眼前这个面容憔悴、鬓角发白的中年女人怎么会是她印象中干练的小姨呢。她心里百味杂陈，还是忍不住上前问候："小姨，你怎么了？身体不舒服吗？"

小姨摆摆手，对乔慕身边的陈以默点点头，"我没事，就是晚上睡得不太好。"她也不知道怎么了，这一阵子基本上每个晚上都要做噩梦，断断续续的都是以前小时候和姐姐一起玩耍的片段，到梦的最后总是被一头血红的怪物追着跑，然后从梦中惊醒再也睡不着了。

陈以默也道："小姨，我们找你是想商量一下林河的手术，他的病不能再拖了，钱我们已经筹齐了，小姨你觉得怎么样？"

小姨笑得有些讪讪的，"你们哪有这么多钱，手术费我们一半一半吧。"

乔慕刚想说不用了，陈以默拉了拉她的手道："那好，就这么决定吧。"

三人和医生确定了做手术的日子以后，乔慕就一直陪在病房里，晚上就租了一张小床睡在林河的床边，任凭林河和陈以默怎么劝她回去休息都没有用。几天下来乔慕的眼睛下面青了一小片，陈以默看着心疼，几次都是趁着她晚上睡着了把她抱回家，然后自己再过来陪着林河。

就算是再冰冷的心现在也被焐热了，何况林河小弟只是有点闷，心里拗不过来而已。他是知道姐姐对他好的，但是他还是不会面对，就像妈妈总是趁着她以为他睡着的时候来看他，他都知道的。

他很满足了。

被推进手术室的时候，他是笑着握住妈妈和姐姐的手的，"不用担心我，我会好好的。"

乔慕摸了摸他的头，真是令人心疼的孩子。

手术室的门重重地被关上，乔慕使劲想从门缝里看到一些

光亮,但是里面就像是一个漆黑的大洞,把她的淡然沉稳都吸了进去,只剩下彷徨不安。神经绷得紧紧的,几个小时的手术度秒如年地那么难过,陈以默走过来从背后拥着她,用温暖的怀抱无声地安慰她。

小姨走了过来,眼里含着泪:"慕慕,我对不起姐姐,也对不起这孩子啊……"

她收养林河的时候是因为她结婚八年还没有孩子,但是她总还是想着生一个孩子出来,所以就渐渐疏远了林河,不像以前事无巨细都要过问,直到后来发现他还有那样的病症,心里就更加不乐意了。

她现在算是彻底看开了,她都已经快四十了,是不会再有孩子了。这毕竟是姐姐的孩子,她不照顾好他,以后也没有脸面见自己的姐姐。

第84章

"小姨,林河他不会怪你的,他是真心把你当做妈妈的。"乔慕低下头不去看她的眼睛。她是怨恨小姨的,怨恨她收养了弟弟却不好好对他,怨恨她把弟弟一个人丢在冰冷的医院不闻不问。

她不敢看她现在眼里悔恨的泪水到底是真心还是假意,她只希望她能像她说的那样,以后真的把弟弟当做亲生儿子。

虽然医生已经再三保证过手术风险很低,但是几人在手术室外的长廊上都是坐立难安的,看着"手术进行中"的红灯心绪难安。还好之前陈以默就准备了充饥的面包、泡面,饿了就拿着吃一点,一刻都不愿意离开这里。

乔慕从来都没有这么紧张过,她焦躁地走来走去,不知道能做些什么缓解这种烦躁。时间一点一滴地过去,终于手术指示灯暗了,医生解下口罩面露喜色道:"手术很成功,病人现在还在麻醉中,让他休息就好。"

完全紧绷的神经一下子松弛下来,乔慕听到好消息之后脚一软,差点就没站住。医生眼明手快地托了她一把,乔慕的眼泪一下子流了下来,嘴里不断地重复着:"谢谢医生……谢谢医生……"

医生对于家属的感激早已见怪不怪了,点头致意后就离开了。

林河从里面被推出来,闭着眼睛的样子像个天使。乔慕伸出手碰了碰他的额头,很快又缩回来,一下子扑到身后陈以默的怀里,激动地哭着说道:"弟弟他终于能够病愈了,他以后能健康快乐地活着了。"

陈以默抱住乔慕,"对,以后他会上最好的大学,还会找一个比你还漂亮的女朋友。"

乔慕捶了他一下,破涕而笑。

手术后的林河没有任何不良的症状,住了一个星期以后就出院了。乔慕问过林河,他还是愿意住在原来的家里,准备下半年再开始上学。但是乔慕还是不放心,一有空就会去看他,令人惊喜的是手术后的林河开朗了很多。

等林河彻底恢复健康之后,乔慕的小姨就带着他回到老家去补落下的功课。

　　乔慕虽然有些不舍，觉得她和林河相处的时间太过短暂。但她同时也知道现在的她，还没有能力把林河接到她身边来照顾。退一万步来说，小姨也不会同意的。林河的监护人毕竟还是小姨和姨父。

　　乔慕强忍住自己心中的不舍，去商场里挑了几身男孩子喜欢的运动品牌的衣服。

　　比起乔慕的不舍，林河虽然也有不舍，但是却比乔慕看得开得多。

　　林河笑着和乔慕说道："姐姐，你不要难过嘛，等我寒假、暑假放假的时候来看你呗，你到时候可不准嫌我烦啊！"

　　"看你这话说的！"乔慕被他逗笑，哭笑不得，"你来我高兴还来不及呢，哪里会嫌弃你啊。"

　　"怎么不会啊，我待一天两天还行，哎，要是待久了，我可不就成了个不识相的人了嘛！"林河挤眉弄眼地对着乔慕说道，眼睛看向的却是陈以默。

　　乔慕的脸爆红，恼羞成怒地拍了林河一巴掌骂道："说什么呢！回去好好念书知道吗！"

　　林河应下来之后跟着乔慕的小姨走了。

　　乔慕眼看着小姨一脸尴尬、讷讷不成言的模样，也就什么都不说，只和她说了声"保重，要注意身体健康"就不再说了。

　　送走小姨和林河之后，乔慕觉得心中的一件大事也已经完成了。

　　不过想到支付林河手术费的钱是通过卖掉房子得到的，乔慕心中的压力就又回来了。

本来陈以默买房子的钱，乔默就是一分没出的，这下还让陈以默把房子都给卖了。乔慕心里说不感动，那是不可能的。可是感动过后就是沉重的压力。

她很清楚陈以默一直努力的方向就是买套房子，然后让生活安定下来。

现在因为她，他把房子都卖了。

乔慕好想快点赚到钱，不过她这种应届毕业生，又没有什么工作经历，还不像陈以默不仅聪明，手里还有技术，像她这样的，上哪里去找得到一年十几万的工作？

能有个五万她都已经满足得不得了了。

只是这样的话，房子要什么时候才买得回来呢？乔慕很是伤脑筋地想着。

第85章

陈以默原本的房子交接以后，租了一套不到100平方米的小高层，交通很方便。因为考虑到这里只是短暂性的居住，所以要求并不高，两人外加一只狗趁着一个风和日丽的天气搬了进来。

装修风格属于欧美式的简单户型，家具不多但是很干净，陈以默很满意。至于乔慕嘛，她只要有得吃、有得睡、有男朋友就够了。

自从上次给陈以默做饭以后，乔慕忽然找到了一项新爱好，经常会从网上找一点菜谱来做新菜式，当然还是失败品居多。不过陈以默看着她这么开心就随她去了，大不了他迅速地烧几个菜弥补一下就可以了。

两人的日子过得像是新婚小夫妻蜜里调油般的美好，除了有的时候实在觉得自己怎么会有一个这么蠢的女朋友之外，陈以默对现在的一切都很满意。房子没了可以继续奋斗赚钱买更好的，等到自己的能力更加提升一步的时候，或许他可以尝试和乔慕以一种更加牢固的关系生活下去。

没错，陈以默已经把最近几年都规划好了，或许想到结婚他还是会有些无措，但是和小傻子求婚看她更加傻愣愣的样子好像很不错，她一定会激动得哭出来吧。

这样的日子直到有一天一个女人的出现戛然终止了，一个他以为永远不会见到的女人，一个他以为自己已经忘记了的女人。

他的母亲，呵，生他而没有养他的女人。

陈以默面无表情地看着坐在他对面的两个女人，从内到外都散发着一种生人勿近的气息。

场面一时很尴尬，舅母有些坐不住，只好对着陈以默呵呵笑道："以默啊，不认识人了吗？她是你妈妈啊，你不是一直吵着想要妈妈的吗？"然后又转头对着号称是陈以默母亲的女人笑道："瞧瞧这孩子，肯定是看到你太开心了，开心得都不知道说什么好了。"

一进门的时候他几乎是一眼就认出了对面的女人是谁，他按下了心中不断翻滚的惊讶和疑惑，平静地走了过去。即使是几乎二十年没有见面，这张几乎没有多少变化的脸庞一下子就勾起了他孤零零一人的时候不断思念母亲的回忆。真是可笑，他甚至到了十五岁的时候依然幻想着有一天他的父母亲会回来，即便他们什么也没有，但是他想要他们回来，他想要一个完整的家，他不想开心的时候没有人和他分享，不想难过的时候没有人安慰他鼓励他，他不想寄人篱下的还要忍受别人在他背后的指指点点。

陈以默冷冷地打量着对面的贵妇人，从头到脚无一处不精致的模样让人根本就看不出来她已经将近五十岁。微微绾起的发髻、大方合身的连衣裙、浅色的高跟鞋，淡雅如菊的气质真是让人止不住地产生好感呢，可这些都要花上不少的钱吧，他忍不住市侩又讽刺地想到。

他在心中默默地思量着，她这次来找他是有什么目的呢，在他已经成年有了工作以后再来找他是为了什么呢？

此时此刻，不仅陈以默内心剧烈波动，方萍的内心也不平静。她看着眼前的儿子，陌生得简直让她不敢相认。明明是与她相似至极的眉眼，但是那种凌厉的气势却与她大相径庭，她从来不会给人这样不美妙的感觉，在他犀利的眼神下她竟然有了想落荒而逃的想法。

不过很快她就压下了这种想法，方萍温婉如水般地看着陈以默，那种眼神像是对待做错事的孩子无穷无尽的包容，覆上陈以默搅咖啡的手，轻启红唇："以默，妈妈回来了，你原谅妈妈迟到这么多年好不好？" 声音中带着略微的哽咽，眼中水光不断，仿佛下一秒就要流下来，让人不忍拒绝。

第86章

可是她对面坐着的是陈以默，她注定会失望了。早先的惊讶已经消失，陈以默现在已经再也调不起什么情绪，他发现自己早已心硬如铁，或许在一年又一年的失望中，他早就绝望了。

好像对面坐着的人不是他的母亲，而是一个陌生人。

没有等到儿子的反应，方萍抹了抹眼角，开始叙述自己这么多年的"心酸奋斗史"。

原来他的父母亲一起离开小镇外出打工，几年下来几乎一点进展都没有，两人终于发现自己的梦想怎么样都不能实现，现实的阻力远远比他们想的更加巨大。丈夫的脾气越来越不好，工作不顺心使得他回到家以后和妻子不断争吵，妻子也嫌弃丈夫没本事。最终两人终于厌烦了这种生活，于是两人迅速地离婚，彼此都心有灵犀地忘记了远在家乡的孩子。

后来他的母亲遇到了一个丧妻的房地产老板，两人迅速坠入爱河，没过几个月就领证了。这个房地产老板有一个前妻留下的女儿，宠得不得了，几乎把她宠得无法无边了。她任性地提出来家里只能有她一个孩子，房地产老板实在是拗不过女儿，只能答应了。而这个女儿从小就对她表现出很强烈的敌意，对她呼来喝去的就算了，还总是整她、陷害她，所以在那个家里她只能委曲求全，简直是梦里都要小心翼翼地，不能走错一步惹得女儿不开心。

于是他母亲表示，她这么多年别看表面过得风光，其实心底里是很苦的。时常想念儿子，但是又不敢来看他，直到最近终于找到机会偷偷地过来看他。原本只是想远远地看一眼，但是看了一眼就忍不住想要当面见见他。

　　方萍说完这些的时候，整个人好像是被狂风暴雨蹂躏过的娇花，摇摇欲坠地支撑不住自己。

　　陈以默则在揣测她的这些话的真实性，没有孩子肯定是真的，所以才会再想起他来吧。但是被一个比他还小的女孩子对付是不大可能的吧，说不定那个女孩子还在她的手里吃了不少暗亏呢。

　　于是他到现在，都没有说过一句话，他在等着她说出她的最终目的。

　　方萍发现自己百战百胜的办法第一次不管用了，好像自己从头到尾都是小丑一般，看戏的人还一点反应都没有。

　　"以默，妈妈这些年来虽然没有看着你长大，可是我每年都会寄钱给你，妈妈一直很在乎你的，你就原谅妈妈吧，妈妈愿意用自己的后半生来弥补好不好？"

　　陈以默一懔，锐利的眼神射过去，"我怎么不知道有什么钱寄过来？"

　　方萍见儿子终于有了反应，心中大喜，又想儿子怀疑她的心，连忙解释道："怎么可能？我每年都会打钱到你舅舅的账户里，你不信的话我这里还有汇钱的票据呢。"忽然想到了什么，一下子看向旁边的舅母，"我打给以默的钱你没给他吗？"

　　舅母浑身僵硬，不明白怎么话题一下子扯到了她的身上，急忙道："哎哟姐姐唉，这你可就冤枉我了，以默上学哪样不要花钱啊。他一个小孩子又哪里懂得管钱啊，万一被人骗走可怎么好，所以我才没把钱给他，你打过来的那些钱我是一分没少地花在了以默的身上了。"

陈以默心中冷笑，一分不少地花在他身上？是一分不少地花在周朝的身上了吧！不过他也没想要让舅母把钱吐出来，只是看着她现在这副贪婪的样子，显然是还想狠捞一笔心中不痛快而已。

果然舅母说完就推说家里面还有事要先走。

第87章

只剩下方萍和陈以默两人，两人静静地对视着，方萍心中有些着急，好像不管她说什么，陈以默都不接下她的话题，这让她怎么顺理成章毫不突兀地说出自己的目的来？

她没话找话地说道："你现在住在哪里？买房子了吗？在哪里工作啊？"然后忽然紧张兮兮地问他，"你有女朋友了吗？"

陈以默听着她像是调查户口一样地问了一个又一个的问题，终于开始不耐烦了。他为什么要陪这个女人坐在这里听着她念念叨叨的？他还不如回去陪着小傻子去遛狗。

于是他口气很不好，"我看您是闲得无聊，才会来找我打发时间吧，可我没有这么多时间，我还有事做，先走一步了。"他起身想要走，却被方萍一把按住了。

"以默，你还是在怪我吗？对不起，我怎么做才能得到你的原谅呢？"方萍走了过来，忽然抱住了陈以默的腰，趴在他的胸前。

陈以默忽然愤怒了，他以为他已经表现得够明显了，冷着一张脸从头到尾没有说过几句话还不足以表现他一点都不想搭理她吗？为什么会有这么多没有自知之明的人。

他推开她："不好意思，这位夫人，我的母亲，你自己也说过的，从小到大你没有照顾过我，凭着现在的几句心酸的话语和鳄鱼的眼泪就以为能让我原谅你吗？我甚至都不想要你这个可有可无的母亲呢。"他意味深长地叹了一口气，怜悯地看着眼前的这个女人。

方萍完全没有想到，陈以默居然会不认她这个母亲，是她表现得还不够吗？可是她都已经好声好气地说了那么多，姿态摆得足够低了，他还想要怎么样？渐渐地，方萍心里也生出了不满，即使他不想承认又怎么样，他始终都是她的儿子，血缘上、法律上都逃不掉，她年老了他还要奉养她。

不过她转念又想到刚才陈以默好像对钱挺在意的，她不如利用他这一点来达到她的目的吧。于是她笑眯眯地从包里拿出一本支票簿，随手签了一张二十万的支票给陈以默，"以默，这些年你一定过得很辛苦，妈妈自己的私房钱也不是很多，你不要瞧不上我这一点钱。"

陈以默瞥了一眼，很淡定地把支票收起来了。他才不会故作大方地把支票推回去，这本来就是他应该得到的。

只是方萍以为这二十万就能买回失去十几年的亲情了吗？呵，如果她是这么认为的话，陈以默只能说方萍真的是太过天真。

"既然没事了，我走了。"他又提出要走。

"等一下，以默，你愿意陪妈妈到我家里住一段时间吗？妈妈这么多年没见到你，很想你呢。"方萍有些急了，发出的声音有些尖锐，陈以默油盐不进的样子让她很挫败，还以为他收了钱会好说话一点的。

"你也不年轻了，妈妈能见到你娶媳妇生孩子的那一天就算闭了眼，这辈子也值了，你就来陪陪妈妈吧。"说得好像她只在乎儿子一个人。

"不用了，你以后还是不要来找我了。如果你以后老了，自己养活不了自己了，我会和你以前一样，每年打钱到你账户里的。"说完他不待方萍反应过来，头也不回地走出去了。

他真的觉得很烦，现在很想小傻子能在他旁边陪着他，那样他就不会有这样糟糕的情绪了。

他不愿意承认，其实他心里还是隐隐地有些期待的，期待着他的母亲对他能有一丝真心，可是她一点都没有，所以他不会给她这个机会让她达成目的。

第88章

陈以默走后，方萍的情绪终于忍不住爆发了，她一把把桌子上所有的东西都扫到地上，玻璃的、陶瓷的碎了一地，声音清脆动听，周围的人都诧异地看着这个原本气质温婉的女人忽然变得面色狰狞。

可碎了一地的渣滓还是解不了她心中的火气，他是她的儿子，凭什么和她这么说话？常年顺心意的方萍忘了原来吃的苦、走的弯路，现在一心一意都在恼恨那个不知好歹的儿子。

不过她慢慢地又平静了下来，既然今天一击不中那就另外想一个法子，她一定要让他乖乖地听话。

她年纪不小了，她的现任丈夫比她还大了上十岁，现在的身体是越来越不好了。她原本还一直想着偷偷地怀孕，即便是个女儿也行，难不成还真能把那个孩子打掉吗？可是不知道是她运气不好还是怎么的，这么多年了，她还真是一点动静都没有。

眼看着丈夫活不久了，女儿又不待见她，死了以后她肯定是分不了多少家产的。于是她想到了自己不是还有一个儿子吗？她现在没日没夜任劳任怨地服侍着丈夫，丈夫心里也念着她的好，她只要趁机提出想儿子，丈夫肯定是同意她把儿子接过来住一段时间的。这样一来，如果儿子能够得到丈夫的喜爱，甚至得到女儿的心，那这个家还怕没有她的一份吗？

她心里计划得好好的，本来还担心自己的儿子这么多年过来不知会变成什么样子，但是在看到自己儿子第一眼的时候，原本的担忧都完全不存在了。陈以默冷酷是冷酷了一点，但是外貌、能力都是一等一的出色，再说有的女孩子不就是喜欢冷酷这一型的吗？

勾了勾嘴角，她那个女儿虽说脾气很怪，但是人长得是漂亮得没得说的，她不信陈以默会不动心。如果动了心，以后还不是她说什么他就得听什么吗？方萍越想越觉得美好，忍不住笑了出来。

而被惦记上的陈以默正紧紧地抱着乔慕不放，乔慕有些奇怪怎么今天男朋友这么黏人，不过她喜欢死了男朋友黏着她的样子。

"男朋友，你今天和小白一样耶，一整个晚上都在卖萌，你是不是……也想让我帮你洗澡啊，嘿嘿嘿……"乔慕故意笑得像是调戏良家妇女的恶霸，还装模作样地抬起了陈以默的下巴。

这里不得不说一下的是，乔慕有一个恶趣味，那就是帮小白洗澡，看它的狗毛湿漉漉软趴趴地耷拉在身上就会恶劣地特别开心。

原本心思有些游离的陈以默听到这话立马把乔慕压在身下，看着她还是笑嘻嘻一点都不怕的样子，使坏地去挠她痒痒，乔慕最怕痒了，笑得眼泪都出来了，求饶了好久陈以默才大发慈悲放过了她。

"还敢不敢调戏我？"陈以默的身子严严实实地压在乔慕身上，乔慕忍不住推了推他，却没能推动。他又捏她脸上的肉："快说，你还敢不敢调戏我？"

乔慕举白旗投降，"大爷，你饶了我吧，小的再也不敢了。"

陈以默看着身下的人扑闪扑闪的大眼睛，忽然低下头亲了那红艳艳的嘴唇一口，被亲过的嘴唇愈显红润，让陈以默看得心痒痒的，真想一口把她吞进肚子里。

她揉了揉陈以默毛茸茸的大脑袋，越来越觉得他和小白更加像了，连舔人舔得都是口水都一模一样。

同乔慕在一起的时光太过圆满，陈以默选择性地把方萍完全地抛在脑后。

第89章

这天下午乔慕把工作都高效率地完成了，提前下了班又去菜场买了菜回家烧饭。把菜洗完了，切好了整齐地摆在盘子里，就听见外面"叮咚叮咚"的门铃响了。

　　乔慕嘟嘴却幸福地抱怨着,男朋友又不带钥匙。真是的!要不是她在家看他怎么办呢!

　　乔慕虽然嘴里咕哝着抱怨的话:"你怎么又忘记带钥匙呀!"心里却没有一点点不满,有这样的小事情被他小小地依赖,乔慕感觉很好呢。

　　乔慕打开门一看,竟然是一个陌生的中年妇女,这个中年妇女气质极好,能看出来年轻的时候肯定是个美人。乔慕心生好感,于是礼貌地问道:"请问您找谁?"

　　中年妇女微不可见地皱了皱眉头,但还是得体地问道:"这里是陈以默的家吗?"

　　乔慕点点头,看向妇女的目光略带疑惑,"他不在家,不过应该马上就要回来了,您找他有什么事吗?"

　　"嗯。"她说着就自顾自地推门走进陈以默和乔慕两人的温馨小窝,甚至还以一副主人的模样环视着整个房子。

　　这个中年妇女不是别人,正是陈以默的亲生母亲方萍。

　　不知道方萍从哪里调查出来的陈以默的家庭住址,挑了心情好的一天就找上门去,她想着他再不想见到她也总不能把她给赶出去吧,她只要在周围稍微闹上一闹,陈以默肯定不会想让周围的邻居什么的看到他是一个不孝之人。

　　没有想到开门的是一个年轻女人,她上下打量了一下这个女人,穿得很简单,浑身上下都没有什么首饰,长得也只算是清秀而已,她难道是陈以默的女朋友吗?

　　方萍以主人姿态在沙发上坐下,乔慕虽然心里觉得这样不经人家同意就自己闯进来不太好,但是又想她可能真的找陈以默有急事才会在这里等的,所以就去厨房给她倒了一杯白开水。

　　方萍很嫌弃地瞥了一眼那杯白开水,客人来了居然只倒一杯白开水,这也太寒酸了吧。她清了清嗓子:"这位小姐,我是陈以默的母亲,请问你和我儿子是什么关系?"

　　乔慕震惊了,她从来没听陈以默提到过他父母,也没见到他父母亲的存在,而且他自己之前是寄住在舅舅家的,所以她一直以为陈以默和她一样,是父母双亡的。现在自称是陈以默母亲的人出现了,她就完全震惊了。

　　难道陈以默并不是孤儿?

　　方萍发现眼前的女人看着自己的眼神很奇怪,难道她和陈以默的关系还不仅仅只是男女朋友,不会是已经结婚了吧? 一想到这种可能,她整个人浑身一颤,如果他真的结婚了可怎么办? 逼迫他离婚吗? 即使离婚了,她丈夫会接受一个二婚男人当自己的女婿吗?

　　方萍一厢情愿地希望事情按照自己所希望的那样进行。完全没有考虑到,她缺席了陈以默十几年的母爱又该怎么弥补回来,陈以默又凭什么要听她的话,按照她所希望的去做呢。

　　乔慕也意识到自己的失态,笑了笑说道:"我是陈以默的女朋友,我叫乔慕,您真的是陈以默的母亲吗?"她还是有点不敢相信,这个贵妇人怎么都不可能是陈以默的母亲啊。如果她是,又怎么会让儿子一直住在别人家里而不管他?

　　乔慕班上学美术的同学中,不乏热爱名牌的,对各种品牌的新款都能如数家珍。乔慕在她们的熏陶下,多少也知道了一些。

　　方萍身上穿的,就是同学嘴里的国际品牌。能穿得起这样的衣服的人,想来钱也不少吧。那为什么还放任陈以默不管不顾,甚至还让陈以默像她这个孤儿一样为自己的学费操心?

不合理啊。

第90章

听到她说是陈以默的女朋友,方萍明显地松了一口气,只要不是妻子就好。女朋友嘛,分手都是很正常的。于是她又从头到脚仔细地把乔慕看了一遍,乔慕有一种自己像是一件货品被估价的感觉,这种感觉令她非常难受。

方萍觉得乔慕普通极了,至少表面上看上去没有什么特别的,陈以默和她在一起肯定是不会长久的。不过她想着这两人还是早点断了好,这样子她也能早日达成心愿了。

于是她高傲地问乔慕:"你是哪个大学毕业的?现在在哪里工作?一个月工资有多少?"

乔慕被这么赤裸裸的问题问得面皮发红,她能听得出来陈母毫不掩饰的不屑与轻视,她嘴唇翕动着,小声回答方萍的问题。

她虽然和陈以默是一个学校,但是她却是艺术特长生考上来的,而且她的学院是二本,和陈以默一本院校的热门专业差得远了。在飞扬虽然工作稳定,但是她现在才刚刚转为正式员工,工资真的是不高的。

她的工资差不多够她的开销。如果是她一个人花,每个月还能存上一笔钱呢。只是她现在住在陈以默这里,房租陈以默是怎么都不肯让她分摊的。

　　乔慕过意不去之下就在饭菜上做手脚，经常买些好吃的回来给陈以默打牙祭。这样一来，乔慕工作至今竟然一分钱都没能够存得下来。

　　方萍一听就忍不住笑了，原来不只是表面上普通，内心也是普通无比。"乔小姐，你和以默一点都不配，他学历高，你学历低；他工资高，你工资低；他长得帅，而你只是勉强算得上是好看吧。想必你们学校里喜欢以默的女生应该会有很多吧。所以我好心劝你，你和以默还是好聚好散吧，你们两个就好比天上的鸟儿和地上的鸡，根本就不配。"

　　门忽然被用力地关上，撞到墙上发出剧烈的响声，陈以默怒气冲冲地走进来，恶狠狠地盯着方萍一字一句地说道："我们不会分手的。"

　　巨响让一直淡然如菊的方萍也吓了一跳，陈以默的突然出现和强硬的态度让她意识到事情似乎没有她想象的那么简单，不管他是真的感情深厚，还是只是不愿意听她的话。

　　不过她表面上还是挺和颜悦色的，看见儿子回来展现出了适当的惊喜之情，欢喜地拉着陈以默坐在她旁边，不管乔慕还在一边干站着。

　　陈以默本来心情很不错的，但是站在门外掏钥匙的时候忽然听见家里面有自己不太熟悉的说话声，仔细听听他很快又想起来这是方萍的声音。他十分不爽地踢了踢墙壁，她来干什么？他不是明确地说过不想再见到她了，难道她以为他在开玩笑？

　　然后马上就听到她在劝乔慕和他分手，他忍不住暴怒了。她以为她是谁！没有教养之情的母亲还妄想能够掌控他的人生！真是做她的春秋大梦去吧！

"以默,你和这位乔小姐在一起多久了?"方萍有些吃不准陈以默,只能一点一点地问。

"这和你没有关系,请你赶紧离开。"陈以默现在只想赶跑方萍,哪里还愿意坐下来和方萍好好地说话。他简直快要气炸了。

乔慕挪到他身边,扯了扯他的袖子,陈以默顺势握住她的手,让她安心。

"以默,你不要对妈妈这么冷漠,妈妈会难过的。"方萍捂着自己的胸口说道,好像真的心痛了一样,"我只是关心你,所以才会问你这么多,你不要嫌妈妈啰唆。"

"难不成你还在怪我当初把你一个人留在你舅妈家吗?我也有不得已的苦衷的啊……以默……"方萍一边说一边捂着自己的胸口,一副承受不住陈以默冷淡态度的表情,眉眼中俱是痛苦的神色。

第91章

陈以默"哼"了一声,还是没有说话。装什么难过,装什么后悔,早干吗去了!陈以默见识过形形色色的人,早些年为了赚学费的时候也受过无数人的轻视白眼,他见过的人多了去了!方萍这点小伎俩,陈以默又怎么会看不出来?

身边的乔慕倒是开口了:"阿姨,以默他最讨厌别人逼他做他不喜欢的事情了,您既然口口声声说关心以默,就不要逼他好吗?我和以默虽然在一起的时间不是很久,但是我们的感情比您想象的深得多，您想要拆散我们是没有用的。"有了陈以默在支持她，乔慕变得有底气多了，完全不像刚才那个样子。

陈以默点头，表示赞同乔慕的观点，他甚至略带表扬地摸了摸乔慕的头。看不出来啊，以前一直觉得她傻得厉害，他不在的话还不知道会被欺负成什么样，原来小傻子也不笨嘛，大道理说起来一套一套的。还真是让他有些惊喜。

方萍气得牙痒痒，怎么一到陈以默这里就事事不顺心，连刚才那个她看不上眼的乔慕都能给她气受？想到这里她就憋屈。想她方萍这十几年来也是顺风顺水地过来的，现如今就没有人还会这样给她脸色看！

"我吃的盐比你们吃过的米还多，我还是劝你们一句，你们俩在一起不合适，以后肯定会后悔的。不如趁现在早点分开，以后也不至于弄得双方都很不愉快。"方萍还是一副苦口婆心的样子，要是有不知情的人在场肯定会觉得陈以默和乔慕不知好歹了，"以默啊你不知道，不相配的人在一起就会像我和你爸爸在一起的时候一样痛苦的啊……我真的不想看你还走妈妈的老路！"

陈以默本来不想说的，现在都是她逼他的，"你哪里看出来我们不合适了？"

方萍以为陈以默是在认真地问她，心中一喜，轻快地回答道："你们俩的身份条件不匹配，现在看看还没有什么，以后就会出现各种各样的问题了。"

陈以默哼笑一声："就像你和我父亲一样吗？难不成你们两个不是因为钱的关系？"

方萍的脸色不太好看，被他这么一句话噎得说了上句说不出下句来，真是气死她了。既然他们敬酒不吃吃罚酒，那就别怪她了，她一定会想尽办法拆散他们的。

他眼神冰冷地看着方萍离开，乔慕看着这样的陈以默心里难受极了，伸手抱住他，像平时他安慰自己一样安慰他。

"男朋友，你是不是很不喜欢她？"乔慕仔细斟酌了一下，还是问了出来。她有些好奇，但是又怕伤害到他。

毕竟这个人还是他妈妈呀，毕竟是血浓于水。

他看着她望向自己的担忧的眼神，心中一暖，叹了口气道："我好像没有和你说过我父母亲吧，他们在我很小的时候就离开家乡出去打拼了，一出去就再也没有回来过。后来他们离婚了，一点都没有考虑过我，她后来又再婚了，直到上个星期她才来找我，你说我会喜欢她吗？"

"不喜欢就不喜欢，反正你有我喜欢，嘻嘻……"乔慕不想他不开心，立马表忠贞一般地说道。

"嗯。我知道她突然出现来找我肯定不是为了叙母子之情，这么多年了她都没来看过我，我才不信她找不到机会见我的鬼话，她这次找我一定是有目的的。不过我现在还不知道她有什么目的，我不在的时候你要小心一点，不要被她骗了，知道吗？"

陈以默不放心地关照她，他的小傻子心最软了，以前对着周朝都会心软，更别说对这个令人没什么防备的母亲了。

"我知道啦，你不用担心我的，我又不是小孩子，又不会被她骗走。"乔慕这个时候说得随便，哪知道在后来竟然一语成谶。然后她又安慰他："男朋友你也不要难过啦，你有我，还有孙老师啊，唔……还有小白，我们都是你的亲人。"

"好，我不难过。"他才不会难过，这类人他早就看穿了，而且他一点都不在乎她，又怎么会难过呢。

乔慕看着陈以默，越想越觉得男朋友很可怜，身世居然比她原来以为的还要凄惨。她父母双亡，虽然会很难过，但是毕竟知道她的爸爸妈妈都是爱着她的，可是男朋友的父母还活着，却从来没有给予过他任何一点的亲情温暖，这样的人简直是不配当父母。

这么可怜，她一定要把他缺失的那部分爱补回来。

第92章

果然不出陈以默的所料，乔慕看见方萍出现在飞扬的时候一点诧异都没有。

她不好和陈以默一样视而不见，于是礼貌地打了声招呼。

"乔小姐，之前到你们家里拜访是我太冒昧了，还说了一些莫名其妙的话，真的是太不好意思了。我能邀请你和我共进午餐，然后向你表达我的歉意吗？"方萍居然如此平易近人，和之前对她的高傲不屑完全不一样，还主动请她吃饭，这让乔慕有些警惕起来。

因为陈以默这几天每天都会提醒她，让她不要相信方萍，虽然她有的时候会表现出不耐烦，但是她是真真实实听进去了。

男朋友虽然是想得多了一点，但是他一定是为了她考虑的。

"对不起阿姨，我工作比较忙，中午可能没时间陪您吃饭了。"她比较委婉地拒绝。

"不要紧的，我们可以就在这附近吃，吃完了我再开车送你回来，很快的。"

"谢谢您的好意，但是我真的还有很多事做，您看我的同事在叫我了。"乔慕朝着方萍身后的于思聪挥了挥手，趁着方萍回头的一瞬间飞快地溜走了。

方萍回过头来发现人已经不见了，不由得暗骂她不识好歹。

"呼……"乔慕见人已经离开了才松了一口气，她是真的不太会拒绝别人。

肩膀上忽然被拍了一下，乔慕"啊"了一声，才发现原来是于思聪，暗道好险好险。

于思聪见她一惊一乍的，不由得关心她道："你怎么了？刚才怎么跑得那么急？没事吧？"

"啊，我没事，刚才谢谢你及时出现才解了我的困境啊。"

于思聪被她道谢道得有些摸不着头脑，但是能帮到乔慕他是打心眼里高兴的："不用客气，你刚才是被什么人缠住了吗？"他隐约看见了一个中年女人和乔慕在说话，但是表情什么的看不清楚，更加听不清她们在说什么了。

乔慕点点头，但也不再多说，于思聪也就没有多问。

但是乔慕没有想到的是，接下来的几天方萍几乎每天中午都会到飞扬门口堵着她要请她吃午饭，说是一定要和她赔礼道歉。

乔慕说她没有怪她，不用她请吃饭的，但是方萍却说她是

看不起她，连和她吃顿饭都不愿意。

因为方萍这几天一直来，所以周围的人都看到了，不知道方萍是做了什么，大多数围观的人居然都帮她在说话，就连副主编都特意把她的午休时间批得长了一点，让她放心地去吃午饭。

于是乔慕被赶鸭子上架，坐到方萍的车里，被她带着去吃午饭了。

方萍一路上都在努力地和乔慕找话题，不得不说方萍身上的气质让人会逐渐地放松，乔慕慢慢地会回应她两句。

选了一家粤式餐厅，精致的饭菜上了桌，方萍不是在给乔慕夹菜就是在劝乔慕吃菜，好像乔慕吃不饱一样。

"谢谢阿姨，我自己来就好了。"乔慕对方萍的热情有些招架不住。

"那你多吃一点，选你喜欢的吃。"

"嗯。"乔慕埋头吃菜，尽量缩小自己的存在感。

方萍却很少动筷子，好像有很多话要和乔慕讲一样，不吐不快，"上次的事情实在是我太鲁莽了，我回去好好地想过了，既然你和以默彼此相爱，那是多么美好的一件事情，我是绝对不会做那种棒打鸳鸯的事情。我原先那样说是不了解你，可是我现在知道了，乔小姐你是一个很好的女孩子，虽然生活艰难，但是你却乐观开朗从来没有放弃过，我很欣赏你这一点。大概就是你这样的性格，才会吸引以默的吧。"不得不说方萍很会说话，每句话都说在点子上，乔慕心中有了些许触动。

"而且你和以默感情那么好，我不忍心以默难过，是不会拆散你们的，相反我会祝福你们。现在我再表达我的歉意，你愿意原谅我吗？"

第93章

原来那天回家以后方萍仔细地想过了，这两个人之间必须有一个人先放弃，她的目的才能达成。相比较冷漠看不出情绪变化的陈以默，乔慕当然是容易攻破的对象。

当她第一次被拒绝的时候，她想肯定是陈以默特意关照过什么。不过她可不是轻易放弃的人，所以她接连几天每天都来邀请乔慕吃饭，既表达了自己的诚心，也能渐渐地让她卸下心防。

装作支持他们在一起，然后不动声色地折磨一下乔慕，再离间一下两人的感情，这样的计划简直是天衣无缝。

方萍期待地看着乔慕，乔慕过了一会才道："您真的不用和我道歉，如果你心有愧疚的话，不如对以默好一点。"

虽然陈以默话里话外都表示他不在乎不是真心对他的母亲，但是如果方萍能够改变自己，像一个真正的母亲关心照顾自己的孩子的话，她还是十分乐见其成的。她从小就明白家人的重要性，她自己已经没有可能了，所以更加希望陈以默能够重新获得。

方萍有些幽怨地说道："你也知道，以默他那么讨厌我，一见到我就恨不得要赶走我，他怎么会好好地听我说话，听我的道歉？"

乔慕点点头，她说的是实话，便劝慰她道："如果您真的有心的话，总有一天能够让他感受到您的诚心的。"

　　方萍心中有些哭笑不得，她不知道乔慕是真傻，还是在敷衍她，总之她现在是一点进展都没有。她只好换一个话题聊："小乔啊，以默现在是在大企业工作，你身为他的女朋友是不是最好也要多学一些东西，以后也可以帮到以默？"说完看了看乔慕的表情，又很快地解释道："我没有什么瞧不起你的意思，你不要误会，我只是想着我作为一个长辈，经历的比你们年轻人多，有些东西你现在学了，以后肯定会用得到的。"

　　乔慕看着方萍真挚热情的眼神有些心虚，她好像确实是除了画画什么都不会，而且她还总是笨手笨脚的，男朋友也一直嫌弃她这样的。

　　那边的方萍仍在继续说道："以默做的虽然是技术研究一类的，但是总归是避免不了要出去谈生意的，以后你们结了婚，如果需要带着你一起出去的时候，你总不能一言不发傻坐着吧。"

　　乔慕被她说得面皮发紧，她知道自己什么都做不好，还总是让男朋友操心，一点都帮不上他。这样的想法一旦存在，就好像种子落地生根发芽了一般，春水如潮般一个接着一个地在她的脑海里蹦出来。

　　她知道方萍的意思，如果她是一个有能力的事业型女性，那就一定能够帮助陈以默的事业更上一层楼。她应该是真心为陈以默考虑，才会操心这些事情吧，乔慕羞愧地低下头来。

　　方萍知道乔慕被她说动了，她就知道，只要假装是站在他们的角度上，乔慕一定会慢慢信任她的，现在不就被她说得快要无地自容了么？哼，这个女人果然是这么愚蠢，她只是放软了态度说了这么几句"掏心掏肺"的话。就算不是想让陈以默勾搭上丈夫的女儿，她也不会同意她和陈以默在一起的，说真的，她是真的瞧不上她。

"小乔，你如果相信我的话，我可以把这些都教给你的。"方萍忽然握住她的手，眼里不断地闪动着母爱的光芒，让她忍不住心中一动。

心里的防线被一点一点地摧毁，她不敢再去看那双充满希冀以及愧疚的双眼，她只能结结巴巴地回答："阿姨，您让我考虑考虑怎么样？我……我……"

"我明白的。"方萍用手盖住双眼，像是要盖住流下来的眼泪，"我都明白的，你还是一时接受不了我，我没事的……"

乔慕有些坐不下去，草草地吃完了，也没让方萍送她回飞扬。

第94章

方萍看着乔慕近乎是落荒而逃的背影，勾起嘴角不怀好意地笑了。

一个下午的时间，乔慕一旦空闲下来，脑中就全都是方萍担忧的模样，她抱住自己的脑袋埋在一堆废弃的画稿里，有些自暴自弃地想：难道她真的就要这样一辈子躲在陈以默背后，依靠着他，而从来帮不到他吗？这样无能的感觉实在是很不好受。

但是如果陈以默知道她答应了方萍一定会生气的，乔慕的心里不断地挣扎着。

可是自从吃了这一顿饭以后，方萍好像缠上了她，时不时地就会到飞扬来找她，她不好意思推拒，便有了两次、三次、更多次。两人越来越熟悉，方萍却没有再提过那天的要求，乔慕忐忑地吃了那么多顿饭，也没有主动地提出来要答应她。

忽然有一天，方萍兴高采烈地拉着她，说是想把她介绍给她的好朋友认识，让她的朋友们认识一下她的未来儿媳妇。乔慕还没来得及反应，就被方萍硬拉着上了她的车。

不得不说这件事情方萍做得挺高明的，她一直是在午饭的时间过来找乔慕，陈以默根本不会发现。

可是到了地方乔慕才发现，完全不是她想的那样，她以为还是和平时一样地吃一顿饭，只不过是多了几个人。她哪里想得到，方萍竟然带她到了一家五星级酒店，径直地走到了一个小的宴会厅里。

宴会厅没有特意地布置过，两边的桌子上摆放了各种各样的食物，还摆上了好几束不同的鲜花，所以宴会厅里充斥着一股食物夹杂着花朵的浓郁复杂的香气。但是乔慕并不喜欢，总觉得这么浓烈的香气熏得人有些昏昏沉沉的，很不舒服。

方萍带着乔慕走进去，立马有几个和方萍差不多年纪的中年女人迎了过来。

"哎哟，你可终于来了，最近你是忙什么呢，叫你好几次都不来。"

"就是，我们姐几个可都想你了，你倒好，还要我们七请八请的才来，是不是不愿意和我们一起玩了？"

"你们这可是误会我了，我最近可真的是有事啊，真不是故意不来的。我这不是一有空就来了吗？"

　　乔慕静静地站在旁边听着，她听得出来，这几人虽然说的是埋怨的话，但是语气却是轻松的，并没有真的怪罪方萍。

　　几个人又寒暄了几句，仿佛这才看见了方萍身边一直安静站着的乔慕，才问道："哎哟，萍子，你带人来了啊，怎么都不给我们介绍一下啊？"

　　方萍有些激动地和这几人介绍乔慕，把她往前推了一把，"这是我刚找回来的未来儿媳妇，你们瞧瞧，我是不是捡到宝了？"然后一直捂着嘴咯咯咯地笑个不停，高兴得不得了的样子。

　　又和乔慕介绍："瞧我这脑子，这几位都是阿姨的好朋友，张夫人、王夫人，还有徐夫人。"

　　乔慕跟着叫人："张夫人、王夫人、徐夫人好，我叫乔慕。"

　　几人飞快地对视一眼，然后摆出和蔼可亲的模样："原来是乔小姐啊，你可千万别那么客气，我们算是你的长辈，你叫我们张姨、王姨、徐姨就行了。"

　　乔慕有些不好意思，还是又重新叫了一遍。

　　三位夫人都笑眯眯的，越看乔慕越满意的样子，忍不住地赞叹道："真是个招人喜欢的好孩子。"然后指着左侧的一扇门道："晓芸她们在那边，你去那边和她们玩吧。你们年轻人应该能聊到一起去，别跟着我们几个老太婆闷坏了。"

　　乔慕看见左侧是一面透明的落地窗，开着一扇玻璃门，能够看到外面是一个宽大的游泳池，有几把遮阳伞和供人休息的木躺椅，隐约能够看见几个女孩子在游泳池那边谈笑。

　　她看向方萍，方萍笑着对她点点头："你去吧。"

第95章

在乔慕转过身的一瞬间，几个人原本笑意满面的模样立刻收了起来，变成高傲不屑，与最初见到的方萍如出一辙。

几人走到角落的沙发上坐下。

"这就是你儿子找的女朋友？眼光实在是不怎么样嘛。"张夫人毫不留情地嘲讽道，"看上去就是一个普通得不能再普通的路人甲，站在那就是一股小家子气，一点都不大方，扔在人群里就能立马淹没了。"

另外两人也附和道："上不了台面的，你可不是改变想法，想让她当你儿媳妇了吧？"

"当然不是，我把她带过来的目的你们又不是不知道，让她们几个小的好好教训她，让她吃到苦头，不要缠着我儿子，知难而退就行了。"说着她又表现出一副慈母的样子，任谁看了都会觉得是乔慕自己身份低微没有自知之明，还要死缠烂打地抓着陈以默不放，而方萍则是为儿子担心不已。

果然这几人都不住地安慰她："哎哟我的好萍子哟，你别哭啊，我们都交代过了，一定会给她好看的，对付这样的人晓芸几个还是绰绰有余的，你就别再操心了。"

"你们是不知道啊，这个女孩子虽然看上去普普通通的，但是把我儿子的心可是抓得牢牢的，我几次去找我儿子都是被他赶出来的。你们说说看，要不是她对我儿子说了什么，我儿子哪会这么对我？我毕竟是他的母亲啊。"方萍在外面一直是把自己塑造成一个思念儿子多年终于得以见面的苦情形象,再加上她往日温柔婉约的气质,很容易就让别人相信她了。

冲动的徐夫人立马就坐不住了,站起来就要走过去把乔慕抓过来,想要狠狠地骂她一顿。她生平最看不惯那种一心只为了要绑住男人的女人,她认为女人虽然是弱势了一点,但是凭借着自己的能力也是能够撑起一片天的。

方萍看出徐夫人的异动,立马拉住了她,"徐姐姐你别去,你这样的身份不值得为了她动怒,说出去你欺负一个小姑娘也不好听啊。她们几个同龄人在一起玩闹,只要不做特别过分的事情,都不会有人说她们什么的。"

"哼!这次就先放过她!"

而另一边乔慕一走过去,就看见三个穿着性感泳装的女人泡在游泳池里,大概是刚才几位夫人的女儿。

周晓芸从游泳池里走上来,拿了一块宽大的毛巾随意地披在身上,面色不善地看向她:"你就是方阿姨儿子的女朋友?"

乔慕点点头,忽然又觉得疑惑,她们都是第一次见到她,刚才方萍还把她介绍给几位夫人,怎么眼前的这个女人会知道她是谁。她这么想着就问了出来:"你怎么会知道我的?"

"你管我怎么知道的。"周晓芸的口气很不好,可以说是对乔慕充满了恶意,乔慕不明白她为什么会这么讨厌自己。

不过她也没有去多想,走到一旁的躺椅坐下来,剥了一只橘子吃。午饭还没吃,她到现在已经饿得不行了。她有些怀疑方萍带她过来的用意,不知道是不是被陈以默潜移默化地影响到了,她现在想问题不全是从好的方面想了。

周晓芸见乔慕不搭理她,心里有了火气,这个土包子竟然

敢忽视她,简直不能忍。

"喂,你是不是从来没有来过这么高级的酒店吃饭?竟然连这里的橘子都吃,你不知道这是用来摆设的吗?"周晓芸狠狠地嘲笑她,觉得这个人真的是土到骨子里了。

第96章

"我饿了,为什么不能吃?橘子生来不就是给人吃的吗?这里的橘子和别的地方的橘子有什么不一样吗?难道你从来不吃橘子的?"乔慕最见不得人说食物的不是了,这是对食物的亵渎。

另外两个在游泳池里游泳的女人见周晓芸好像有些应付不了这个土包子,都从游泳池里走了上来。

"晓芸,这个女人是谁?全身上下不超过五百块是怎么进来的?"

"我看不会是那种偷偷溜进来蹭吃蹭喝的吧,真是不要脸。"

乔慕没想到自己只是坐在这里吃了一个橘子都能被人说这么多,居然还来污蔑她,气愤地反驳道:"我不是,我身上的衣服是不名贵,但是都是我自己赚钱买回来的。你们呢,你们身上穿的都是用自己赚来的钱买的吗?"

"不是自己赚来的钱又怎么样?我看你是永远也买不起好衣服了。"周晓芸上下打量了她一眼,"就是你有了好衣服,穿上去也衬不起来,别人说不定还以为是假的呢。"说着就笑了起来。

走到她身边拉了拉她的衣服，"这种布料比我家里的窗帘布还要差，你怎么穿到身上来的，不会觉得很难受吗？还有你看看，你的这双鞋子起码穿了有三年了吧，早就过时了，你还好意思穿出来见人吗？"

又看她的脸，"你以为自己是绝世大美女吗？不化妆素颜就是小清新？你懂不懂礼貌，不化妆就不要出来吓人！"

"我怎么样都和你没有关系，我觉得这样舒服是我的观点，而你觉得不好也只是你的想法。"乔慕一下子站起来，和周晓芸对视着。周晓芸骂得太狠了，乔慕也不是以前的软弱性格了，不会再什么也不说逆来顺受了。

"可你也不看看自己是什么样子的人，还妄想混入我们上层社会，你一点资本都没有。"

乔慕转过身想走，却不防背后忽然被一双手用力地推了一把，然后一下子跌到了游泳池里，发出"扑通"一声。水花溅得四处都是，乔慕的眼睛都睁不开了。

"哈哈哈，看你这个愚蠢的样子，还想和我斗！"岸边不断地传来周晓芸的笑声。

乔慕不会游泳，一掉下来就呛了一口水，鼻子口腔都酸涩憋闷得难受。她想要站直了，踩着游泳池底站起来，然后爬上去。却没想到这里是深水区，她站直了也还是在水里面，脚一绷还突然抽筋了，真是屋漏偏逢连夜雨。

好像有越来越多的水灌到她的鼻子里来了，她伸直了手臂拍打水面，想要大声喊"救命"，却有更多的水呛到她的嗓子里来，忍不住剧烈地咳嗽。身体越来越沉重，她感觉自己在往下沉，她挣扎得越用力好像沉得越快。现在已经完全看不清岸上

的东西了, 只有隐隐的光亮流到她的眼睛里。

这些人真是狠毒, 她们今天明明是第一次见面。

"喂, 她怎么没有声音了, 不会是死了吧?"

"你瞎说什么! 这里的水怎么会淹死人, 你肯定是故意吓我们的!"

"不是吧, 我看她好像都不动了……晓芸, 我们要不要过去看一下啊?"

周晓芸其实内心也很忐忑, 她只是想整一下乔慕, 让她求饶, 没有真的想要让她出事, 她想着她即使不会游泳也不会在游泳池里面淹死吧。

忍不住挪动脚步走到岸边, 却发现水池里的人好像是真的一动不动了, 她"啊"的大声叫了出来。

"怎么了?"方萍看着时间差不多了, 正想过来看看怎么样了, 没想到刚推开门就听见周晓芸大叫一声。

"晓芸把她推进水池里面, 可是她现在一点动静都没有了, 方阿姨, 我们怎么办啊?"

"什么我推的? 她明明就是自己掉下去的!"周晓芸不忘狡辩, 如果乔慕真的出了什么事, 她犯的罪可就大了。

第97章

方萍一听就急了, 今天很多人都看见是她把乔慕带出来的, 如果乔慕出了事, 不管警方那边怎么处理, 陈以默肯定是会记到她的头上来的, 她不能就这么坐视不管。连忙冲到游泳池边上，一下子跳到水里面，从水里面把乔慕捞出来，一路把她拉到水池边，冲着岸上傻站着的三个女人吼道："你们还不快过来帮我一把！"

于是四人合力把乔慕弄上了岸。

方萍用力拍了拍乔慕的脸："乔慕，你醒醒！不要睡觉了，你快醒醒！"

乔慕面色青白地躺在地上一动不动，方萍把头凑到她鼻子前面，屏气凝神地感受着。感受到那一抹微弱的呼吸后，她才稍微松了一口气，好险还有气在。

方萍手忙脚乱地一边给乔慕做心肺复苏、人工呼吸，还一边和她说话："乔慕，你快醒醒，你快醒过来啊！"面上完全是一副火急火燎的样子。

外面张夫人、王夫人和徐夫人也走了进来，看见躺在地上的乔慕都愣了一下，然后又看见僵硬地站在旁边的自家女儿，心里还有什么不明白的。

"你们怎么回事？怎么闹得这么大！"

"妈，我们只是想吓唬吓唬她，没想到她这么不经折腾……"

"你还说！你这让我怎么和方阿姨交代！"

"方阿姨不是也很不喜欢她的吗，有什么好交代不交代的。"

"愚蠢！"

乔慕只觉得自己的脑袋里好像装了铅块一样，前所未有地沉重，好像还有人不停地在和她说话，可是她又听不清楚那人说的是什么。似乎是有人不断在叫着她的名字，是谁呢？那么急切的声音，那么熟悉但是却怎么也想不起来，她叫她做什么呢？

她想要睁开眼睛，但是眼皮像是被胶水粘上了一般，她怎么努力都没有用。

方萍见乔慕还是一点反应都没有，心中不由得更加着急了，手下用的力气更加大，终于听见乔慕低不可闻的咳嗽声。

"咳咳咳……"乔慕吐出水来，手上似乎恢复了些微的力气，立刻就被一只手握住了。

方萍情绪激动地看着乔慕："小乔，你吓死阿姨了。现在没事了，阿姨带你去医院。"

忍住眼睛的酸涩，颤抖着睫毛，乔慕终于睁开了双眼，双眼无神地看着眼前站着的这么多人。她还活着吗？

她拉着方萍的手坐起来，看见她浑身上下也都是湿漉漉的："阿姨，是您救我上来的吗？"

方萍点点头："你没事就好。"

"谢谢阿姨，您送我回杂志社吧。"因为呛了很多水进去，乔慕现在的嗓子沙哑无比，头也是晕乎乎的，但是这里她是一刻也不想再待下去了。

方萍把乔慕从地上抱起来，让她靠在自己的怀里，轻声地问道："你现在还好吗？能走得了吗？我觉得最好还是去医院一趟吧。"她压下嘴角往上扬的冲动，乔慕现在把她当做救命恩人，和之前相比是更大的突破了。

"嗯，我能走的。"

"那我先带你去换一身衣服吧，现在虽然天热了，但是湿衣服穿在身上还是很容易着凉的。"方萍竭尽全力地表达自己深深的关切。

　　乔慕果然被她迷惑了，只觉得身体的疲劳让她没有办法思考什么，只能跟着方萍走，心里更是感激她的。如果不是她把她从游泳池里救上来，她说不定就会命丧于此了。

　　两人走到里面的换衣间，方萍叫人拿了两套这里的工作服来，自己和乔慕都换掉身上的衣服。她看着身上劣质的工作服就忍不住地嫌弃，她都多少年没有穿过这样的衣服了，都是为了救她。

第98章

　　乔慕换了衣服出来的时候已经好了很多，至少可以不用方萍扶着自己就可以走路了。张夫人三人并着三个女儿站在门外，好像是特意等着她们一样。

　　张夫人把周晓芸推向前，面色羞愧地对着方萍和乔慕两人："对不起，是我没有教育好晓芸，她才会做出这样的事来。但是她不是故意的，乔小姐你就不要和她计较了。"然后对着周晓芸使了一个眼神，"晓芸，快给乔小姐道歉！"

　　周晓芸不情不愿地和她道歉："乔小姐，对不起，我不是故意的，你原谅我吧。"

　　"你敢说你不是故意的？你说不是故意的，是说不是故意想淹死我吧！如果你真是想故意淹死我，我现在就可以报警抓你。不管你们家多有钱多有权，我相信法律胜过一切，你总是逃不过的。"乔慕忽然抓住周晓芸的手，不算尖利的指甲用力地掐

着她的手，似是想让她感受到自己的痛苦。

"你干什么！抓痛我了！"周晓芸掰开乔慕的手。

"你也知道痛吗？你不知道我刚才在游泳池里一点一点地往下沉心里的绝望，我想要大声喊救命，我想让你们来救我，但是你们却只是在岸上干看着。你们是不是觉得看着我一点一点慢慢地死心里很痛快？你们就不怕以后做噩梦吗！"乔慕真的是气炸了，任何人在面对差点谋害自己的人的时候都不能保持冷静。

她恨不得甩周晓芸一巴掌，事实上她也这么做了。

"啪！"乔慕用尽全身的力气，重重地打了周晓芸一巴掌，她觉得这一巴掌比起她刚才经历的简直算不上什么。

她打完人，身体摇摇欲坠，似乎要支撑不住，赶紧扶住了墙壁才站稳了。

"妈！我都已经道了歉了，她居然还打我！从小到大都没有人打过我！"周晓芸捂着脸大叫，道歉已经是她能忍耐的极限了，乔慕居然还打她。

张夫人见到乔慕打人的时候心中也是火苗猛烈地一窜，毕竟是她疼了二十几年的女儿，自己平时都舍不得骂上一句，居然被别人打了。但是她还是理智的，知道确实是她女儿做得太过分了，所以只能对着方萍说道："萍子，实在是抱歉，晓芸这孩子脾气大得我都管不了了。你看，我们怎么补偿乔小姐呢？"

这算是用钱打发她了。乔慕在心中冷笑，真是有钱人的一贯套路。

不待方萍说话，乔慕双眼发红地看着张夫人："张夫人，我知道你们家有钱，那您觉得您的女儿值多少钱，就给我多少钱怎么样？"

"你……你不要得寸进尺！"

乔慕笑了，大概是刚刚经历了一场生死，笑得让人后背都凉飕飕的，笑完以后就不发一言地绕过众人走了。

她不是傻子，也不是任人随意欺侮的软蛋，被人欺负得差点连命都没了，还要装作什么都没有发生的样子原谅那个人，她做不到！

等到方萍反应过来的时候乔慕早就走得连人影都看不见了。她刚才也被乔慕给吓到了，好像忽然之间变得不认识她一样，那样咄咄逼人的乔慕全然是她没有见过的模样。不过想想也能够想得通，差点被人淹死是谁都忍不下去的吧，不过这样就是不知道乔慕对她的态度会不会也发生了什么变化。

乔慕出门随便拦了一辆的士，没有去医院，直接回了家。在路上的时候就忍不住哭了起来，为什么这个世界总是对她充满了恶意，连从来没见过的人都要置她于死地。

双手捂住脸，把整个人缩成一团，好像这样就会让自己更有安全感一般。

下了车以后，她浑浑噩噩地上楼，从包里翻出钥匙打开门，换了一身衣服，一下子扑进柔软的被子里。

她真的是一点力气都没有了，累得一动都不想动，只想从此睡得天昏地暗海枯石烂，她宁愿不要醒过来。眼皮越来越沉重，她闻着被子上熟悉的令她安心的气味，沉沉地睡了过去。

第99章

她醒过来的时候是被陈以默从被窝里拉出来的。陈以默今天下了班打乔慕电话却一直没有人接，后来打到飞扬去说是乔慕中午出去了就没有再回来了。他心中疑惑，但还是买了菜回来。

到家的时候看见乔慕的钥匙放在桌上才知道原来她是回来了，可是叫了好几遍都没有人答应他。进了卧室就看见乔慕睡在床上，陈以默捏住她的鼻子，"小懒猪，怎么我叫你这么多遍都不回答我，你真是懒死了。"

床上的人还是没有回应。

陈以默这才意识到了事情的不对劲，手下的温度似乎也不正常，伸手覆上她的额头，滚烫的温度把他吓了一跳。他急忙把她摇醒，帮她穿了外套，背她下楼，然后带她去医院。

乔慕一路上都是头晕晕的，不知道自己在那里。看见陈以默的脸也是傻兮兮地笑着："男朋友，你怎么变成了两个？"

陈以默不理她，对着的士司机道："师傅，能不能再开快一点，我女朋友她发高烧了。"

司机一踩油门，用最快的速度到了医院。

陈以默一路抱着乔慕冲进了急诊室，医生给乔慕开了盐水吊上，陈以默才稍微安了心，但是想起医生刚才说的话心里又忍不住开始乱想。乔慕好好地怎么会掉到水里面去？她今天下午到底去了哪里？心里一个个的问题冒出来，却都得不到回答。

"都不知道好好照顾自己，看你醒过来我不好好地教训你！"陈以默对着乔慕狠狠地说道，但还是忍不住摩挲她没有一丝血色的脸蛋。她遭受这么多磨难，好像都是因为他的缘故，他非但没有保护好她，反而让她一次次地陷入危难之中。

深深的自责让陈以默忍不住地想要咆哮来发泄心中抑制不住的负面情感，他从未觉得自己那么没用无力。他只希望自己变得更强大，然后能够让自己的小傻子一直开心快乐地生活下去。

两瓶盐水挂下来，乔慕终于清醒了过来。

"男朋友，我这是在哪里？"

"医院。"陈以默面无表情地说道，摸了摸她的额头，果然不像之前那么烫了。刚才量体温的时候居然有三十九度多，真是吓到他了，"你今天做什么了，老老实实地给我交代！"

乔慕本来也没有想要掩饰什么，就原原本本地把事情说了一遍，说完以后就累得又睡过去了。

得知真相的陈以默恨得咬牙切齿。

又是方萍来招惹乔慕，她怎么就不死心呢！居然还害得乔慕差点被淹死，想到今天差点就失去她，他根本就不能平静下来。他现在不想再理会她有什么目的了，他只知道，他一定把她赶得远远的，离他和乔慕越远越好。

还有那些女人，以后他一定会让她们尝到这种生死一线的感觉。

第二天又挂了几瓶盐水，等到乔慕完全退烧以后，陈以默帮乔慕办了出院手续，却还不让乔慕立马回去上班。他不放心，一个是不放心乔慕的身体，还有一个是不放心方萍。听乔慕的口气，好像因为方萍救了她而对她产生了不少的好感，这一点让他更加觉得不放心。

"乔乔，你听我的，以后见到方萍就避得远远的好不好？

她不是真心对我好，更加不会真心对你好的。"

"可是那天是她救的我，我这样会不会有些忘恩负义啊？"

"你想，如果不是她带你去那里，你又怎么会被那些疯女人推下去。而且你真的觉得她那天是要把你介绍给她朋友的吗？"

乔慕沉默了，她知道男朋友说的基本上都是真的，但是她还是有些不能接受。

"这样吧，乔乔，以后她想要找你，你就打电话给我，我去见她好吗？"陈以默见她这个样子，只能退一步这样说。

"好。"

方萍后来还是来找过她好几次，但是她既然下定了决心，答应了陈以默，几次下来都是很果断地拒绝，连她的面都没有见。可是过几天又收到了方萍寄过来的一封快递，快递外面没有署名，她就拆开来看了。

里面是方萍亲手写的一封信，首先是表达了自己的歉意，说那一天她也不知道事情会变成这个样子。然后又说，她能够理解她不想见她，但是希望她想通以后，还是能够和她见面，她还有很多话想要和她说。

最关键的是，里面还夹了一份外国学校的申请表。方萍说，如果她真的为了以后好，能够帮得上陈以默，最好还是去国外进修。在国外见到的东西能够多一点，学到的东西也多一点。

乔慕看了这些东西，心情十分复杂。她现在已经分不清楚，到底方萍对她是真是假，是不是有什么特殊的目的。

她把信草草地塞了回去，放在抽屉的最底层。

228

第100章

"乔慕，今晚你留下来加班，这个图明早就要交，一定要赶出来。"

丢下这句话，慌慌张张从绘图纸里抬起头来的乔慕就只看到说话人纤细窈窕的背影。

哎，这都第几次了。也不知道大家都是从哪里看出来于思聪对她的特别照顾之后，开始捕风捉影，更有甚者竟然散布出谣言说乔慕其实和于思聪有一腿。绝大部分的八卦者都相信了这种说法，毕竟要说一个人无缘无故地对一个人好，呵，怎么可能？两个人铁定是有一腿！听说以前也是一个学校的呢！

谣言这种事情就像雪球，越滚越大，到后来竟然就变了模样，所有的人都开始坚定不移地相信乔慕是走后门进来的，而全盘否认掉她的实力。也不想想看如果光靠于思聪的话，乔慕又是怎么能够完成那么多单让客户满意的插画作品的呢？

公司里喜欢于思聪的女生不在少数，像乔慕这样的，看起来傻傻的，手段却高明的能够勾搭上于思聪的女孩子，当然是女生公敌。她们哪里知道，乔慕根本没有装傻，她是真傻，还有于思聪，她从头到尾都没想要勾搭过于思聪，而是于思聪一直在想着要勾搭她。

而此时的乔慕只能可怜兮兮地在办公室里的人都走光了之后继续留在公司里加班，要多可怜就有多可怜。幸好陈以默今晚也要加班，他们俩也算是一对苦命鸳鸯，同甘共苦什么的，时间也没有那么难熬。

乔慕兢兢业业地绘图。在电脑上绘图的最大好处就是她用不上残疾的右手了，单手也显得很协调。

于思聪从他的专属办公室里走出来的时候看到的恰好就是正在认真绘图的乔慕。

其实有的时候他也会想，自己究竟喜欢乔慕什么呢，被拒绝过那么多次之后竟然仍旧不死心，真的只是因为不甘吗？他清楚地知道不是。不然他大概也就不会那么痛苦。想要对她好，又怕造成她的负担；对她视若不见，又怕她被公司里的其他人欺负。

飞扬是个成熟的公司，里面的员工自然都处于良好的竞争状态。可保不准就会有人恶意竞争。

他知道公司里好多人已经发觉了他对乔慕的特殊关注，这样也好，起码他们不会陷害得太过分，总归会顾及他一二。

她画得太认真，要不是他突然开口，她根本没有发觉他正站在她身后不远的位置看着她，"这边的颜色换成暖色调可能会好一点。"

乔慕闻声惊讶地回头，发觉是于思聪之后笑着说："你也加班呀？"

"嗯。"于思聪点头，继续说道，"换成暖色调同你冷色调的背景形成对比，视觉效果会强烈一点。你觉得呢？"

"我试试。"她听从他的建议换了颜色，果然觉得大不一样了。先前她总觉得哪里有些不合适，现在看着舒服多了。解决完这件事情之后乔慕心情大好，笑容灿烂地对着于思聪说道："谢谢你！真是帮了我大忙啦！"

她的笑容太灿烂，让于思聪一时有点闪花了眼睛不敢看。怕眼睛会泄露出爱慕的情绪。

"饿了吧？加班加到这个时候，要不要一起下楼去吃个饭？"于思聪提议道。

乔慕想了想，她是真的好饿，绘图没完成之前一门心思在画图上，还没感觉到自己的肚子饿，现在心中的大石头没了，她就觉得自己简直饿极了，甚至都听到肚子里咕咕叫了，正好她吃完了之后还能打包一份带走送去给陈以默吃呢。这样想着她应下来，和于思聪一起下楼吃饭。

第101章

A市大排档这个点人依然不少，价格不便宜却也只是些小吃。不过都这个时候了，也没有可以挑选的余地。

乔慕大概是饿过头了，看到食物明明肚子饿得厉害，竟然也没有特别想吃的欲望，就单单点了碗粥。于思聪点了许多小吃端在她面前说道："你这吃得也太少了吧！你不会也学那些女生一样节食减肥吧？"

乔慕俏皮地笑了笑说道："难道我不需要减肥呀？"说着她还故意捏了捏自己脸上的肉。

于思聪也同样笑着说道："如果我是你男朋友，我就一定舍不得你节食，这得少了多少乐趣。"

虽然于思聪这话是打着"节食会错过很多美食"的名义，但是乔慕也没有忽略掉他话里的另一层含义：如果我是你的男朋友。

这是在暗示他会比陈以默更疼她吧?

乔慕假装没有听懂这么明显的暗示,招呼着老板再打包一份粥还有一份蒸饺让她带走。她抢着付钱对着于思聪说道:"你就别和我争啦!我还得感谢你给我的建议呢,不然我今天还不知道要折腾到什么时候才能弄完呢。再说啦,哪有我给男朋友带外食还要你付钱的呀。是吧?"

她话说到这份上,于思聪自然不好再同她抢着付钱。

回去的路上于思聪一直走在她左边,那是靠近马路的位置,把相对安全的位置让给乔慕。陈以默的电话打过来的时候乔慕正愁着不知道该同于思聪说什么话才好。

"你在哪里呢?你们公司也没人啊。"乔慕刚接通电话,陈以默就说个不停。

"我刚才肚子有点饿,就去吃了点东西,你在哪里呀?"

"我在你公司楼下。"

乔慕闻言和于思聪告别,赶紧地跑过去。果然,陈以默正站在公司楼下呢,玉树临风的样子怎么看都是一个帅!

陈以默眼睛尖,一眼就看到了隔老远站着的于思聪。而于思聪在看到乔慕飞扑向陈以默之后就落寞地转身离开。看见这个的陈以默得意洋洋地在心里哼哼:这才对嘛。早这样多好啊。乔慕就是他的,谁也不能瞎想!

等于思聪走了以后陈以默才问乔慕:"你不说你在加班吗?于思聪怎么也在?你们两个一起加班?就你们两个?"

他这么多问题乔慕也不知道该回答哪一个,就老老实实地回答道:"今天临时加的工作,在下班前完成不了,所以要加班呢。我也不知道于思聪为什么在，办公室里应该就只有我们两个加班。不过我发誓我真的不知道他今晚也要加班！"

乔慕福至心灵地加上了最后这么一句，果然陈以默的脸色好看多了。他咕哝着："下次不准单独和他在一起。"说完就开始拿起蒸饺开吃。

"我都快要饿死了！就想着和你一起吃夜宵去，结果哼哼。"陈以默傲娇地看了她一眼以后继续说道，"下次不带你去了！"

"别介呀，男朋友！"乔慕着急了，摇晃着他的手臂撒娇说道，"我刚才都没吃饱，我还可以再吃一点呢！你现在就带我去呗？好不好嘛！"

她这样撒娇，陈以默骨头都酥掉了，却还是故意搭架子说道："成吧。看在你这么迫切想吃的分上我就勉强答应你好了。"

"……"乔慕片刻无语之后叹着气说道，"男朋友你真的是太傲娇啦！"

陈以默对她这样的评价不置可否，只是斜着眼睛看着她说道："那你手里的这碗粥怎么办？还要喝吗？"

真的好傲娇啊，她以前怎么没发现他竟然还有这么可爱的一面。她乖乖地主动把粥留给路边乞讨的人，一边故作无奈地说："粥啊粥，你别怪我不吃你喔，男朋友要带我去吃好吃的呢，只好和你拜拜啦。"

她就不告诉他啦，其实这碗粥还有今晚的这顿饭是她付钱来着，嘻嘻，不然他一定会懊恼浪费了一碗粥的。

第102章

自从那一晚上加班被于思聪撞见之后，公司就明令禁止加班。

乔慕心知肚明这是于思聪在替她说话，可她其实也觉得帮得太过了，会招人嫉恨的。她有心想要和于思聪说清楚，希望以后于思聪都能把她当成是普通的员工，却又不知道怎么开口，想着还是组织好措辞以后再找他吧。这一拖，又是好几天过去了。

乔慕好不容易想好了措辞准备找于思聪去说，却又苦于找不到单独相处的机会，她又不想只在电话里说这些，总觉得隔着冰冷的机器说话不够真诚。

好不容易让她找到了个机会，一个农场花了大价钱想要设计一个商标和推广手册，于思聪决定去农场实地考察之后再同农场主商量日后推广的方向。

乔慕难得积极地要求与于思聪一同前去的做法更加坐实了之前的传言。于思聪在一瞬间的惊讶之后开怀笑了起来，他误会了乔慕的动机，还以为自己的暗恋终于有了希望。

一上车去到农场乔慕就发现自己失算了。她原本以为公司里就只有他们二人去，她可以好好地和于思聪聊一聊了，哪里想到热情的农场主不仅派了司机来接他们，农场主自己也来了，一路上农场主都在热情地给他们介绍山水、蔬果，乔慕压根就没有和于思聪单独相处的机会。

好不容易到了农场，乔慕心想这下总该让他们自己随便看看了吧，哪里想到农场主为了欢迎他们的到来还摆了流水席来庆祝,竹编的帐篷显得很有特色,大家大口吃肉大碗喝酒,吃完饭还有数不尽的新鲜水果可以吃。行程丰富得不得了!

乔慕原本还有些浮躁的心被彻底收服。算了,要和于思聪说清楚的事情以后还有的是机会,她还是先好好地享受生活吧。

正当她吃得开心的时候,骤然听到一声紧张的急呼:"小心!"随后伴随着七嘴八舌嘈杂的声音,乔慕迟钝地感觉到自己被人扑倒。而她耳边响起了重物落地的声音。

等她醒悟过来以后才发现,原来是她头顶上的竹子散架了,而于思聪在竹子掉落下来的时候把她护住了。

被于思聪这样一保护以后乔慕没有受到一点伤。倒是于思聪因为用力过猛一不小心撞倒了铁炉,里面烧得通红的煤炭砸在他手上,生生地烫烂了他手臂上一大块皮肤,看着就吓人。

大家七手八脚地赶紧把于思聪送回城里的医院。贵客受伤大家都有些局促和紧张。

乔慕陪着于思聪挂号,洗干净伤口,用镊子取出伤口里的脏东西,不知不觉的时间就晚了。于思聪看她一副坐立不安的样子心里也有些清楚,她大概是在想陈以默。

于思聪笑着假装尢所谓地说道:"现在都这么晚了,你赶紧回去吧,不然你男朋友也该担心了!"他承认自己说出这样的话时存了那么点试探的意味。他想知道先前他以为的希望,到底是不是真的。

"不要紧的,毕竟你是为了我受伤的,我也应该陪着你处理好伤口才能安心嘛。"乔慕心里虽然是有点急,她昨晚和陈以默说好了一起出去吃饭的。眼瞅着约好的时间快到了,她想打电话给陈以默。

她还没打电话，于思聪先开了口："那你打个电话给他吧，让他干等就不好了。"这样的话正合乔慕的心意，她掏出手机准备拨电话的时候于思聪又加了句，"你就别说你陪我在医院了。"

乔慕下意识地"啊"了一声。

于思聪定定地看着她说道："你男朋友每次看见我都一副心情很不好的样子，我不希望你们两个因为我吵架。"

第103章

这么说来的确是。对的，陈以默前不久还嘱咐过她不要再单独和于思聪出去。可是她这不也是因为被救了愧疚的原因才陪在医院里的嘛，应该会谅解的吧。

她一边想一边拨通了电话，鬼使神差地她竟然照着于思聪的话去说了，只说晚一点到，丝毫不提自己陪于思聪在医院处理伤口。

听完乔慕的话以后，陈以默顿了一会说道："你现在在公司里么？"

"当然哒，不然能在哪里？"

"要不我直接去你公司接你？"陈以默继续说道。

"不用不用你先点菜吧，嘻嘻……菜上全了我就到了！"

"嗯。"

搞定陈以默之后，乔慕发现在她打电话的过程中，于思聪一直在盯着她看。她不禁有些羞涩，毕竟当着于思聪的面撒谎了,唉。

她拍了拍自己的脸,她可还没忘记她今天主动要求和于思聪一起去农场的目的是什么。恰好现今天时地利人和,她赶紧地对着于思聪说道:"于思聪,我特别特别地感谢你这么些年里对我的照顾,真心的。"

她话都还没说完,于思聪就已经敏感地察觉到不对劲。

她这是要和他撇清关系啊!于思聪当然不乐意,他本来以为有希望的,哪里知道原来都是他想太多。一时激动之下他抱住乔慕的腰说道:"能不能不说了,能不能别说?"

他知道了,都知道了,能不能不要那么直白地说出来,就当给他留个念想也好。

与此同时,陈以默在门口看了他们抱在一起的身影之后默默走开。

原本乔慕不给他打电话他也准备给她打电话的,在她老是见义勇为的熏陶下,陈以默今天也做了次好人。

有个老人家摔倒在地,周围没有一个人敢去搀扶的时候,陈以默主动走上前去搀扶着老人起来并送他到医院来。接到乔慕的电话之前他已经看见乔慕了,本来准备故意打个电话给她问她在哪里,好给她一个惊喜的,谁知道她上来第一句就撒谎。

而他看清楚了她身边坐着的人是于思聪。

陈以默能够很肯定地确认,乔慕对于思聪绝对没有什么意思,要有什么意思的话早就有了,也没他陈以默什么事情了。

他气愤的是她竟然选择撒谎骗人,还有那个于思聪,他一定是故意的!陈以默原本准备走进去的,于思聪肯定看见他了

才突然一把抱住乔慕的。

　　陈以默脸色阴沉地等在医院门口，心里直恨得咬牙，恨不得把于思聪揍一顿才好。还有乔慕，他愿意给她机会，她最好是能够和于思聪彻底说清楚，不然，呵呵。

　　乔慕和于思聪走出医院，隔着老远她就看到了陈以默，一下子就惊呆了，随后眼角眉梢都是见到他的喜悦。

　　于思聪看见她愉快的神情以后默默地叹了口气说道："乔慕，你男朋友大概知道你先前骗他的事情了。怎么办，我是不是又连累你了？"

　　对喔，经由于思聪提醒之后乔慕后知后觉地想到，她之前明明骗了陈以默说她在公司里，那她现在又该怎么解释她为什么出现在医院里？如果她说她怀孕了来医院里检查一下……不知道他会不会相信诶……

　　她在一边天马行空地胡思乱想，一边安慰于思聪："和你没有关系的啦……本来也是因为怕他生气所以我才说谎的嘛。要是他能大度一点我也犯不着说谎呀。"乔慕认真地安慰于思聪，完全没看到正向她走来的陈以默在听到她的话以后又一次成功地黑脸。

　　于思聪赶忙叫住乔慕，以免她说出更多为了安慰他而会让陈以默不爽的话来。

　　"男朋友你怎么在这里……"乔慕一脸惊恐地看着陈以默，轻声说道，"我还以为……"

　　"以为什么？"陈以默不客气地打断她的话。

　　"以为我不在所以就随便编排我？"陈以默没好气地继续说道，"我倒是不知道原来你对我有那么多意见啊。"

第104章

乔慕表情讪讪的,不知道该说些什么才好。大概此时此刻的她,多说多错,说什么都是不对的吧。看到在一旁的于思聪,她又觉得为什么陈以默总是这样不依不饶的呢?还有他们两个人之间为什么先认错的那个人总是她?就算是她说错话还骗人了,他可以和她吵架的呀,为什么非要冷战呢?她真的很不喜欢冷战、冷暴力的解决方式,总觉得人与人之间长时间地不交流感情会变淡。

这次才不要主动先道歉!乔慕气鼓鼓地想道。

于思聪看见乔慕和陈以默僵持在那里,说话就颇有些解围的意思:"现在这么晚,要不我们先找个地方去吃个饭吧。"

"谁要和你去吃。要吃你们两个自己去吃。"陈以默语气很差。

乔慕也有点生气。为什么他就不能好好地对待她的同学呢?总是这样子冷言冷语的,让她怎么做人?更何况于思聪还是她的上司呢!

乔慕气鼓鼓地说道:"他不去吃,我们去吧!"说罢她脚下并不动,还在等着陈以默开口服软。

乔慕不先开口,陈以默端着架子没有台阶下,呵呵,明明做错事情的人是她,总不至于还要他先开口求和吧。

乔慕看到陈以默一副油盐不进的样子,一生气之后就拉着于思聪真的去吃饭了,也不管陈以默要怎么办,自顾自大步走了。

虽然知道乔慕是因为什么原因答应和他一起吃饭，于思聪还是很高兴能有机会单独和乔慕一起。

他想要和乔慕相处的时间久一点，不想要太快就和她分开，就提议一起去看电影。

上映的电影是乔慕一直想看的，只是听说一票难求，要买票就得排长长的队，乔慕望而却步，宁愿等网上有了在电脑上看看就行。但于思聪排了半天的队买到了电影票，她不好意思拒绝，另一方面她自己也觉得电影这玩意儿还是在电影院看更有氛围，就这样同意了。

和于思聪在一起没有很多负担，挺轻松的，也不愁没有话题可以聊。于思聪会问一些关于乔慕家人的事情，问得最多的是陈以默的事儿。她总觉得像是在做人口调查表，可他一脸真诚地说："总要先从你家人那里了解起来的。"

做朋友做到这么认真她也真的没话说了。

电影太好看，她处于兴奋当中又被于思聪忽悠着去吃了夜宵……等夜宵吃完了……他们两个还一起喝了点啤酒。等酒喝完了于思聪送乔慕回家，目送着她进门之后离开，乔慕和他挥手再见，再也看不见他身影的时候，后怕开始来了。

额，犹记得上次她也是晚归，没留一句话，喝酒……然后陈以默就生气了。男朋友最不喜欢晚上在外面鬼混以及等等好多条条款款，总结起来就是"坏女孩"。

她现在开始有点担忧她开门进去之后可能会看到一张包公脸。

事实证明是她想多了……陈以默才不可能一次又一次给她等门呢。

第105章

说不清楚心里到底是庆幸多一点还是失落多一点，反正她这个人很看得开……屁，一点都看不开。她很失落地再三向屋内望去，最终难过地确定，是真的没有人在等她，陈以默应该早就回房睡觉去了。

很是惆怅的乔慕慢吞吞地摸黑上了楼，陈以默一直没睡着，躺在床上听见关门声，不由得在心中冷哼了一声。"胆子越来越大了啊，现在是白天还不够你和于思聪好好相处的，晚上还得继续是吧？呵呵。"他阴阳怪气地自言自语，还没等他说完，他房间的门把手就被人旋转拧开。

陈以默听到声音之后皱了皱眉头，他今晚锁门了，就是怕有酒鬼仗着自己喝酒了就开始胡乱折腾。才不要管她！才不要看到她吐成一副女鬼的样子。

可门口那个女鬼不依不饶地一直转着门把手，死都不肯放手，当她发现自己是被彻底关在门外的时候，她就开始学猫叫，"喵喵喵……"

学什么不好学猫叫！以为在叫春呢啊！他心里一阵火大。再这样折腾下去干脆大家都醒来算了，不要睡了！

他火大地直接一把大力拉开房门，然后……然后他就如愿地躺着了，躺在自己房间内的地毯上。乔慕软骨头似的把他撞倒在地。

女鬼没喝醉，是在装醉，但是酒味很明显，而且她一直趴在他身上，脑袋在他身上乱蹭，陈以默也就没察觉出来她是在装醉。

"又喝这么多，你第一次偷亲我的时候也是喝醉，还是和于思聪一起，现在又是和于思聪在一起，就那么开心需要喝很多酒吗？"他躺在地毯上用手拍着她的背一边安抚她，一边低声问道。不需要她回答，他只是随口一问，有些好奇。

被安抚得很愉快的乔慕眯着眼睛笑，不说话。

好幸福。恨、恨不得天天不醉不归呢！

陈以默本来还在拍着她的背哄她入睡，结果乔慕翻个身跑到他臂弯里靠在他肩胛处入睡。他不由自主地笑出来，但下一秒笑容就消失得无影无踪。

他严肃地把她的手牵起来认真地嗅了嗅，随即火大地推她，力气大到似乎非把她推醒不可！

乔慕被他猛地一推，吓了一跳，眼睛就睁开了，随后想到自己是装醉又闭上。可陈以默是个细心惯了并且观察仔细的人，哪里会漏掉她刚刚睁开眼睛的那一幕。于是心里更加火大！好啊！晚归就算了，现在竟然还敢装醉！

他气冲冲地推着她说道："起来！别跟我装睡！你给我好好解释！为什么你身上有烟味！你是不是抽烟了？"

完蛋了！男朋友是怎么发现的！她眼睛闭得更紧了！要是现在被男朋友逮到她没醉，一定会把她训得狗血淋头的！

其实……她一直抽烟的。第一次是因为好奇，看到别人抽烟之后，她好奇也跟着抽了一次。后来心情烦闷的时候就会抽上一支。只是男朋友一向不喜欢女孩子抽烟，她还记得男朋友看见别的女生抽烟的时候，男朋友的眉头皱得都能夹死苍蝇！她就一直偷偷地抽烟来着。

她也有好一阵子没抽了，烟瘾也不大，今天要不是在于思聪面前丝毫不在乎形象，甚至巴不得于思聪早日看清楚她的丑陋，绝了心思，她也不会大大咧咧地同于思聪一起喝啤酒抽烟……

第106章

不行！绝对不能这个时候醒过来！乔慕打定主意装睡到底！

陈以默恼怒之下更加大力地摇晃她，誓要将她弄醒！

被晃得脑袋晕乎乎的乔慕敏感地发觉胃里开始不对劲了起来，隐隐的有上涌的方式，嘴里的口水也开始上涌，这是……要吐的前兆！

她想开口求饶，说她快吐了！别摇她了她又不是骰子！

"我数三下，再不起来你今晚就睡在地上吧，我回床上去睡觉。"毫无同情心可言的陈以默一点情面都不给地开始数数，"、二、三！"

他都数到三了，某个蠢货还是一点反应都没有，只知道哼哼唧唧。

不给她点教训她都快蹬鼻子上脸了！

他暗自下定决心，幼稚地准备真的抛下她不管，回去睡觉，有力气在这哼哼唧唧地哭，他就不相信她没力气自己回房间，他又没说他会关门！

　　陈以默真的不再搭理她，自顾自地回到自己的房间里去。他刻意放慢步伐，一步一步慢慢地走着，耳朵仔细地听着她的动静，等了好久也没听见她有走动的声音，气得他回过身去恨不得直接把她拎到半空中甩一甩再放下来！

　　他带着怒气回头，看到的却是她哭得梨花带雨的一张小脸，可怜兮兮地仰脸看着他。眼见着他回头了，她哭得更厉害，伸手就是要他抱，不给抱就执拗地一直伸着手，哭到最后都开始哽咽，看上去凄惨得一塌糊涂。

　　认识她这么久，陈以默早就知道她胡搅蛮缠的功力一向无人能敌。明明没人欺负她，哭成这样，被人听见还不定以为他拿她怎么样了呢。

　　她醉得厉害又不清醒，他再酷、再冷着一张脸她也不怕他。

　　陈以默不过是准备伸手拉她起来，蹬鼻子上脸的某人就自己一骨碌爬起来自动自发地双臂圈着他的脖颈，头埋在他的颈窝处闭着眼假寐，不哭了却止不住抽噎。

　　她太矮，他又太高，她踮着脚勾住他脖子，他累得半死，只觉得心力交瘁，所以他才想要离开她远一点，太折腾了，他承受不住。

　　她抽噎，抽着抽着竟然还吐了他一身，他一肚子的火气没地方撒，恶狠狠地对她说："下次再敢喝得烂醉试试看！看我怎么收拾你！"

　　"我都难受死了，你还要骂我！"她打着酒嗝哭哭啼啼地控诉他，"你都不亲我，我想要晚安吻。"

　　明知道她并不清醒，陈以默还是被些微地顺了毛。好呗，

244

夜色这么好,的确可以亲一下。

他刚准备侧过脸去亲她,她就很不给力地呕吐了起来。陈以默气得额角的青筋都暴了起来。

她身上都是她自己的呕吐物,陈以默忍着恶心帮她换衣服,想想还是不应该,叫了乔慕好几遍,也不知道是真睡着了还是装睡,怎么都没叫起来,总不能让乔慕就这样脏兮兮地睡一晚吧?

他把她剥干净了扔进浴室,脏衣服扔进洗衣机里开始搅动。小说里那些女主角喝醉呕吐然后就和男主角顺顺利利滚床单的事情都是假的,呕吐的气味那么难闻,她的脸色惨白,能有兴趣才真的是强大。

好不容易把她收拾干净之后,他累得要死,躺在沙发上迅速地睡着。

乔慕醒过来的时候一阵迷糊,她只记得自己和于思聪在喝酒,那她是什么时候回来的?唔,大概是于思聪送她回来的吧。

第107章

不多想,她爬起来洗脸刷牙。

乔慕起床了之后,陈以默其实一直没熟睡,一直是在装睡,他还没有从"噩梦"里走出来。

他昨天睡到半夜迷迷糊糊地被人一屁股坐在小腹上给弄醒,睁眼一看竟然是乔慕,还是没穿衣服的乔慕,给她套上的睡裙被她自己不知不觉地扒掉,整个人光溜溜的就穿了条小内

内坐在他小腹上，人还在神神叨叨地纠结："咦，为什么尿不出来？哦，原来我还没脱内裤。"

自以为找到原因的乔慕一副恍然大悟的模样伸手就准备开始脱，惊得陈以默一把按住她的手，半拖半抱地把她弄到马桶上，他站起身来，直接一个猛子摔在了她脚边，清晰地听见她上厕所的水声，尴尬得恨不得直接把她按在马桶里冲掉！冲掉才好！

这个烦人精！不给他惹点麻烦就不能安生了是吧？最可恶的是乔慕解决完生理需求之后就自顾自地睡觉去了，完全不理会还趴在地上站不起来的陈以默。

陈以默被她惊吓得在浴缸里狠狠地摔了一跤，膝盖撞在浴缸上疼得半死。

最后还是借助于浴缸，他单手撑着浴缸的边缘才总算站了起来，只是左脚感觉更加疼了。

"蠢货。"恶狠狠地骂了迅速熟睡的乔慕一句之后，拖着疼得要死的左腿，陈以默好不容易回到沙发上躺下之后，她还是没有放过他。

一整晚都在哼哼唧唧地叫他的名字，反反复复地念，翻着各种花样"男朋友，陈以默，阿默……"等等等等，甚至最后还大逆不道地喊他"小默默"。

他被她烦得一整颗心都开始浮躁，怎么都睡不着，耳朵里脑海里全是她的声音，怎么都挥洒不去。

怎么这么烦！陈以默皱着眉头想道，烦得他都恨不得把她抓过来摇醒，问她为什么梦境里都不肯放过他。

当温安安问他愿不愿意陪她去广州出差的时候，陈以默一时气愤之下就答应了下来。

　　去广州开会温安安就只带了陈以默一个人过去。这一趟陈以默跟着温安安学到了很多东西。对方太过强大，他们二人终于拿下订单的时候他恨不得直接吹啤酒。只有这种直接的方式才能表达他内心的喜悦。

　　到底他刚踏入职场没多久，不及温安安老辣，温安安明明心里也很高兴，面上却仍旧显得矜持，仿佛这样大的一笔订单本来就应该是他们的一样，只是晚上和对方的员工一起吃饭的时候才稍稍地露出了一点高兴的意味——那也是因为被对方轮番着灌酒。

　　作为温安安唯一前来奋斗的下属，陈以默理所当然地冲在了最前面挡酒，对方人多，几个轮番过来之后饶是陈以默再好的酒量都开始酒气上脸，脑袋晕乎乎的，似乎除了高兴以外什么都不知晓了。

　　高兴过后是失落。浓重的失落。对方的人都走光了，温安安付完账之后回过头去找陈以默，就发现他不知道什么时候又清醒了过来，站在冷风里抽烟。大风将他宽敞的风衣吹得鼓鼓囊囊的，年轻男人的脸在黑夜里看不真切。温安安凑近了一点看过去，骤然发现他的眼睛里满是失落。

第108章

　　温安安突然发现陈以默的侧脸很像她的初恋男友。

　　陈以默其实并不清醒，他是真的喝多了，只是他一直有个

很能唬人的特点，每次他喝酒的时候，喝得越多，看起来就越清醒，一般人很难发现他其实已经喝醉了。

他的意识一直处于迷糊的状态，一会高兴一会儿难过。高兴是因为工作上取得的成绩，难过是因为乔慕。

小傻子在于思聪那里上班总是他心中扎着的一根刺，平时还没有什么，一旦触碰到了就开始疼。如果可以，他真的想直接让乔慕不要工作了，待在家里让他养着好了。

他认真地思索着这个方案的可行度，后知后觉地发现他的脸正在被人反复地亲吻着。

不是乔慕，他的小慕慕才没有这么好的技术，每次亲吻的时候她都只会乱啃。陈以默努力回神定睛看过去，惊讶地发觉亲他的人竟然是温安安。他一时惊吓，一把把挂在他身上的温安安搬开快步跑了出去。

离开温安安的房间之后陈以默才松了一口气，他伸手摸向自己的额头，触手是一片湿冷，又想到被温安安亲过的感觉……惊吓得直哆嗦，掏出手机也不再管自己心中的那点别扭，直接拨打电话给乔慕。

"男朋友……"乔慕小小声地叫他，声音里带着点讨好，还有一点沙哑。是了，这个点，乔慕应该早就睡了，他这通电话大概把她从睡梦中吵醒了。

"没什么事，你睡吧。"听到她的声音之后陈以默觉得心里安定了不少，已经没有了刚才那样的慌乱。

乔慕却误会了他这句话的意思，急急忙忙地说道："男朋友，你还在生气呀？我知道我这次错了呢！我下次一定不会再和于思聪单独出去了，你就原谅我这次好不好？"

刚开始乔慕也是想有骨气的，不就是和于思聪出去吃顿饭嘛，也不是多大不了的事情啊不是吗？因此最开始的时候陈以默生气不愿意搭理她，她也没有像以前那样不要脸皮地缠着他，缠到他不再生气。

等陈以默去广州出差了之后，乔慕一个人待在空荡荡的屋子里，开始懊悔得不得了。

她是在犯傻么？两个人在一起总要有一个人先认错的不是？他不肯，那她来认错也没有什么不可以的呀。明明是一点点的小事情，何苦两个人僵持在那里为难彼此？

尤其是……尤其此刻的她那样地想念他的时候，竟然都不好意思打电话给他，怕他还在气头上不搭理她。谁叫她自己已经错过了认错的最佳时机了呢。

陈以默的电话打过来的时候，她迷迷糊糊地被吵醒，一看到是他打过来的，睡意什么的就全跑光了。

真是太开心了！觉得像天上掉馅饼一样，那些道歉认错的话就顺畅地从她嘴里说了出来，丝毫没有了最开始那样的"气节"。

陈以默这时候其实早就不生她气了。他其实更气的是自己。他气自己不够强大，还不能完全地保护她，偶尔竟然还得仰赖于思聪才能解救她的感觉真的太差。但他还不至于犯浑，因为自己那点小不平，就宁愿让乔慕被侮辱也死都不要于思聪去搭救。

第109章

她一说软话，陈以默的声音也不由自主地放柔放软："我没有在生你的气。"

还说没有在生气，明明就是在生气！如果不是在生气的话，干吗要跑这么远！乔慕不敢说出来，只能小声地咕哝，口是心非的人啊。在她的认知里，是以为陈以默不用出差的，毕竟他的工作性质在那，哪里知道温安安有心要锻炼陈以默，这才有了这次的广州之行。

"好嘛好嘛，没有生气就行。"乔慕难得聪慧地不再纠结于这个话题，换了个话题说道，"你都不知道的，我一个人在家里好想你的。"

还是那么爱撒娇，陈以默忍不住嘴角扬了起来，"一个人在家里会不会害怕？"

"不怕呢。以前也没少一个人待着的嘛。就是想你。"

听她反反复复地说想念，絮絮叨叨地说着这几天她都做了些什么。陈以默没有丝毫的不耐烦，甚至听得很认真。这样细碎的温暖时光，在这样的光景里显得尤为珍贵。

陈以默突然觉得自己之前真的是傻得厉害，明知道她是什么样的人，干吗还要和她冷战闹别扭，最后难过的还不是他自己？你看他浪费了多美好的时光啊。

接下来的日子里，除非必要的时候，陈以默都努力避免与温安安单独相处，之前酒醉的经历已经让他看到了温安安对他的态度，他是有女朋友的人，自然要避讳一些的好。

在回去之前，陈以默和温安安之间再没有发生什么暧昧的事情。

从广州回来之后，陈以默已经彻底和乔慕和好。只是偶尔陈以默心里还有怨气，只要乔慕在于思聪手下工作一天，他的心就永远不可能舒坦。他心里不舒坦的后果就是他有时候会故意整一整乔慕。

有时候是故意迟到，有时候是故意买她讨厌的东西给她，都是些无伤大雅的恶作剧。

他承认他的自尊真的有被她伤到，所以需要这些"小惩罚"来平衡。

比如他总是在假期的早晨装睡，刻意装作没看见她想要和他一起出去玩的谄媚样子，也努力不去在意她失落的表情。

某一天里他装睡装到一半，确定乔慕已经起床了才睁开眼睛的时候，就被她笑吟吟地凑在他眼前的模样给吓了一大跳。

"男朋友！你醒了呀！"

陈以默被阴魂不散的乔慕给吓得不轻，他一愣之后特别傻地下意识地就把被子拉高，彻底遮住了他半裸的上身。

所幸乔慕并没有觉得奇怪，甚至还笑眯眯地对他说道："我已经准备好早饭了哦，你快点起来吃呢，还有呢，一会儿你起来之后陪我去看电影呗。"

看电影吗？好像还不错。陈以默想了想之后问她："有特别想看的吗？"

"也还好……"乔慕贴心地改变心意，提议道，"那我们去看电影吧，昨天我和于思聪一起去的时候我特别想看《冰雪皇后》。但是他说我是幼稚鬼，不肯陪我看，男朋友你陪我看吧！"

难道是因为于思聪不肯陪她去才找到他的?

"不去!"立马变了神色的人傲娇地说道。

"那不去的话待在家里干吗呢。我真的很想看的。"乔慕低着脑袋认真地思索着还能和男朋友去做什么事情,他们两个都是难得有假期的人,那一定要好好度过,好好把握呢。

第110章

可她低头思索的景象看在陈以默眼睛里就变成了是因为看不成电影而变得沮丧,最后他别扭地妥协了,他们两个出门一起去看电影。

买电影票是他去的,她负责去买饮料和爆米花。

他买电影票的时候售票的姑娘一直在偷笑,善意的那种,笑眯眯地问她:"是和女朋友一起看吧?"

"嗯。"他随便应和,看着那张画满卡通的电影票就觉得人生有点囧,他都已经一把年纪了竟然还要看动画片,连他自己都接受无能。

"你女朋友一定很可爱。"小姑娘笑着说道。

他镇定了一点,感觉没那么囧了,笑着说道:"嗯,她如果听到你夸她可爱肯定很开心。"

电影开始的时候陈以默果然发觉放映厅里除了少数的几个女孩子似乎是约好了一起来看的以外,其余的大多都是家长带着孩子来看的。

乔慕很悠闲地缩在椅子里盯着屏幕看得很认真,都不会再在他耳边唧唧喳喳地说个不停。

千年难得来一次电影院的陈以默有点不适应地笔直地坐在那里，后面的观众拍了拍他对他说："这位孩子的家长，能不能坐低一点，孩子有点被挡到了看不到屏幕。"

孩子的家长？！

他面无表情地应下来，放松了自己靠在椅背上，瞄了眼旁边整个人都缩在椅子里抱着爆米花吃得不亦乐乎，笑得眼睛都亮晶晶的乔慕，悲伤地想："对，可不就是带着一个孩子出来么。"

他怎么看这个电影都有点幼稚，无聊得只能想想最近新接的工作，还有些细节没有与客户讨论清楚。正当他想得认真的时候，他的嘴角边突然有个硬物，下意识地张嘴吃下去了之后，才反应过来是她送到嘴边来的爆米花。

甜腻腻的有点粘牙，但是还不错。他伸手和她抢爆米花，而乔慕则伸手把隔板按下去。现在他才注意到所谓的情侣座位是怎么回事。中间的隔板竟然可以完全地按下去，两个人可以亲密无间地靠在一起。

孤陋寡闻的男朋友显然对隔板的兴趣比对电影的兴趣大多了，太过关注于隔板的后果就是等到乔慕从电影里回过神来的时候，陈以默已经把整个隔板都拆卸下来了，而这时候电影已经接近尾声。

乔慕被他惊吓到了，赶紧抢过隔板重新塞回去，虽说也能用，但她还是做贼心虚地在灯刚刚亮起来的时候就拉着陈以默赶紧跑出去。

男朋友怎么这么孩子气啊！竟然还有乱拆东西的毛病！她

在心里腹诽着。

他们两个跑得气喘吁吁的。深秋的下午阳光很好,温度却不高,她穿着柔软的毛衣外套,看起来很好摸的样子,而他确实伸了手。

她亮晶晶的眼睛看起来格外的好看,他觉得自己有点心动。

是谁说过的,爱情不过就是一场又一场的心动,最后心动到你想不承认喜欢都没了办法。此刻的陈以默就很心动。

女孩子好像都有被自己心上人爱着的本能,住在自己心尖上的那个人想要亲她,明明他还什么都没做呢,从眼神里她已经能够感觉得到。

她脸红得一塌糊涂,微微低了头,害羞的模样。陈以默有些踌躇,不知道她低头是不是因为不愿意,他有点没胆子,犹豫着要不要亲下去的时候,她已经迅速地踮脚亲上他的脸颊。

第111章

那样的触感太短暂,让他都无法回味。女孩子都主动了,他也就没什么不敢的了。摆正了她的小脸,他从她的眼睛开始亲吻,一直绵延向下,直至嘴唇。

这张粉嫩的、小小的嘴唇,每次她在他身边叽叽喳喳聒噪的时候他就很想亲她,很想像现在这样把她搂在怀里为所欲为。

果然很甜,比他记忆中的千万种的滋味都还要好上好几倍。每一次亲吻她的时候他都会感叹这滋味的美好。

他亲她的时候是小心翼翼的，怕大力了她会透不过气，力气用得太小又总觉得不够。不够、不够，恨不得把她吃下去才好，这样甜蜜、腻人的滋味。

然而当他放开她的时候，她还是在大喘气，小脸红扑扑的很可爱，他紧紧地看着她的时候会害羞地躲过他的视线，整个人依偎在他怀里，不让他看她一脸的害羞表情。

确实很害羞呢。路上那么多人在看，有胆子大的甚至还在吹口哨！乔慕把自己整个人埋在他的胸膛里，羞得脸热热。

陈以默其实也没比她好到哪里去。但是害羞这种事情吧，如果有人比你还害羞的话，那你就会变得不那么羞涩，甚至不由自主地大方起来了。

第二天乔慕在上班的时候接到了温程程的电话。

"乔慕你别得意，你不知道吧？呵呵，"温程程得意又恶劣的声音从手机里传来，"在广州的时候，陈以默可是被人亲眼看到从我姐姐房间里走出来的哦！两个人都衣冠不整还有吻痕！你以为他有多爱你，不过尔尔。"

"我是不怎么样啊，所以陈以默不喜欢我我也认了！"温程程得意得很，仿佛成功地横刀夺爱的不是温安安，而是她自己，"可是我姐姐不一样！我姐姐从小到大都是最优秀的！你看吧！我就说嘛，没有人会喜欢不优秀的那个。陈以默也一样。"

乔慕已经不愿意听下去了，她又不是没脾气的泥人。她挂断温程程的电话之后直接把温程程拉入黑名单，再不愿意听到温程程说一句话。

做完之后她的心却还是忍不住地想到温程程嘴里提到的广州。

她记得的。温程程口中的那天大概就是陈以默突然半夜给她打电话的那天吧。那天接到他电话的时候，她除了惊喜以外什么都不曾想到。现在想起来的确有诡异的地方。按陈以默的性子来说，半夜打电话这种事情根本就不可能是他会做出来的。再者，陈以默和她和好从来不是通过电话的，他这个人一向喜欢面对面解决问题。

如果温程程说的是真的，那她大概知道了。可能是出于愧疚或是其他的因素，总之不会是因为真的求和而打那通电话。

可能就连他在广州想她，也是因为身边有了温安安之后觉得抱歉。

她克制不住乱想。经过早前那么多些事情后，她心里有数，陈以默不喜欢温程程那样的性子，甚至说得上是厌恶的。可是温安安不一样，乔慕是知道的，陈以默一直很佩服温安安。

她记得他说过的，温安安这个女人真厉害。

第112章

温程程说的还有一句在她心里扎了根。没有人会喜欢不优秀的那个。

同样的话，类似的意思，陈以默的生母方萍也说过的。当时虽然方萍执意要把她教导成足以配得上陈以默的人，但陈以默最终成功地护住了她，远离了方萍，因此她也就没有再继续接受方萍的"教导"。

现在想起来，她感觉到了懊悔。

256

他们之间的不相配，乔慕不知道陈以默是不是看到了，可是她自己心里却一直都是知道的。

从他答应当她男朋友开始，最初的狂喜之后就是纷至沓来的惶恐、不安。大概就像身边只剩下两块钱的乞丐，用自己所有的钱买了一张彩票，然后被人告知他中了五百万的感觉，更多的是不可置信。

陈以默那样优秀的人……到底喜欢她什么？她有什么值得喜欢的？

容颜会苍老，皮肤会衰败，就连乌黑的发丝都会变得灰白。

要喜欢上什么才能接受时间的无情摧毁？

乔慕坐在电脑前胡思乱想，手里的鼠标胡乱地点着，不知不觉等她发现的时候她竟然已经把方萍之前给她制订的学习计划翻了出来。

复杂的学习计划，充实的生活。中间还夹杂着瑜伽之类修身养性的放松活动。此刻的乔慕重新审视这份学习计划，才觉察出方萍的用心良苦，并不全是为了苛责她或是看她不顺眼。

现在的她好想按照方萍设想的计划去一步步地完成。

如果她不努力，她和陈以默之间的差距就会一直存在。陈以默不会变得不好，如果她不能变得更好，大概早晚会益发配不上他的吧？

她不想在有人指责她完全配不上陈以默的时候，连反驳的话都说不出口，以后起码她可以说："我努力过了。"

下定决心的乔慕说做就做，开始拨打电话给方萍。方萍对于乔慕突然改变态度想要认真学习表示了惊讶，但更多的还是欣慰。方萍甚至热心地给乔慕提供了一个很好的选择——当夏

泽演的徒弟。

　　乔慕一听就很心动。也不知道方萍是怎么做到的，夏泽演那样一个在绘画界如同神迹存在的人，竟然也和方萍认识，甚至愿意了方萍破格收乔慕为徒。要知道夏泽演之前可是从来不收徒弟的。只是夏泽演的唯一要求是要乔慕跟他一起去爱尔兰。

　　如果说先前乔慕只是想进修，却没有考虑过要出国，离开陈以默。成为夏泽演徒弟的机会让乔慕格外地心动。

　　夏泽演，夏泽演啊！成为那个人的徒弟，就算她乔慕碌碌无为都会一举成名的！以后再不会有人说她配不上陈以默！

　　方萍当然知道乔慕在想什么，她劝慰乔慕道："乔慕，未来你和以默还有几十年可以相处，也不在乎这一年半载的。可是你要知道，错过了这次的机会，夏泽演可能就不会再收你为徒了啊。"

　　"好，我会好好考虑的，谢谢方阿姨。"乔慕礼貌地挂了电话之后，只觉得心里纠结得难分难解。

　　这么好的机会她肯定是不会放弃的。成为夏泽演的徒弟，她可以早一步成名，虽然她早听说了夏泽演对自己的苛刻，想来对徒弟只会更加苛刻，可她根本不害怕辛苦，她怕的是陈以默的不理解。

第113章

　　她其实一直都比他想的了解他得多。他这个人其实是有点大男子主义在的，如果她说她想要自己闯出一番天地来，然后她又辛苦得不得了的话，陈以默一定会阻止她。在他的认知里，打拼是男人应该做的事情，如果她辛苦了，那就是他没有把她保护好。

更何况她这次还是要出国，一走还得走一年，他一定不会同意的，她敢打包票。

乔慕犹豫不决地考虑了整整三天，最终下定决心听从方萍的建议先斩后奏，让陈以默没有办法反对。

方萍送她去找夏泽演，然后把她丢在爱尔兰就走了。下了飞机乔慕就后悔了。

方萍怎么可能让她有后悔的余地？耐心地安抚了乔慕之后就离开了。等方萍走了之后，乔慕才发觉她的手机都被方萍带走了，而她终于见到了传说中如同天神一般存在的夏泽演。

夏泽演偶像的形象在她看到他的时候轰然倒塌。

为什么传言没有告诉她，传说里的夏泽演竟然身边带着个鼻涕虫一般的小姑娘？最搞笑的是，小姑娘趴在夏泽演手臂上怎么劝都不肯下来，夏泽演恼怒之下把她一把甩出去，乔慕的心狠狠地揪了一把，正准备伸手去接住小姑娘的时候，发现夏泽演做的完全就是假动作，是用来吓唬小姑娘的。而那个小姑娘已经趴在夏泽演肩膀上了。

原来传说中的天神已经是奶爸了啊。乔慕"囧囧"有神地八卦，都忘记了哭泣。

等她回过神来之后，她吸吸鼻子还是对夏泽演说道："手机能不能借我用一下。"

夏泽演的眉毛一挑，把手机递给她。

乔慕想来想去，还是只给陈以默发了一条短信："男朋友，你等我一年好不好？一年后我一定会成为足以配得上你的乔慕。永远爱你。"

发完短信之后她就把手机还给了夏泽演。

乔慕跟着夏泽演绘画，没少被他骂。渐渐地，乔慕也琢磨出了一些同夏泽演相处的道理来。

那就是永远不要和他对着干。他就是天王老子说啥就是啥。苦命的乔慕和他待一起待久了，谄媚的功底是越发见长。

她也是在夏泽演这里待了好几个星期之后，才从夏泽演身边的小姑娘那里得知真相的。

最开始她也不是没有好奇过的，方萍哪里来的人脉，竟然能和夏泽演扯上关系。现在她终于知道了，原来夏泽演早就看过了她在微博上晒出的画，"夏有乔默"系列组图，夏泽演都看过。这才让夏泽演动了要收她为徒的心思。

然后夏泽演去中国找到乔慕，结果阴差阳错地没有见到乔慕，他见到的是方萍。而方萍在中间起了什么作用也就不言而喻了。为了让乔慕离开陈以默，为了让陈以默能够冷静下来，为了让陈以默冷静下来能有更好的选择，方萍还真是……无所不用啊。

方萍骗她的还不止这一件。

当时他们讨论的时候说得好好的，只留学一年的，甚至她对着陈以默在短信里也是这样承诺的。可原来并不是，方萍当初让她签的合同分明是三年期的。可怜她当时一个英语也就过了四级的人，哪里看得懂全是英文的合同？说到这个就不得不说夏泽演真是太装十三了！

好好的一个中国人，虽然移民了吧，也不应该弄个全是英文的合同呀! 这不是存心欺负人嘛!

也是她自己没有多长个心眼。

第114章

合同没有看懂就签了字, 现在苦果来了吧。

在夏泽演身边学画一个月之后, 乔慕知道了他身边的小女孩囡囡根本不是他的孩子, 而是他的养女。

她学到半年的时候, 夏泽演告诉她, 这辈子他都不打算收别的徒弟了, 收她一个就够了。

乔慕闻言只觉得自己这半年来被他无数次地嫌弃挑剔都值了! 得老师这句她真的受宠若惊!

结果夏泽演又紧跟着加了句: "这么笨的再来一个我一定会累死。"

她在夏泽演身边绘画刚满一年的那天, 她的行李被打包好, 就连机票夏泽演都替她准备好, 直接把她送到机场去, "乔, 你知道我为什么想要做你的师父么? 你是个有灵气的姑娘, '夏有乔默' 那组绘图充满暖暖的爱意, 现在的你根本做不到。你的心有缺口。该教你的我都已经教了, 剩下的只能靠你琢磨。"

"可我还没出师呢啊!" 乔慕有些着急。

这一年真的很难熬。她独自在异乡生存, 夏泽演是她老师, 会照顾她, 但同时身为一个年轻男子的夏泽演其实也不懂得怎样照顾人。

她刚到爱尔兰的时候根本不适应爱尔兰的气候, 三天两头地发烧感冒咳嗽。每次烧得脑袋昏昏沉沉的时候，她就格外地想念陈以默。想得发疯又发狂，恨不得立马订机票回国，回到他身边，然后再也不走了。

可她知道自己不可以。

都已经艰难地坚持下来了，并且也坚持了一年，她不想在此刻放弃。

囡囡拿着手机递给乔慕说道："姐姐，你看短信呢，是发给你的，发到夏叔叔手机里了。"

乔慕一看电话号码就知道是陈以默的手机，一年都没联系，可他的手机号还深深地记在她的脑海里不曾忘记过。

她点开短信的手有点颤抖，有点紧张，不自觉地咽了咽口水。

屏幕上斗大的字清晰地说着："××日，我同××的婚礼，诚邀您参加。"

像是群发的短信不小心发到了这里。是啊，当年她到爱尔兰的第一天就是用的这个号码发短信给陈以默。在那之后无论她怎么旁敲侧击地问夏泽演，得到的消息都是：陈以默没有回复短信。

现在他终于发短信过来了，说的却是这样的一句话，"我同××的婚礼，诚邀您参加。"

××竟然是温安安。是温安安。

乔慕觉得手机屏幕上的字一下子花了起来，看都看不清楚，她伸出食指去擦拭，却发现越擦越模糊，夏泽演递纸巾给她的时候，乔慕才后知后觉原来她是哭了。

来爱尔兰的第一天她哭了，因为后悔。之后的365天里，她一天都没有哭过，再难过的日子里她都咬牙挺过去了，因为她知

道,会心疼她的那个人不在这里。没有想到她竟然还要哭着离
开爱尔兰。

　　夏泽演叹了口气送她去安检。感情那么伤人,为什么还有
那么多人要前赴后继?夏泽演看了眼手里牵着的囡囡。如果以
后囡囡长大了也为了别的男人哭得要死要活的,他会有什么感
想?哦——大概分分钟会想把那个男人掐死吧。

第115章

　　乔慕一路哭着上飞机,正经地坐在飞机上的时候,她已经
镇定下来了。

　　除了眼睛有些红肿以外,她已经无大碍了。

　　走之前,囡囡那个鬼灵精对她说:"喜欢的追回来不就好
啦。"现在想起来真是忍不住破涕而笑。很多时候大人考虑的
事情太多,真的没有小孩子想得通透。这么简单的道理,她竟然
最开始没有想明白。

　　喜欢的追回来不就行了么。

　　温安安可以趁着她不在的时候勾搭上陈以默。那在他们结
婚之前,她也还是有机会的吧?没有记错的话,从现在开始算起,
距离陈以默同温安安的婚礼还有一个月的时间。一个月时间,不
长,也不那么短,说不定一切还来得及,还有反转的余地。

　　乔慕掏出镜子看到自己眼角眉梢的狼狈之后忍不住皱了
眉头。

　　在夏泽演的带领下,她的审美早就被彻底改造了,就连给自

己化妆的水平也上了好几个台阶，她已经不习惯自己狼狈的模样。

人啊，年纪越大越想做个精致的人。因为已经没有当初肆意挥霍的勇气。

她一回到A市就直奔当初她和陈以默的房子，隔壁的邻居一看到她就热情地和她打招呼："小慕，你回来了啊，都好久没看见你了。"

"嗯，是啊。"乔慕笑一笑之后向邻居打听道，"陈以默还住这边吗？"

"小陈啊，还住着呢，没搬没搬！你可以去敲门看看，应该在家的！"热心肠的邻居说道。

和邻居道完谢之后，乔慕紧张又小心地敲门，顺便耍了个小心眼，蒙住了猫眼，省得陈以默看见是她，然后一生气干脆不开门，装作自己不在家。

她按响门铃之后，大门很快被打开。陈以默一看见门口的人是她，就直接毫不留情面地要关上门。

幸好乔慕身形娇小，从他的手臂下钻过去，直接溜进他屋里，还没来得及仔细打量屋子里的饰物是否发生改变，就看到温安安一手摸着肚子一手扶着腰，慢腾腾地走了出来，嘴里还在问着陈以默："是谁在按铃啊，以默？"

此时的乔慕已经完全呈现出一副被雷劈过的模样。

她在飞机上的时候还努力乐观地幻想，有可能事实就是她一直不回国，而陈以默因为太过想念她，所以就决定抛出一个诱饵，把她骗回国。她都打算好了，如果是假的，她一定要欢天喜地地扑在他怀里，哪里都不去了。

那些什么理想啊，什么想要出人头地，什么相不相配的理论此刻都变成虚幻的事物。如果陈以默都不要她了，哪里还存在什么匹配与否的说法。她竟然一直没看透这一点，多么可悲。

"看够了吧，可以走了吧。"陈以默冷淡地说道。他根本不愿意多看她一眼，他用小心翼翼的态度面对温安安，体贴地扶着她坐在沙发上看电视，甚至还给她准备了新鲜的水果，就连水果皮都处理干净了。

乔慕像是自虐一般地看着眼前的景象。脚步生根，根本无法移动。她都不知道自己是怎么离开的，她就像个孤魂野鬼一样在马路上游荡。

这座城市，她不过一年没回来而已，就发生了变化，有些地方她甚至根本想不起来它原来的模样。只余下陌生的感觉。

那种完全没有归依的感觉，让她觉得自己像漂泊在这座城市的浮萍。

原来是奉子成婚。温安安的肚子已经很大了，像是五六个月的样子，那是不是意味着她走了没多久他们就在一起了呢？

第116章

其实她这一走就是给人家腾地方吧？

她不甘心，觉得自己真傻。如果当初死乞白赖在他身边待着，现在会不会不一样？

明知道未必的事情，人却总是愿意一厢情愿地自以为是。

乔慕这次被打击得厉害，她以为自己完全没戏了的时候，方萍竟然找上门来了。面对方萍，乔慕总还是怨恨的。虽说当时决

定拜夏泽演为师的最终决定是她自己做的，可是方萍在其中对她的欺骗也同样不能抹去。

如果她真的像方萍算计的那样三年后才能回国的话，怕是陈以默的孩子都能打酱油了吧？乔慕心酸地想道。

"乔慕，我就和你直接开门见山地说了。"方萍一进门就这样说道。

"我不觉得我们还有什么可以说的。"没有了要顾及陈以默的意思了，乔慕心情差到根本不想应付方萍。反正她们两个应该现在都是互相看对方不顺眼的吧。

"怎么没有？"方萍不赞同地反问道，然后也不等乔慕反驳就继续问道，"乔慕，你和阿姨说实话，你还喜欢以默吗？"

"现在说这些还有什么意思？他都要和温安安结婚了，还要我……"

乔慕的话还没说完就被方萍打断，方萍嘴角噙着胜利的笑容对她说道："那就好了！阿姨一定会帮你的，你就安心地等着嫁给陈以默吧。"

咦？看方萍这个样子，难不成方萍比起不喜欢乔慕来说更不喜欢温安安？

不会吧，温安安那么强势能干方萍都看不上？

她眼睛里的疑惑方萍看出来了，随即有些尴尬地说道："乔慕，以前是阿姨做得不对。现在阿姨已经知道了，最适合我们以默的啊，还是你！除了你别人都差了那么点。"

送走了今日显得格外慈祥的方萍之后，乔慕并未将方萍的话放进心里去。

毕竟方萍前后的态度变化太大，事出突然必有妖。乔慕总觉得事情没有那么简单。

乔慕没有想到的是，方萍是来真的。三天后，方萍就采取了行动以表达对乔慕的支持。

乔慕在自己租的房子门外碰见了挺着大肚子的温安安。乔慕准备出门，习惯性地化了淡妆，而温安安因为怀孕的关系素面朝天。乔慕眼尖地发现温安安的鼻翼两侧有雀斑，可能是因为怀孕的关系。

乔慕见到温安安的时候恰好关上了自家的房门。因此两个女人就站在楼梯口说话。

"你来找我？"乔慕怀疑地问道。

温安安笑着点点头说道："方阿姨这几天一直找我说话，话里话外的意思都只有一个，就是你回来了，我这个候补的应该有多远走多远，让你们有情人终成眷属才对。"

乔慕愣了一下之后想道：这不会就是方萍所谓的"支持"吧？

她不禁摇摇头，实在有些无法接受方萍的想法，温安安这样子大着肚子的难道不应该母凭子贵的吗？

第117章

乔慕已经不知道说什么好了，她没什么表情地说道："这些事情你和我说干吗？你还是回去和陈以默说吧。我可管不了方阿姨喜不喜欢你。"

"她以前也很不喜欢你吧？"温安安还是笑着说道。

"你怎么知道？"下意识地问出口之后乔慕就后悔了，她干吗要问这么自取其辱的问题啊，真是的。

"因为那时候方阿姨来公司找陈以默的时候正好撞见我，她可是在我面前说了不少你的坏话呢。"

方萍到底是对她乔慕多不满意啊！连对着第一次见面的人都忍不住要说她坏话，至于吗？等等！难道方萍之前其实也有动过温安安的念头？那现在方萍那么讨厌温安安是为了什么？

温安安摸了摸自己的肚子，很温柔地对乔慕说道："你也好奇吧，方阿姨怎么就这么见不得我和陈以默在一起是不是？"

乔慕虽然真的好奇，却也不想就这么说出来，让温安安得意。

她不吭声，温安安也丝毫不介意地继续说道："我肚子里的孩子不是陈以默的，你说方阿姨怎么可能会喜欢我嫁给以默？"

饶是乔慕最近被惊吓过许多次，听到温安安的这句话之后，她还是受到了惊吓。眼睛瞪得老大，双腿也不受控制地往后倒退。她本来就离楼梯很近，因为温安安大肚子的缘故，乔慕下意识地就把较为安全靠里的位置让给了她。这也就造成了乔慕一步一步往后退，一下子踏空，从楼梯上滚下去的结果。

温安安惊恐地想要拉她，都没能够拉得住她。

此时收到消息，知道温安安来找乔慕的陈以默不放心也找了过来，正好看到乔慕滚下楼的模样。

他的心骤然紧缩，吓得赶紧把乔慕抱在怀里。她晕过去了，额角还有磨破皮渗出来的血。陈以默抱着她上车去到医院的路上，一颗心都跟在辣椒水里泡着一样，疼得厉害。他颤抖的嘴唇毫不犹豫地亲上她的额头。

早就醒过来的乔慕在他的怀里不被察觉地颤抖了一下。

其实最开始她是真的晕倒来着，等陈以默冲过来抱着她的时候，她就是故意装晕的了。她其实是有点怕他，怕他骂她好好的也能从楼梯上滚下来，就立马装晕，一路装到被他抱上车。

之前温安安的话在她心里说是掀起了惊涛巨浪也不为过。她是真的被吓到了。

如果真的如温安安所说，她肚子里的孩子不是陈以默的话，那陈以默为什么还要照顾她甚至要娶她呢？真的就只是为了刺激她吗？

陈以默其实也不是这么草率的人。

如果温安安没怀孕也就算了，温安安怀孕的话，陈以默不可能会这样做啊。

她想得认真，不知不觉地连已经到了医院都不知道。医院的各项检查都没有问题之后，陈以默将乔慕送回了家，自己也回到了自己的住处。

温安安看到陈以默回来，很是惊讶地问道："你怎么回来了？乔慕呢？你这种时候竟然不留下来照顾她？"

陈以默没什么表情地说道："去过医院检查了，没什么大碍，我就回来了。"

"你就不怕她一会儿醒来之后看不到你失落？"温安安继续问道。

"我们早就分手了，没关系了，有什么好失落的。再说她失落和我又有什么关系。"陈以默说完这话就去到厨房里，接替了温安安正在做的洗水果的工作。

第118章

温安安低声说了句:"你就装吧,我都看见你亲她了。"到底没有直接拆穿他,留足了面子。

陈以默明明听到了,也装作没有听到的样子一声不吭。

他把水果洗干净了之后递给温安安,然后开始准备晚饭。

乔慕就是在这个时候过来的。温安安给她开了门,甚至朝她眨眼睛,说道:"你们两个慢慢聊,我会老老实实地待在房间里不出来的!不要顾忌我啊。"说着就真的进了房间。

乔慕的额头上还有纱布在,透着些许的血迹。陈以默看到她的额头,本来想赶她出去的话就有些说不出口,干脆转过脸不去看她,实行冷暴力。

乔慕在他后面站了好一会儿,就只盯着他的背影看。

一年没见,他的身形还像她记忆里的一样,伟岸又矫健。她忍不住伸手从后面环抱住陈以默,明显地感觉到陈以默身子一僵,手上的动作都暂时性地停了下来。

陈以默屏气不开口,乔慕抱着他的腰依恋地将脸靠在他的背上乱蹭。

她不说话,陈以默却有些沉不住气地先开口说道:"你还回来干什么?"

话说出口他就后悔了,这么幽怨的话,说出来他都替自己不好意思。

乔慕整张脸埋在他的背后,眼泪簌簌地掉。不是想让他心疼,而是在他身边她终于觉得安心起来,就仿佛她漂泊了一年的心终于有了落脚处一样。

陈以默哪知道她心里绕过这么多弯弯。他那句酸溜溜的话说出口，她竟然就当做没听见一样沉默着不开口，他多少有点生气，正准备把她甩开的时候就感觉到了背后的湿意。

他的一颗心，又气又心疼。气她一走就是一年，走之前都不肯好好和他商量就这样一走了之；心疼，也是心疼她在国外生活了一年。每次想到这个他就会担忧她过得是不是好，会不会在国外着凉生病，会不会被人欺负。

他的这颗心啊就一直在这两种情绪里，来回地折腾，折腾到他终于累了，不想等了。

发那条短信给她的时候他承认自己是故意的。其实她不回来也没关系，他和温安安早就商量过了，如果乔慕不回来他们就结婚，说实在的，那条短信也不算是杜撰。

可是她就这样回来了。变得陌生，然后回来了。

她回来的第一天，陈以默差点认不出来她，不是记不得她的容貌，是她现在变得太漂亮。身段柔软，化着适宜的妆容，就连选择的衣服都非常适合她的身材，巧妙地将她的优点全部放大。这样闪光的乔慕是陈以默从来没有见过的。

他多怕啊，她会一直待在爱尔兰，然后再也不回来。

方萍给他看的资料，他其实都有认真在看。关于乔慕在爱尔兰和那个夏泽演相处的照片，她笑起来还是一如既往的灿烂，眼睛弯弯的，很可爱。

陈以默突然就失去了去找她的动力。

如果她不回来，他其实也不知道自己会怎么样。

所幸她回来了。

第119章

陈以默和乔慕在外人眼里似乎是回到了一年前如胶似漆的
关系。可只有当事人知道根本不是那么回事儿。

乔慕自己心里明白得很,外人眼里的"如胶似漆"其实都
是她自己求来的,是她死皮赖脸地跟在陈以默后面,才造成了
别人的这种他俩到哪里都一起的错觉。

想想就悲伤。不过不要紧的,男朋友迟早会原谅她的!肯
定的!

乔慕有志气地给自己打气!丝毫没有气馁的样子。

虽然她其实心里也有些小小的怅惘与不踏实。

她一回来就很想念小白,可是满屋子怎么着都没找到小
白,她又不敢问陈以默,他现在已经不像以前的他了。现在的陈
以默对着乔慕很容易不耐烦,她不敢问他,心里就认定小白一
定是被他送走了。

就和她的衣服一样,被抛弃了。

乔慕发现自己的衣服没了,还是因为她厚着脸皮在陈以默
的沙发上装睡,死都不肯回去,陈以默终于留她住下来之后,她
熟门熟路地打开衣柜,方觉自己的衣服都没了。

看到她盯着衣柜发呆的模样,陈以默格外解气地说道:
"温安安搬过来住的时候带了好多衣服过来,放不下了,我就
把你的衣服扔了。毕竟谁知道你还回不回得来,是吧,乔慕。"

唔,翻旧账的来了。乔慕谄媚地点头表示赞同,哪里敢说心

中的怨言。

虽说她现在已经知道了温安安肚子里的孩子同陈以默一点关系都没有，可陈以默为了给温安安腾位置就把她的衣服给扔了，她还是有点不开心。

就是没胆子表现出来而已。唔，她现在还可怜地属于留校察看期呢，说不定她多说两句，男朋友一个不耐烦就把她赶出去也没个一定啊。

想当年她搬进来和陈以默住在一起可是陈以默使劲找理由才把她给留下来的啊，现在怎么颠倒了个儿了？她想留下来还得要点手段，想想真心酸啊。

乔慕一边顾影自怜，哀怨地叹气，一边给自己加油鼓劲。

其实陈以默也没有他表现出来的那么不喜欢她吧？你看比如那次她失足摔下楼梯的时候陈以默他多着急啊，他还偷亲了她呢。

还有，还有现在也是一样。虽然她提议出去玩陈以默十有八九都会拒绝，可是仔细想想其实他们两个还是每天都会见面的，那是不是其实男朋友也想见她呢？只不过是还在生她气，面子上过不去，所以还在死打着？

这样想着乔慕心里开心多了，底气也足了些。

而另一边的陈以默觉得自己格外的不对劲，他从来没有像今天这样烦躁过，他心里不踏实，罕见地毛手毛脚的，甚至还把杯子打破。总觉得今天会有什么不好的事情发生。

乔慕的短信正在这时发了过来。陈以默打开一看，发现是约好晚上一起看电影的信息，只有署名的地方颇具乔慕风格地附了一张可爱的笑脸。乔慕最近都好像爱上了看电影。

陈以默的心情好转了不少。她果然就是他的仙丹妙药，一吃就见效。

他好心情地回复她：看你表现。

第120章

话说得冷淡，其实心里早就答应她了，不过是傲娇又别扭地逞能而已。

乔慕收到他的回复的时候已经很开心了，本来还以为会被陈以默直接拒绝的呢，没想到竟然还有回转的余地！

以前因为于思聪的事情，她放了陈以默鸽子，让他一个人等了那么久，她知道他有多生气，也知道今天大概自己也会在电影院门口多等一会儿。

可是那又有什么关系呢？反正她知道他一定会来的，既然他会来，那她等再久也没有关系呢。

带着这样的信念她回复他说道：我们晚上五点不见不散喔。

看她多聪明，"不见不散"，陈以默肯定懂这句话的意思。

陈以默当然懂，收到回复的时候他就笑了，小东西这么聪明地在暗示他她自己愿意等，他怎么会看不出来呢？

陈以默回了她一个字"嗯"以后就放下了手机。这余下的半天上班时光似乎都开始变得煎熬。

于是办公室里的其余人就敏感地发觉，一向最是认真工作的小陈今天似乎有什么急事急着下班的模样，做什么事情似乎都有点心不在焉。

乔慕这边可不比陈以默。接了新的插画约稿的乔慕正在认真地看小说。她这次接的插画是帮一个作者新出版的小说配图,需要与小说中的情节相吻合。

她这次合作的作者别称叫小玉,是个很好说话又贴心的人,为了方便乔慕绘画,她甚至提供了三个详细场景好让乔慕能更便捷地找到灵感。

虽然小玉贴心地帮她省掉了一些工作,但精益求精的乔慕还是决定通读一遍小玉这本即将上市的作品。有些情感啊,不是一气呵成地看完,总觉得不够连贯。

就好比你在哭的时候有个人打断你,让你过几分钟再哭一样,早就没有情绪了。

她花了一下午都没能够看完,在电影院门口等陈以默的时候她实在是百无聊赖得厉害,就把书拿在手上继续看。

书写得精彩,渐渐地,她也就忘了等待的难熬。

正当她沉浸在书里无法自拔的时候,突然有个人狠狠地撞了她一下,她一时不察,手上的书都被撞飞。

尚未反应过来的她正准备捡书的时候就听到女生尖利的喊叫声:"抢劫啊!我的包被抢了!抢劫啊!快抓住他!"

乔慕这才反应过来刚才撞她的人就是小偷!再定睛一看,乔慕变了脸色,赶紧拔腿追上前去。

陈以默到达电影院门口的时候脸色很不好看。他本来就是故意迟到惩罚乔慕的。

可谁知道,他都刻意延迟了半小时出发了,乔慕竟然还没到!

　　他脸色不好看地拿出手机准备打电话给她问她在哪里的时候，听到正准备进去看电影的小情侣在八卦。

　　"太吓人了！你看到没？刚才那个女孩子肚子上全是血！好吓人啊！"女孩子一副心有余悸的模样说道。

　　他的男朋友似乎也被吓到一样不住点头，"怎么可能没看到，那么多血，真的吓死人。听说啊那姑娘是见义勇为，然后被小偷同伙捅了一刀以后才流了那么多血的！好人不好做啊！"

　　陈以默的手有点抖。早上那种强烈的不好的预感，似乎又卷土重来。

　　他找到乔慕的电话拨过去，嘟——嘟——嘟，每一次"嘟"声都那么难熬。

　　电话最终被接听了，说话的却不是乔慕。

第121章

　　挂断电话以后，陈以默快步拦车去到医院。隔着什么都不看到的门，他守在手术室外面，只觉得自己大脑中一片空白。

　　他看到周朝在，竟然也不觉得意外。他现在根本就无法正常思考。

　　周朝一直在哭，陈以默记得周朝小时候就很爱哭，不带他出去玩周朝就一直哭，可自从周朝十岁开始，陈以默就没有再见他哭过，他现在哭成这个样子，是为了了什么？

　　他听到自己空洞的劝慰："周朝，不要哭，乔慕一定没事的，省省力气，以后跑腿买饭的事情就要交给你了，我们慕慕最喜欢我,她醒来要是看不见我会难过。"

他说着说着笑了起来,好像已经看到了乔慕撒娇耍赖不让他离开的赖皮模样。

陈以默的话刚说话,周朝就膝盖一软直接跪在了陈以默面前:"哥! 都是我的错! 是我不学好! 都是我的错! 你打我吧! 打我吧! "周朝抓着陈以默的手就狠狠地往自己脸上扇,陈以默抽回手不解地看向他。

周朝哽咽着把事情的真相都说了出来。

陈以默才不愿意就这样一巴掌了结,没有那么容易。

周朝倒是宁愿挨上这一巴掌,也省得被心里的愧疚折磨。当时乔慕突然冲出来的时候他真的被吓到了。周朝虽然不喜欢自己的表哥,对于这个表哥的女朋友他倒是一直存着好感的。

他知道的,乔慕是个好人。

当他的同伴掏出刀子捅向乔慕的时候,铺天盖地的害怕向周朝涌来。这个年轻的男孩子,虽然平时会犯错误,可是这样大的错误是他从未料想到的。

巨大的恐惧将他淹没,随后纷至沓来的是愧疚与懊悔。

乔慕是多好的人啊,竟然就在他面前受伤,而伤她的人还是他的同伴。此时的周朝愿意做任何事情来挽回。

人呀,怕的就是有心想要弥补的时候,弥补的对象却根本不给机会。

周朝现在面对的就是这样的情形。不过他能够理解的,如果他和陈以默互换身份,是他的女朋友被人捅了,他也无法原谅。

生命大过一切。

陈以默颓然地坐在椅子上等待,在乔慕没有能够安全地从手术室出来之前，他都没有办法思考了，什么也不愿意去想。

周朝仍然在痛哭，声音渐渐小了。

漫长，太过漫长的等待，他们两个人都在经历良心的拷问。

周朝自然不必说，今天的事情一大半都是他惹出来的。虽然陈以默不认为周朝能够一下子学好，但是他看到周朝把头发染黑，每天勤勤恳恳地按时上班工作的时候，他以为周朝已经在努力变好。

原来都是假的，都是浮于表面的泡沫，一吹就散。

被人排挤一下，被人冷嘲热讽一下就觉得社会不公平了？就要学坏报复社会了？觉得赚钱不容易就要偷抢了？这是什么样的三观！陈以默简直懒得说。幸好周朝还算有点良心，乔慕对他那样好，他还知道要立马送乔慕进医院而不是立马逃跑。而至于那个捅了乔慕以后又逃跑的周朝的"同伙"，等乔慕出来之后，他一定要看着那个人被绳之以法。

第122章

他呢？陈以默想到自己。自己难道就没有错了吗？

就为了自己那卑劣的自尊心啊，还有大男人的醋劲，他就把她一个人晾在这里等他来。这是男人的行为吗？

今天、今天如果不是他，不是他这么矫情地非要"惩罚"她，她也不会那么凑巧地遇上这样的事情吧？最起码，她遇上这种事情的时候，他也能够在一旁陪着她的吧？而不是像现在这样，让她在手术室里被抢救，至今不知道结果。

医生从手术室里终于走了出来，陈以默立马迎上前去焦急地问道："医生，请问手术……"

医生满头大汗地摘下口罩说道："她后脑勺着地，伤到了脑神经。手术是成功了，没有生命危险，只是……不知道她什么时候才会醒过来。"

潜台词就是，有可能永远都醒不过来。

被乔慕茶毒，陪着看了那么多韩剧的陈以默哪里会不知道这个经典剧情，他几乎一下子就听懂了医生的潜台词。

周朝整个人都扑在医生身上，"医生，求你想想办法，她还要继续画画呢，她很有才华的，也很有前途！以后说不定就能成为有名的画家……"

"对不起，我们尽力了……"

周围的这一切声音，对于此刻的陈以默而言，都变得虚幻，就仿佛隔着浓重的海绵一般听不真切。说不清楚心里的真实感想是什么，好像有悲伤，好像也有庆幸。悲伤的是她不知道还能不能够醒来，庆幸的是——至少还活着。

他二十五岁了。在他漫长的二十五年里，仔细想想，其实也就只有一个她而已，从头到尾地对他好，还不要求回报。而他呢，他做了什么？猜忌、怀疑、不坦诚、欺骗。他竟然做了这么多感情里最忌讳的事情。

周朝被警察拘留的时候，陈以默还陪在乔慕病床旁边给她念些笑话，好像总有种幻觉，仿佛下一秒她就会在床上一边笑一边打滚着说道："你的笑话好冷啊，男朋友！你看只有我那么捧场！"

　　舅妈哭着喊着大闹病房的时候，他反感得一塌糊涂，这些年就算最初他得知当年父母留下的那套房子被舅妈私吞的时候，陈以默都未曾当面和舅妈翻脸过，这次他却忍不住冷了脸，将舅妈毫不留情地赶出病房。

　　"以默啊，救救你弟弟啊，他是无辜的……"就算关上房门也阻挡不了舅妈哭天喊地的大嗓门。

　　周朝是无辜的，难道乔慕就是活该？她现在躺在病床上不得动弹，难道就是她活该？

　　陈以默冷着脸，手下却仍旧温柔地给她戴上耳机。让美妙的音乐遮盖住屋外漫天的嘈杂。医生说过的，她听得到，只是没法做出回应而已。

　　白天的时候他要上班，没有办法一直陪着她，所以专门请了护工照顾她，大概就是因为这样，舅妈才准确地得知了他来医院的时间来找他。

　　每个人都必须要为自己犯下的错误付出代价。没有人能够避免，能够避免的也只是一时侥幸而已。陈以默如今就是这样想的。

第123章

　　他请来的护工偷偷地瞄了一眼屋外的情况又瞄了陈以默好几眼之后，终于忍不住开了口："陈先生，我看你舅妈是真的想要求情，也挺可怜的，家里就这么一个孩子，要是有污点了，以后工作都难找啊！再说……"

陈以默打断她，说道："您把我想得太厉害了！我舅妈是昏头了！又不是我报警去抓周朝的，现在是他偷东西在先，不过是拘留几天而已，犯法的人总归是要受到法律制裁的，总不是我一句话就能把他救出来的吧，那我也太厉害了吧？阿姨，下次我舅妈要是再来您就别把她放进来了，我们慕慕最怕吵了。"

陈以默这段话说得挺客气的，要不是因为他白天还得有赖于护工阿姨照顾乔慕，生怕她照顾得不够尽心，陈以默真的想直截了当地问她，究竟收了舅妈什么好处，就这样替她说话！

他也是真的没有想到舅妈竟然脸皮厚到这样的程度。他简直不知道她脑子里都在想些什么。

还有他那个表弟周朝，他倒是觉得被警局拘留个几天也没什么不好的，总要得到点教训，以后才会学好。

乔慕昏迷之后，方萍也来过几次，无非是来刺探他接下来准备怎么办。

陈以默知道方萍的意思。在方萍的眼里，乔慕大概是没有希望醒过来了的，她唯一的儿子就这样废在一个可能永远醒不过来的女人身上，方萍当然觉得不值。

护工听他这样一大段话说下来，表情上也有点讪讪的，嘴上没有再说些什么，心里却在嘀咕着陈以默冷血之类的话。

方萍觉得陈以默完全可以娶妻生子，这并不妨碍陈以默继续照顾乔慕啊，最起码她也可以来照顾乔慕啊。虽然她觉得有护工在，陈以默陪在这里也帮不上什么忙。

陈以默在乔慕这里吃午饭，用仅有的两个小时的午休时间来陪伴她，恨不得能拥有更多的时间陪在她身边。

人啊，总是要在失去之后才知道要珍惜。要在没有办法陪伴的时候才懊悔,当初为什么不多陪伴一会儿呢。

午休结束后,陈以默同护工阿姨道别,惯例要感谢她照顾乔慕,虽然是给了钱,但这点嘴上功夫还是得做。

回到公司后,他开始认真工作。温程程已经被家里送出国去进修,不会在公司里骚扰他了。

陈以默的工作质量日益上升,即使背后有再多的人妒忌,给他使绊子,也不能影响他晋升的速度。他要钱,他需要很多的钱。乔慕住院,每天打营养针,还有请护工,等等,这些都需要钱。

乔慕的亲弟弟林河拿着自己存的一点零花钱塞给陈以默,钱虽然少,总是一点心意。尤其是乔慕这么疼弟弟,知道了弟弟也心疼她的话一定也很高兴。

一年时间就这样快速地过去。

在陈以默未曾放弃乔慕的同时,于思聪也同样没有放弃。于思聪找到了国外最权威最专业的医生,找到了让乔慕苏醒的一线希望,而他唯一的要求就是要带乔慕去美国,而不准陈以默跟着去。

于思聪永远都忘不掉陈以默和乔慕刚在一起那会儿向他示威的场景,那是他心底深处的伤口。说他卑劣也行,怎么样都行,他就是想知道,如果乔慕醒过来以后第一个见到的人是他,乔慕会不会忘掉陈以默转而喜欢上他于思聪?

这样的念头越来越疯狂,他终于付诸行动。

第124章

对于于思聪这样的提议，陈以默似乎丝毫不觉得意外。

事实上也的确如此。

在于思聪说起他找到了一线希望能让乔慕苏醒的时候，陈以默就一直在等待着他提出作为交换的条件或是要求。

等于思聪真的说出口的时候，陈以默反而觉得心里一阵轻松。

不能见面而已。比起能够活蹦乱跳，肆意欢笑的你，不见面也可以。我只愿你，在我看不到的地方过得潇洒，笑得灿烂，那我们此生不见也可以，我只要你幸福就好。

他是这样想的。

陈以默答应了于思聪的要求说道："我只给你三年时间，三年后如果你还不能让她清醒过来，请把她带回到我身边。"

要知道于思聪爱乔慕爱得并不比他陈以默少，他陈以默不过就是幸运了一点能够被乔慕喜欢而已。想来乔慕在于思聪身边，他也没有什么好不放心的。

三年后。

异军突起的上市公司总经理陈以默又一次参加了希望小学正式落成的剪彩形式。

在这三年里发生了许多事，比如温安安彻底脱离了温氏自立门户，并让陈以默成为她手下的主力军；比如从前的不良少年周朝跟着师傅踏踏实实地学了一门手艺，现在已经在小学门口开了一家小小的蛋糕店，靠着自己的劳动踏实地活着……再比如陈以默，这三年里赚了很多钱，每赚一大笔钱陈以默就捐出其中的百分之二十用于做慈善。

商界都有传闻温安安独自生下的孩子其实是陈以默的。只是这两个人不知道在闹什么别扭，都三年了，还不结婚，就让孩子跟着妈妈姓。

小有名气的慈善家陈以默先生不仅身上有八卦，还是个青年才俊，偶尔有媒体想要采访他都被他拒绝，唯一一家被他接受的媒体把他的照片登在杂志的封面上，要多醒目就有多醒目。

标题是：陌上花开，可缓缓归矣。

就好像乔慕还是像之前出国拜夏泽演为师一样，总有一天会学成归来。陈以默对此深信不疑。

之前的三年里，总有人拿他和温安安说事。那时候乔慕不在，他为了阻止无聊的好事者乱扒温安安孩子的爸爸，给温安安造成二次伤害，也就一直没有对谣言做出回应。

可是现在不一样了。他已经知道了，乔慕醒了。

他不知道她什么时候回来，可是他绝对不会让人说她是横插在他和温安安之间的小三，辟谣是必然的。他才舍不得委屈她一点点呢。

刚下飞机入境的姑娘，路过书店的时候停下脚步摘下墨镜仔细地拿起杂志来看。漫天的广告都是宣传她的新作品："'夏有乔默'联手90后清新写手'玉晶蓝'创作新作《待归》。"

当看到那句"是你教会我大爱"的时候不由自主地笑了起来。

男朋友，你这么说可真让我不好意思呀。良善之心的大爱太宽泛，此刻的乔慕只想要你的"小爱"。

番外一：温安安之得不到的永远在骚动

温安安其实并不是温程程的亲姐姐，这件事情温家大概也就温程程不知道而已。

她其实是未婚妈妈遗弃在温家大门口不要的孩子，而温家收养她的理由竟然是因为算命的人说她是天降福星，能给温家带来天大的财运。

或许她真的该感谢那个算命瞎子的，要不是那个人随口瞎掰的一句话，她大概都活不过那个冬天，更不可能在温家锦衣玉食地度过这二十多年。

她到温家后，结婚多年未孕的温母竟然怀孕。

这似乎也更加证明了温安安是"福星"的确定性。

从温安安懂事开始她就知道了自己的来历。福星是吗？

就为了"福星"这两个字，她小小年纪就开始替温程程背黑锅、写作业，小小年纪就开始拔苗助长学习一切未来用得上的东西。

温程程的作业开始高效率完成，就连成绩也在她的严厉教导下逐步提高，整个温家都把她当成是福星供着、捧着。

她十几岁的时候就知道"开弓没有回头箭"这句话，而她永远都不能失败，在她羽翼尚未丰满之前。

说真的，小的时候她其实也喜欢过温程程这个小妹妹的。最初的那几年温程程尚未出生的时候，她享受到了温家最高规格的宠爱，等温程程出生之后，温家的人对温安安的喜爱也是只增不减。毕竟早就被医生判了死刑不可能生出孩子来的女人突然又能生下孩子来了,迷信的人们把功劳都归结给了温安安。

而小时候的温程程,傻得很可爱,温安安故意将食指凑到她嘴边,温程程也开心地把它当成是好吃的糖含进完全没有牙的嘴巴里,拿开了还会咿咿呀呀地哭喊着表达不愿意。

是什么时候开始和温程程再也无法亲近起来的?

大概就是那天她狠狠地训了温程程一顿,她心爱的小妹妹竟然才十二岁就开始早恋!这怎么可以! 完全就是不学好!

当母亲把她叫过去的时候她还很担心母亲会不会责怪她对温程程太凶,没有想到温母把她叫过去竟然只是为了好好表扬她,甚至说她管教得对,管教得好。被肯定的温安安开心得不得了,满心也以为自己做了对的事情!

受了表扬的温安安心情很好之余也些微地反省了一下自己之前训斥温程程的时候语气太差,为了修补姐妹俩之间的情谊,温安安去厨房准备了点吃的上楼端给温程程来求和。

结果让她听到了不该听到的话。

之前表扬她的温母这个时候正搂着温程程一脸心痛地说道:“我的小乖呀,不哭了哦,妈妈都要心疼了呢! 姐姐那么凶,我们以后就不要理她了好不好? 妈妈最爱程程了呢! ”

听到温程程立马应声的时候,温安安根本无从考虑她的小妹妹究竟是因为一时气愤,还是真的就是这样打算的。

可能这两者之间也根本没有什么差别。

她只是突然想明白了一些事情。原来是这样的。

因为她“福星”的名号,温程程从一出生开始就一直跟在温安安身边,姐妹两个人感情最好,连带着温程程对温母都没有多少感情。是因为这个才会有今天的事情的吧？现在想起来，之前温母让她去买东西的时间，其实就是算好了温程程和她的小男友会出现在那里的吧？

疏远也不是一下子就做到的。只是心里有了一根刺之后，时间久了，感情总会淡下来。等温安安反应过来的时候，她早就已经成为职场上的女强人，抛却了所有的柔软。

长大后的温安安不得不承认温程程什么都不行，看男人的眼光倒还真值得恭维一把。陈以默真的是个不可多得的人才。他升职得这样快，里里外外多少人眼红着，竟然还能继续升职，还能不被人抓到把柄，真厉害。

同时温安安也觉得遗憾。她其实一直不看好乔慕和陈以默。

乔慕太天真而陈以默太市侩，根本就不配。温程程那点不入流的手段想要给乔慕好看，温安安其实是抱着点幸灾乐祸的心思在背后推波助澜了一把。遇到点事情就完全失了分寸的乔慕，她想知道这样的乔慕，陈以默会不会不耐烦。

事实证明她猜错了。

她躲在温程程背后使坏破坏乔慕的名声，结果竟然变成陈以默和乔慕和好的借口，说来也讽刺。

她因为好奇陈以默究竟喜欢乔慕什么，而一时兴起去调查了乔慕的背景，不禁莞尔，原来是这样。

他们每个人，哪怕经历相同，最后得到的结果，成长之后的个性都各不相同。在命运的河流里流淌过，筛选掉一些，留下一些。

温安安一直以为自己和陈以默才是同一类人，同样的冷血，同样的不近人情，同样的市侩、自私，所以他们最相配。原

来不是。

她终于知道陈以默喜欢乔慕的什么了。

是温暖。

是遭遇不幸事情的时候还能开朗面对的态度，是从乔慕身上能感受到的源源不断的温暖，是温安安和陈以默这类人最缺乏，也是他们永远做不到的事情。

知道真相之后的温安安还是很喜欢陈以默，只不过现如今的温安安觉得自己对陈以默可能是不甘心的因素更多。毕竟，得不到的，才是最好的不是吗？

遇到孩子爸爸的时候其实是个意外。那个男孩子是陈以默的下属，一个干净又腼腆的男孩子。

温安安早就看出了那个男孩子对她的喜欢。

涉世不深的人总是藏不住自己的情绪。

可偏偏温安安就觉得这样的情绪弥足珍贵。她见过这世间最荒唐龌龊的事情，所以才渴望一切温暖。遇见这个男孩子之后，温安安才知道自己先前错得有多离谱。

和一个腼腆的、干净的男孩子恋爱，温安安掌握了绝对的主动权，就连他们的第一次都是温安安主动的，在交往根本没有几天的情况下。

男孩子一度表示要负责，温安安却觉得没有必要。她只是想要一点温暖而已，一点点就好。

她以为这个男孩子很傻很好掌控，殊不知他是把所有的事情都放在心里不说而已。

那天陈以默受了刺激，一整天都精神恍惚，还强装镇定。温安安不由得无奈，乔慕都走了几个月了，对陈以默的影响依然很大。她忙着开导陈以默。于公，陈以默是她的得力手下，她可不希望他被情所困；于私，温安安还是坏心眼地希望陈以默和乔慕分手，这会让她有种自己也没输的快感。

车祸来的时候，温安安被男孩子按在怀里完全没事，陈以默也被男孩子的手护住了头没有大碍，只有温安安现在爱着的那个男孩子，因为失血过多而死。

温安安永远忘不了男孩子死之前对她说的话。

我知道你喜欢的人其实不是我，我不会让你难过。

温安安一下就听懂了他的意思，却再也没有办法辩解。

才不是呢，她没有喜欢陈以默，她只是拿他当个消遣来看。他和乔慕的感情越不顺利，她的心情就越舒畅。

才不是喜欢陈以默。她明明喜欢的人就是他啊，这个傻瓜，说完自己想说的就不管了，都不给她辩解的机会。

一个月后，温安安发觉自己肚子里有了小宝宝，没有考虑她就决定把孩子生下来。即使父亲威胁要把她赶出温氏集团也无所谓，她铁了心要把孩子生下来。

那是她曾经被人毫无保留爱过的痕迹。

可能也是她唯一被爱的经历。

番外二：于思聪之最佳配角

在乔慕尚未和陈以默在一起之前，于思聪从未觉得自己是乔慕身边的男配。

喜欢上乔慕是一件简单的事情。干净又开朗的女孩子总是

让人很容易就产生了好感。他本来想一步一步慢慢来，混熟之后再提出交往的要求，反正也不急于一时。

　　当时的他哪里知道自己不过是一时的放松，就彻底地失去了再得到乔慕的机会。

　　明明是他先喜欢上的，最后他却变成了不相关的那个人。在他们的感情戏里扮演着不讨喜的角色。

　　是什么时候决定放弃乔慕，祝福她和陈以默的？

　　大概就是在国外的那一年吧。

　　那时候乔慕刚刚苏醒过来，因为长时间的昏睡导致她的肌肉萎缩，即使每天有人帮她按摩也不能阻挡她迅速地消瘦，就像缺水的鲜花一样迅速枯萎。

　　看到自己丑陋模样的乔慕绝口不提回国去见陈以默的事情。于思聪乐见其成，更加不会主动提出来。当时的他还在暗自窃喜，以为乔慕对陈以默失望，误会陈以默因为时间久了不愿等所以就放弃。

　　于思聪对乔慕益发的好，只盼望着有一天她能够醒悟过来，领会到他的好。

　　如果不是那天他上班突然发现资料落在家里忘记带走赶回去，他根本不会知道，在他看不到的时间里，她在做些什么。

　　强迫自己吃饭，不是油腻腻的荤菜不吃，拿肉汤拌饭，大口大口地往嘴里塞。长久不曾吃饭的人的肠胃最是脆弱，哪里经得起这样折腾？

　　他刚想去阻止她，不让她再继续自虐，就看见她捂着嘴跑到卫生间里吐了起来。

　　看护看到她吐了以后着急地劝慰她说道："乔，你这么吃太可怕了! 你身体才刚刚好,可不能这样折腾!"

　　"你不懂。我们中国有句古话,女为悦己者容。我想早点变漂亮回去见我的爱人呢。"她吐完了以后也不抱怨,仰着脸说道,一脸甜蜜,似乎在想她回国时候预期的场景。

　　从那以后于思聪就有意注意她的情况。他假装出门过好几次,果然发现她一直在为变美变漂亮做准备。

　　先是练习走路,她进步神速到连医生都夸她是个奇迹,而于思聪心知肚明哪里是奇迹,根本是她急于求成都不怕疼。

　　走路顺畅了以后,她就开始练习瑜伽,力求恢复到完美的体态。

　　她每天吃许多高热量的食物将身上的肉都补回来,又怕自己的肉松弛不好看再继续运动。重复着矛盾的事情她却依旧乐此不疲,充满朝气。

　　心死原来也只是一瞬间的事情。于思聪承认他怕了躺在病床上一动不动、了无生气的乔慕,以至于他看到这样充满希望的她的时候,只觉得怀念。

　　也不知道乔慕是怎么投了玉晶蓝的缘。乔慕都已经不在国内了,玉晶蓝却仍旧辗转找到了他们的联系方式,希望自己差点被换人插画的新书依旧能由乔慕完成。

　　玉晶蓝的坚持让乔慕感受到了被人需要的动力。

　　两个人对着电脑一起商量剧情,讨论绘图的情节。于思聪欣喜地看着乔慕的变化,除了努力变回漂亮的乔慕以外,现在还有了工作的乔慕开朗了许多。

　　至此于思聪开始以乔慕的兄长自居,再不对她抱有任何男女之间的幻想。他宁愿退到后面甘心守护她,也不要她因为他

的关系再有负担。

她爱得那么认真，把他彻底打败。如果他还会遇到陈以默，经年累月，等他身边也有彼此相爱的女孩子的时候，他想他也会笑着对陈以默说：当年我不是输给你，我是输给了她。

番外三：陈以默之用一支烟的时间想念你

陈以默的人生在乔慕出现之前，基本可以算是平坦的。

在遇见她之前，他还算是个有志青年。最大的想法是能过稳定的生活，手里有足够用的钱，日子舒坦就行。至于感情的事情，他完全没有兴趣。以后如果有必要的话，也只想找个志同道合的人不费力气地度过整个人生。

乔慕的到来让这些念想都变了模样。

他的愿望里最重要的那个是与她厮守，而不再是赚钱。握在手里的钱让他有安全感，可这份安全感，乔慕一个人就能给足他。

陈以默很难说自己心里到底是什么样的感觉。最开始温程程欺负乔慕的时候，他替她抱不平。可当他敏感地发觉自己内心对乔慕有些许喜欢的时候，他理智地决定快刀斩乱麻，处理掉这份喜欢。

乔慕不是他为自己设想的合适的妻子人选。

太笨，和她生活说不定他会像是带着女儿一样辛苦。他不想这样，他期望的是一个成熟的不需要他多加操心的女人，而乔慕完全背离这个要求。

可谁知道命运的手早就设定好未来的一切。感情的事情又哪里是他能够克制得住的。

他的直觉没有错，和乔慕在一起之后，果然是他操心的时刻比较多。可他开始知道什么叫甘之如饴，操再多的心他都心甘情愿，再多的辛苦也比不上一句心甘情愿。

他们的感情并非一帆风顺，中间几经波折。最激烈的那次也是他最后悔的一次是她突然出国进修去。

整整一年时间。

他不知道乔慕过得怎么样，不过想想看有夏泽演照顾她，日子应该不会太难过的吧。他调查过的，夏泽演，那个优秀的男人，足以匹配得上乔慕。尽管他真的不想这般承认下来。

有的时候他恨她心狠，竟然留他一个人待在国内，做什么事情都提不起劲，一旦空闲下来就会想起她。思念让人发疯，他多想自己能够看开一点。

也能够像她一样豁达地不在乎，一走了之。

整整一年时间，他努力让自己变得不在乎，努力减少想起乔慕的次数。

他决定要照顾温安安，让她搬到自己这边来，省得再被温家老爷子使用各种手段让她流掉孩子。他陪着温安安去买孕妇装，去买奶粉，去买孕妇需要的一切东西。

他租住的房子本来就不大，温安安买了这么多东西，家里根本就放不下。做决定也只是几秒钟的时间，陈以默沉默着将乔慕留下来的所有东西打包扔掉。如果能把整个回忆都打包扔掉，他想他可能会好一点。

他以为自己快要做到了，可原来还是没有。当小白吃错东西

口吐白沫的时候，他抱着它送到宠物医院的路上，想着的都是乔慕如果回来看到这样遭罪的小白一定会哭死吧。

小白没有抢救回来，死前它肥硕的身子一直在颤抖抽搐，陈以默根本不忍心看它，最后还是决定让它安乐死。

就是在安葬了小白之后，他发了短信给乔慕，通知她他要结婚，而结婚对象是温安安的时候，陈以默是认真考虑过的。

如果乔慕不回来，他就替死去的那个好伙伴娶温安安回家照顾一辈子。

他和温安安一辈子都不可能相爱，只可能互相扶持着走下去。只因他们之间有个男孩子用鲜血保护了他们。

乔慕误会的时候他不想解释。误会就误会吧。

他没有忘记车祸那天，是他在开车，而他看了方萍给他的资料，乔慕在爱尔兰同夏泽演在照片里笑得开怀的模样。

面对方萍的时候，陈以默还能装作不屑、不在乎的模样不动声色地走开。等方萍走后，他却不能控制自己不乱想。

乔慕会不会和夏泽演在一起？

那个男人优秀有名，最重要的是，他还有和乔慕一样的兴趣爱好。

关于乔慕热爱的绘画，陈以默也试图想要了解过，可总是不得要领。他大概就是没有绘画的天赋。

这才酿成了那场悲剧。是他欠了温安安的。死去的人的恩情都加在活着的人身上。陈以默至此对待温安安就如同亲人一般。

他不知道有多感激，乔慕在收到短信之后回国。他们还能够有机会重新开始。

后来，昏迷的乔慕被于思聪带走，作为交换条件，陈以默不能过问乔慕的状况。

在乔慕出现之前，其实他也是一个人独自在外生活。孤独的求学生涯，孤独地成长。

大概人都是有惯性的吧。习惯了有人陪伴，习惯了每晚回家的时候有人给他留灯以后，突然地孤单下来就会变得很不习惯。

陈以默现在就处于这样的状态。乔慕不在。怎么都不在，陈以默根本不知道自己该怎么办。

每天在公司里忙忙碌碌地度过一天之后回到家，迎接他的是一片漆黑与寂静。以前他和乔慕总是坐在沙发上抢遥控器，他要看球赛而她要看"脑残剧"，意见总是不统一，闹着闹着就能亲到一块儿去。

可是现在呢，只余下空虚寂寞冷。

爱让人变得软弱。

每一个不知所措的夜晚，陈以默都格外想念乔慕在身边的日子。

工作、赚钱、做慈善，等等等等。他努力让自己的生活变得忙碌，忙碌到没有空闲的时间去想念乔慕。他恨不得一分钟掰开成两分钟用，这样大概日子就会好过一点了吧。

乔慕不在身边之后，陈以默还学会了抽烟。以前被大学的室友怂恿着抽烟的时候，他总是抗拒得不行，总觉得抽烟这种事情都是闲得没事干，钱多没处花的人才会干的事情。

现在他终于明白了为什么有的男人会喜欢抽烟。

可能无关于阅历，更不是小男孩为了凸显成熟。可能有的时候就只是因为无法排解的寂寞，那种心灵的缺失。

香烟明明灭灭的火星散落在烟灰缸里，他其实喜欢的是看

香烟燃尽的模样。

香烟燃尽，他就开始认真地生活。

他不允许自己花太多的时间来想念她，陈以默始终相信，他们的未来还有许许多多的时间用来相处，不急于一时。在这之前更重要的是，他要给她准备更好的未来。

在接下来的空余时间里，陈以默用自己赚来的钱买了临近海边的新房，自己设计，自己动手慢慢地装修。一弄就是三年。

他一点都不着急，因为房子的女主人啊，早晚会回来的。

不是没有担心过的，于思聪那样陪伴着乔慕，一陪就是三年。一千多个日日夜夜，只身在外的男女，发生一切都是有可能的。

陈以默回母校去看望老孙头的时候，老孙头也委婉地问他："要是乔慕不回来了怎么办？"

能怎么办呢？不怎么办。

他其实也怕被她遗忘，更怕被她丢下。

可他最怕的是她永远都醒不过来。她那样有活力的一个人呀，每天都吵吵闹闹的，如果让她不能再唧唧歪歪地说话了，不能再蹦蹦跳跳了，陈以默接受不了。他会心疼，他会怨恨自己剥夺了她康复的可能与权利。

面对老孙头的问题，他是这样回答的："我等得起，十年、二十年，我会慢慢等。"

毕竟啊，要不是遇见她，要不是还等着她回到他身边，在这命运的永恒河流里，他早就被命运左右，放弃了自我。

是她教会他去爱的呀。

番外四：乔慕的婚后生活

乔慕最近总是特别热衷于在小区大门处来来回回、进进出出。

原因无他，小区大门口的保安每次见到她都会打招呼叫声："陈太太。"

对，没错，就是"陈太太"。

乔慕一听到这三个字就能晃着一口白牙，开心地一直笑着回到家里去。就没有听过比"陈太太"更好听的问候啦。

乔慕想起她回国去找陈以默那天的情况就忍不住发笑。她认识陈以默那么久就从来没有见过他慌张的样子。

那天她才刚飘到他办公室里，他就急急忙忙地拉着她去民政局领证。并且他还无耻地将求婚的过程都省略了，这才是乔慕最介怀的地方。

不过她这个人一向大度来着，才不和他计较呢。乔慕眯着眼睛很是满足地看着自己手指上的戒指。也不知道陈以默是什么时候准备好的，他们两个刚刚才领完证呢，他就掏出戒指给她戴上了。

至此，乔慕就彻底成了"陈太太"，被冠以夫姓。

不过陈太太的婚后生活也不全是一帆风顺的。生活嘛，总是有惊才有喜的，太过一帆风顺的日子那只在教科书里。

乔慕婚后面对的第一个"难关"就是孩子。说到这个乔慕真觉得自己冤枉啊。

方萍不知道怎么的竟然和温安安关系好了起来，甚至温安安忙起来没空去接回正在上幼儿园小小班的孩子的时候，方萍

还会主动请缨去接孩子。

刚开始乔慕只是惊诧于方萍和温安安关系的和缓，丝毫没有想到这中间能有自己什么事情。毕竟她这次回来就发觉方萍对她的态度变了，不会再像以前那样对她指手画脚，又看她怎么都不顺眼了。

这次回来方萍对她那叫一个客气啊，还专门让人烧了她喜欢吃的菜给她，她受宠若惊地想着方萍这样反常的原因，难道是因为反正她都已经和陈以默领证了，她再想阻止也没有办法的缘故？

真实情况乔慕是怎么都不会想到的。

方萍其实担忧的是拆散了乔慕和陈以默之后，她大概这辈子也别准备抱孙子了吧。她算是看明白了，陈以默那孩子压根就离不开乔慕。她也就不再做恶人了。

年纪大了之后才知道早些年的自己错得有多离谱。钱能买来亲情、能买来关心吗？不能。

这个世上最珍贵的东西，都是无价的。

太过执著于钱财的都是蠢人。

方萍现在唯一的念想就是希望乔慕快生个孙子给她抱抱。她第一次和乔慕提起来这件事情的时候，乔慕差点被口水呛到。

她才和陈以默领证一个月都不到呢！要生孩子也没有那么快的呀！但是她这些话不知道怎么对着方萍说出口呢。她这个人就是这样的，别人对她好，她也会加倍对别人好。

现在的方萍对她这样的上心……她也不想说出来的话让她失望呢。

　　乔慕的态度让方萍误以为乔慕也是乐于配合的……其实乔慕的确也是乐于配合的。毕竟要生一个像陈以默那样的孩子，想到她都觉得很幸福。

　　唯一可怜的是我们的陈先生，每天三顿的中药调理身体啊，戒烟戒酒。

　　其实戒烟戒酒这种事情哪怕方萍不说，陈以默也会戒掉的。他当初沾染烟酒不过是因为思念成灾而已，如今他思念的人儿已经回到了他的身边，他哪里还需要再借助于烟酒来消愁呢！

　　陈先生陈太太的造人计划艰苦卓绝地坚持了一年之后，陈太太终于成功怀孕了，方萍整天都怕陈太太摔跤啊什么的，照顾得那叫个无微不至。

　　陈先生算是知道自己的家庭地位在哪里了。你要问他他的存在价值啊，简单！

　　老婆半夜饿了突发奇想想吃什么东西的时候他就是厨师。

　　老婆小腿抽筋他就是专业按摩师。

　　老婆情绪起伏严重，因为自己身材走样而闷闷不乐的时候，他就是心理咨询师……

　　陈以默扮演着乔慕怀孕期间需要的每一个人，乔慕就没有被人这样宠过。说是"捧在手心怕摔了，含在嘴里怕化了"也不为过呢。

　　乔慕其实心底里也是很享受这样最高规格的待遇的，只不过呀，她折腾肚子里孩子的亲爸爸，她肚子里的孩子就折腾她这个母亲。

　　每天乔慕都饿得厉害，明明吃过饭没多久她就觉得自己之

前吃的东西都消化完了——因为她又饿了。

可是吧，乔慕现在吃饭是一件巨大的工程。她害喜的情形特别严重，吃了就吐，吐了再吃，折腾得不行。看得陈以默都心疼得恨不得揍那躲在乔慕肚子里的臭孩子一顿！

怎么能这么折腾人呢！太折腾了！

好不容易熬到了乔慕快生的时候，陈以默想要陪着乔慕进产房的决定被反驳，就连他提议要剖腹产的提议都被乔慕反驳了。陈以默压根没有意识到，乔慕现在已经胆大包天到敢随意反驳他的提议了。

自从乔慕进了产房开始，陈以默就一直像患了多动症一样在医院的走廊里来来回回地走。方萍都被他走来走去的身影晃得眼睛都有些发花。

"以默，你别晃了！瞎操心什么呢！我刚才都问过医生了，小慕胎位正着呢，没有什么问题的，你就别晃了啊，晃得我头晕。"方萍实在受不了一直走来走去的陈以默，开口说道。

陈以默闻言直接走到方萍面前虚心地问道："妈，你当时生我的时候是什么样的啊？"

"我当时傻啊，饿了就傻吃，结果你个头太大，生你的时候，啧，真是现在想起来都头皮发麻！"方萍的话虽然是这样说的，但是陈以默从她脸上根本看不到任何后悔的模样。

他看到的只有幸福，和为人母的骄傲。

他正在产房生产的妻子，想来也是一样的吧？

"生啦生啦！是个男孩！"护士报喜的声音传了过来。